清溪洄流

木峰云影

笔架荻花

旗门湿地

若有所思

ruo you suo si

褚树荣 著

浙江文艺出版社
Zhejiang Literature & Art Publishing House

图书在版编目(CIP)数据

若有所思 / 褚树荣著. —杭州：浙江文艺出版社，2020.12(2021.4 重印)

ISBN 978-7-5339-6239-5

Ⅰ.①若… Ⅱ.①褚… Ⅲ.①散文集—中国—当代 Ⅳ.① I267

中国版本图书馆 CIP 数据核字(2020)第 191548 号

责任编辑 陈 潇
文字编辑 姜岫玉
责任校对 许红梅
责任印制 张丽敏
封面设计 徐然然

若有所思

褚树荣 著

出版发行 浙江文艺出版社
地　　址 杭州市体育场路 347 号
邮　　编 310006
电　　话 0571-85176953(总编办)
　　　　　 0571-85152727(市场部)
制　　版 杭州天一图文制作有限公司
印　　刷 浙江开源印务有限公司
开　　本 787 毫米×1092 毫米 1/16
字　　数 285 千
印　　张 19.25
插　　页 2
版　　次 2020 年 12 月第 1 版
印　　次 2021 年 4 月第 2 次印刷
书　　号 ISBN 978-7-5339-6239-5
定　　价 49.00 元

序：我思故我在

褚树荣是我的老乡。我的老家在浙江三门湾畔一个背山面海的古村落里，他的家则在不远的一个小村，离海更近。他的年龄比我小些，是1978年进大学的应届生，不像我们这些人上大学前已经工作几年了。在与褚树荣的交往中，他除了给我为人诚恳热情、处事认真严谨等印象外，还有就是喜欢学习，喜欢思考，喜欢写作。长期以来，他在工作之余一直在阅读，一直在思考，一直在写作。他思考工作，思考生活，思考时代，思考故乡，思考人情，思考艺术……更为可贵的是，他还很勤奋，一直坚持把他的思考记录下来，整理出来，有的还结集成书。他出版了十几本语文教学专业方面的书，偶尔进行文学写作。这本《若有所思》即他的第二本散文集。

接到书稿，我抽空看完，一些似曾相识的东西，便历历在目。散文集里的“故园”“渔趣”“旧物”系列是他早年乡村生活的回顾。当我读着这些文字时，家乡的山、水、人、物，以及三门湾的方言乡音、风俗、传说故事、历史旧闻等，都让我备感亲切，仿佛为我打开了记忆的门窗，让我穿越回童年、少年、青年时代。这些文字朴实自然，有着浓浓的乡村土味，但又用笔洗练，读着读着，就像一股老家山边的清泉缓缓地在我心里流淌。正如褚树荣自己说的：“每一条小鱼都有脾气，每一片海涂都有故事，它们如此亲昵地介入我的生活，让我贫瘠的日子充满悬念和期待。”乡村生活对他的人生是有深刻影响的，他总是用温润的心情去回忆贫寒而丰富的生活，极为节制地点出这些日子背后的意义。

工作需要逻辑理性，表达需要文学感性，这是我看到这本散文集中“悦读”“言说”“校园”“学棣”等系列文章的感觉。他会恰如其分地把这两者调和起来。文如其名，“悦读”里的文章，是他带着欣喜之情、悦纳之眼对同事著述的评论。这里没有“文人相轻”，只有对教学深刻的见地，对同侪个性的生动描述和专业的由衷推崇。“言说”都是在各种工作场合的演讲，主要是向听众传递思想和观念的，但是，即使最简单的开场白，也有着理性的思考、真诚的情感和自然的辞气。“校园”叙述的是他的教育人生故事，这里有人事谐趣，有教育理想，还有美好而温馨的情怀。教学四十来年，他的学生很多，远到外国，近在同城，不乏人之精英，但“学棣”里出现的学生，好像高考都不太顺利，并不属于天之骄子，但褚树荣愿意为他们立此存照。按照他的说法，每一个学生都是星星，就看它的光芒是否照亮了你。

这本散文集的文字里激荡着真情实感，是一首纯朴悦耳的歌，吹奏着人生路上的喜怒哀乐，吹奏着青春岁月里的酸甜苦辣。这种回顾性的文字，是作者对个体生命历程的反观自照，不仅使一个人的过往浮现出来，而且，我们所经历的时代剧变以及庸常生活背后的意义，也因此敞亮起来。人生需要审察，世事需要思考。先哲说过，未经审察的人生是不值得过的。从消极的方面去思考，人生有着虚无性，目光放远，一切皆空；而从积极的方面去思考，你所遇到的每一个人，你所走过的每一处地方，你所做的每一件事，都是你的人生积淀，都焕发着你的生命之光。从宁海到台州再到宁波，从乡下到城里，他走过一些地方，经历过一些世事，接触过一些人生，可以想见他遭遇到的荣辱、得失与炎凉，可贵的是他都能从积极方面去思考，去审察。他总是用圆润而含蓄的笔调记述那些过往，心知肚明而口不言。人生识尽愁滋味，却道天凉好个秋。你看他的“行走”“怀人”等篇文，都具有蕴藉、敦厚的风格。

回望家乡、省思工作、观照人生，这是《若有所思》的主调。思考并表达，这一方面是中文系养成的习惯，另一方面也是他与世界对谈的一种方式。对于一个语文教师来说，写作应该是基本的思考方式和职业姿态吧。褚树荣可能是不太多见的“三合一”的教师，他的教学曾在浙江省获一等奖，深得学生喜欢，在他一批又一批的学生当中，享有很高的声望。他参加教育部教材编写，教学研究在全国同行中颇有影响。更难能可贵的是还能写点感性的文字，第一本散文集《何处是家园》已经重印两次。他在《若有所思》的后记中说，感谢读者在这个众声喧哗的世界里，居然还能够静听他这一朵小“苔花”的开放。是的，他的文章都不是什么宏大主题，大部分文章写的是些小人物、小动物、小植物、小事件、小感悟、内心世界的小涟漪，但其中总是透着一份文人情致，在这些拾光剪影、浅斟慢饮、浅吟低唱的文字中，那份浓浓的乡愁、人生的感怀，如风行水上，自然成纹。

在欣赏这些文字的同时，我更是赞赏他这种勤于学习、勤于思考、勤于写作的生活态度和生活方式。人是向死而生的，这一宿命决定了人生的终极虚无性。于是，古今中外的人们都在寻找以各种途径和方式来对抗虚无性。有的着重寻找人生的意义，有的着重寻找人生的诗意，有的着重寻找独特的人生风景。不管是荡思八荒、神游万古的哲学家、思想家，还是那些天天为生存而奔走的普通人，都会在沉浸于日常琐事杂务之余，也会抬头思考一些形而上的东西，尽管思考的面有宽窄之分，思考的度有深浅之别，思考的重点也各有不同，但其实每个人都有哲学家的倾向和潜能，都不会完全甘心于糊里糊涂、浑浑噩噩过一生。我觉得褚树荣的读、思、写的生活态度和方式也是对抗人生虚无性的办法之一，因而也是值得大大赞赏的。

林吕建

2020年6月

自序：思想起

与无数个平常的早上一样，我有些慵懒地起床。突然，天花板毫无征兆地旋转起来，接着，地板、窗台、壁橱都加入了这个旋转的洪流。

于是，心脏CT、颅脑磁共振、颈动脉彩超伺候，医学专家的结论是：可能是颈椎病，也可能是耳石症。尤其是耳石症的说法，让我对上帝创造的肉身惊奇万分——耳石原本附着于耳石膜上，不知什么原因，耳石发生脱离，原先这个秩序严谨的物质世界就颠倒旋转了！

与无数个农历春节一样，我到老家挂好喜庆的灯笼回甬。不久，老家和全国许多城市都实行了防疫管制。一个小小的新型冠状病毒，一个月之内，整个人类为之色变。闭门不出的日子里，俯瞰小区里花木葱茏，与那些在疫情中绝望的人相比，我享有岁月的静好。我们还有什么理由不感恩活着的状态，不珍惜现世的分秒呢？原先我过的每一天都是“身在福中不知福”，现在需要一个小小的耳石症来提醒你，一个微观世界里的病毒来警告你——你的每一寸肌肤和每一个器官，都是天赐的礼物，无限神秘，也无限珍贵；你的每一天都是生命历程里独一无二的一天，不可拒绝，也无法重来；你认识的每一个人，都是必然的缘分，不管是良缘还是孽债。

半规管内的碳酸钙盐结晶和气溶胶中的新型冠状病毒，就这样让我与世界慢慢地达成谅解。作为一个孱弱的生命，每一个朝阳初起的时候，你都要庆幸自己拥有健全的肉体，然后在某一个夕阳西下的时刻，把身心交还给上帝。譬如早年的家园，虽然孤独贫穷，尽管离你已远，但要感谢少年时代拈花微笑、对鱼独语的经历，由此才知造物如此亲切和奇妙。譬如路人和过客，即使在你的生命之树上刻下刀痕，但你借此结成了坚固的疤痕，更何况，还有更多的人，给了你尘世的美好与温暖。譬如婚姻，茫茫人海中的两个陌生人走在一起，彼此磨合，共历悲欢，然后互相扶持，最后又彼此放手。譬如亲情，总在最需要的时刻，伸出援助之手。譬如校园，悲欢离合，爱恨情仇，提升着你的境界，丰富着你的人生，让你的生命充满感动。譬如学生，让你感觉到投入之后有投入的回报，在你失意的时刻，他们成为你的疗愈，在你得意的时刻，他们为你怒放心花。譬如职业，就是珍惜每一时，做好每一事，然后让自己心安，让他人得益，至于得失穷通，还得交给命运……

一切都是天意，一切不会多余，一切值得珍惜。那些人、事、景、物，填满了你的过往和将来，构成你五味杂陈的人生，看起来那么重要，最后都倏忽而过，恍如云烟。在命运面前，人生无可选择，也无可奈何。我能做的，就是趁着神志清明，耳石症不来捣乱，病毒离我尚远，抓住在烦冗俗务的间隙，凝神静思，好好打量这个神奇的世界，重拾那些富有意味的场景，细细回味故园中的一朵梅花，回溯行走时的一枚足印，抑或在某一个月色皎洁的夜晚，再次想起沉浸到生命中的人、事……这样，便有了《若有所思》。

2020年2月

目录

故园

渔趣

旧物

行 走

悦 读

言　说

校　园

学　棣

怀　人

别　调

·故　园·

春山多胜事

“春山多胜事，赏玩夜忘归。”照理说，物流之便捷，使远方异色瞬息可达。这些花草，或雍容，或清逸，常置案头，在审美感受上，本应满足。可是偶尔回一趟乡下老家，邂逅山边一朵野花之后，寂然远虑的幽情，便绵绵不绝，当年玩赏忘归的胜事也一一浮现了。

“立春一刻，百草转折。”乡谚告诉我们，立春一到，蛰伏一冬的草木都欣欣然睁开眼，然后抽芽、拔节、抽须；含苞、吐蕊、结籽，一切都按照上帝画就的图谱争先恐后，抖擞精神，吐露芳华了：

> 黄栀开花白娘子，
> 柴彭开花满山红；
> 百合开花喇叭响，
> 枧槭开花白蓬蓬……

乡间没有《诗经》，“多识鸟兽草木之名”，可以通过歌谣民谚做到。故乡三面靠山，一面临海。矮山丘陵、地头田角，都是童年的“博物园”。朝夕相伴，那些卑微的山野小花，便会成为你童年的伙伴；当你历经世故、厌倦人情之后，偶一回眸，那些圣洁的小花仍然在你的生命花园里静静开放。

“黄栀开花白娘子”，说的是黄栀花花色玉白，犹如美人。作为观赏植物的栀子花，百度上的介绍复杂而无趣，在我的记忆里，这种喇叭形的六瓣小花，花色纯白，花蕊有着浓郁的芳香。女孩子上山砍柴，往往喜欢带枝折来，插在瓶里，灌以清水，以作案头之供；或梳洗方罢，插一两朵在发辫间，白玉幽香，随风轻扬，贫瘠的生活里便会多出一丝芬芳。但是，男孩要是摘一朵黄栀花来嗅，那是要被同伴们耻笑的：“嘿，女人相貌！”当然，嗅花是女性化动作，但黄栀花椭圆形的果籽，是我们男孩的钟爱。剥开表皮，深黄的籽儿是很好的颜料。于是，我们就拿着果籽，在家里的板壁、村口的墙壁上涂鸦，驰骋我们的艺术想象。那个时候，你翻开我们书页打卷的课本，一定会发现，那些黑白的画，都被我们“着了彩”，买不起蜡笔，黄栀花籽就是我们这些马良手中的“神笔”。宋朝杨万里有诗《栀子花》：“树恰人来短，花将雪样年。孤姿妍外净，幽馥暑中寒。有朵篸瓶子，无风忽鼻端。如何山谷老，只为赋山矾。”杨万里把黄栀花的枝、花、果、香，都做了逼真的描摹，并抒发了为歌咏“山矾”（黄栀花），宁愿老于山谷的心思。士大夫的趣味，毕竟不同于我们的纯真，我们的女孩只用它装扮单调的青春，而我们男孩，则拿它挥写肆意的想象。

柴彭花，即杜鹃花。清明时节，漫山遍野，满目红艳，故曰“柴彭开花满山红”，所以也叫“映山红”。论历史渊源和文化积淀，杜鹃花堪比菊花、梅花、牡丹、荷花等名花。近来时兴旅游，“养在深闺人未识”的高山杜鹃、原始森林杜鹃不时见诸报章，游人“趋之若鹜”。但于我而言，杜鹃花与儿时的日常生活息息相关。起先，它几乎不是作为一种花而存在的。杜鹃含苞，乃在冬末时节。冬天里的杜鹃，我们称之为“柴蓬脚”，砍下来晒干，是极好的烧火材料。大冬天里，我们呼着白气，搓着双手，要上山斫柴，柴蓬脚、枧槭、壳捏红等灌木都是我们首选的“硬柴”。随着季节转暖，我们的柴捆里渐渐多了含苞初放的柴蓬脚。“吹面不寒杨柳风”，几阵东风过后，山坡上的杜鹃花，便如摄影师手中的快镜头，豁然红成一片。“秀色可餐”这类词语，是我们多年以后，饱食终日之余的调侃，但当年这些火红的喇叭花，确实是可以吃的。在我少年时，吃杜鹃花的花瓣乃是常事。我们把花形完整、花瓣鲜嫩的花拔下来，里边的花蕊会自然留在枝头上，吹一吹，就往嘴里送。大人叮咛过，吃了杜鹃花的花蕊，是要变成聋子的，于是我们只吃花瓣。杜鹃花花瓣酸中带甜，汁液殷红，吃多了以后，花青素会把嘴角和牙齿染成紫红，于是这些孩子就带着满嘴的紫红挑柴回家。

真正以欣赏的姿态面对一朵杜鹃花，已经是多年以后的事了。每年清明节，如果是个艳阳天，祭扫祖先便变成了踏春郊游。我们跟先人的约会，再也没有杜鹃泣血般的哀戚，反而成了一年一度的聚会。砍掉坟茔上的柴草，清理墓碑前的平地，然后念念有词地排出东海鲜鱼、山里毛笋、两瓣豆芽、清明麻糍，沥一壶酒，焚一炷香，双手合十再拜，先人便来宴饮了。这时候，满山遍野，杜鹃盛放。我们会折一大把搁在先人的坟前，算作心香一束。有些女孩还会折来很多杜鹃，装扮坟茔。遇到根株健硕、含苞又多的杜鹃花，我们会连根挖起，移植于庭院。如果照顾得好，当年就会开花。李白诗云："杜鹃花开春已阑，归向陵阳钓鱼晚。"如今，人到中年，偶尔上山，已经抛却刨根挖蒂的心念，习惯于对着一朵杜鹃花微笑了。

在我的少年时代，因为黄栀花和柴彭花的普通，遇见它们并不会让我们惊喜，真正让我们窃喜的是发现百合花和兰香花（即兰花）。现在人工培植的百合花，红、黄、白、粉，花色多种，一茎单头、多头的皆有，什么卷丹百合、美丽百合、山丹百合，不一而足。可在当年，在柴草纷披的山坡上，突然见到一株百合卓然独立，临风摇曳，那是多么惊艳的事情。我会披荆斩棘，急匆匆地来到百合的跟前与它对视。你看它的茎秆，一般有五十来厘米长，表皮淡紫色，柳叶状的青叶从底到梢，从小到大，犹如碧玉，托出一朵喇叭状的花，形有六瓣，色如白玉，喇叭口内，有深黄的花蕊，上有花粉和黏质，香气馥郁。对美的爱好和占有，怕是孩子的天性。只要见到百合花，我们便忙不迭用柴刀挖泥，小心翼翼地掘出蒜瓣形的根株，带回家栽种。可惜的是，移植到瓦盆之中的百合花，美丽的"喇叭"就会低垂下来，我们总是失望地叹息。如果第二天早晨，看到那朵朝天的"喇叭"又带露吹响，我们便为之雀跃。"芳兰移取遍中林，余地何妨种玉簪。更乞两丛香百合，老翁七十尚童心。"陆游在七十岁的时候仍然有这样的心情，可见，童年时对草木的爱怜，是跟名士趣味相通的。

兰香花也是我们珍爱的花，这样的爱怜，是没有男女界限的。不过，跟百合花的招摇不同，兰香花伏地生长，又喜欢长在岩石背阴处，即使开花，花色也如同兰叶，说它是“林下隐士”，真是恰如其分。发现兰香花的过程，真的是闻香识花的过程，想必一千年前的韩愈也是如此：“兰之猗猗，扬扬其香。不采而佩，于兰何伤？”正当我们精力疲沓的时候，一阵山风吹过，带来丝丝缕缕的清香，悠然，淡远，若有若无，沁人心脾。有兰香花！我们顿时兴奋起来，学着黄狗的样子，一边吸着鼻子，一边睁大眼睛寻找。转过地衣叠翠的林下，到了草叶掩映的岩边，那一丛春兰，碧玉玲珑，正悄然开放。古人云：“深谷暖云飞，重岩花发时。非因采樵者，那得外人知！”若不是我们这帮少年“采樵者”，即使“兰叶春葳蕤”，也只能花开花谢、自生自灭了。于是，我们清理掉兰花周边的腐土，小心保留多肉的须根，再带一点岩罅里的“香灰土”，把“宝贝”带回家，找一个旧脸盆，好好地供奉起来。兰香花也是多年生草本之花，但比百合花容易成活得多。开花以后，只要稍加肥料，来年还会开花的。运气好的时候，我们还会遇到九头兰——一茎居然能开出十来朵的兰花。等植株茂盛，兰叶壮大，我们往往会用更大的瓦缸来栽种。待到春来，那挺立茎干上的九头花朵，临风玉立，次第开放，春风徐来，暗香远送，总会赢得邻舍的赞美：“嚯！这蓬九头兰开得噶好啊！”听着大人的赞叹，欣赏着自己的杰作，寂寞的童年，便有了小小的得意，单调的生活，在这一瞬间变得敞亮。

例外的是，满山翠色里，生长着一种神秘之花，我们称之为“倒碗花”。我曾到网上搜寻过“打碗花”，那是类似牵牛花一样的藤生植物，不是我记忆里的倒碗花。故乡山上的倒碗花色形犹如南瓜花，但与南瓜花匍匐在地不同，它总是高高挺立，也没有南瓜花那样有皱褶的花瓣。在一片翠绿的底色中，突然看到一朵硕大的黄花，喇叭口正朝向你，如此醒目，如此招摇，如此神秘，总是令我们心下一惊。大人们叮嘱过：上山不能碰倒碗花，否则回家是要打破碗的！这种禁忌不知来自何处，但“灶头”、“铁镬”（即锅）、“饭碗”在乡村文化中，是有着特殊象征的。宗族冲突，把对方"灶头扒掉""镬敲掉"就是不让你过日子，这是很重的世仇。"饭碗"稍次之，但也有着谋生吃饭的含义。一个人谋生无路，就说是"饭碗头敲掉"了。再说时代贫穷，锅碗瓢盆也是家庭重要财产。每户人家，都有一两口补过的碗、缸、甑什么的。所以，孩子吃饭如果不小心打破一个碗，轻则一顿臭骂，重则一个耳刮子过来，那就相当于一顿"家常便饭"。尽管你有千万条理由，证明那碗是非破不可，但你是不敢吭一声的，因为你确实铸成大错了。因而倒碗花就成了不祥之物，只能"远观"，而不能"亵玩"。但是孩子的好奇总是要突破禁忌，我悄悄地接近它，思忖它为何有此魔力，但百思不得其解。

英国诗人丁尼生有诗曰："长在颓垣破墙上的小花，我把你从隙缝中拔下；——把你连根带花置于我的掌中。小小的花啊，如果我能知道你是什么，连根带花，一切一切，我就能知道上帝和人到底是什么。"我不知道丁尼生是否从一朵小花中悟出了存在的奥秘，我反正是破译不出眼前这朵黄花的神奇密码，大人也不肯告诉我。总之，这朵黄花留给我的，永远是一个悬念，直到我离开那片山坡、那个故园。在我接受了唯物主义和科学主义的双重教育之后，曾有机会重登那片春山，很想寻找当年令我触目惊心的倒碗花，但见野芳发而幽香，远水碧可连天，只是当年的倒碗花再也不见了。

当山上的草木之花，"涧户寂无人，纷纷开且落"时，农人田园里的花事，随着物候的变换、人工的呵护，也是此起彼落，轮番上演。在大人的眼中，这些顺天应时的花朵，并没有多少观赏的价值，但他们会在花朵的背后，读出或丰硕或贫瘠的信息。对于过于繁密的花朵，他们甚至不顾我们的惊叫和叹惜，一一掐落。孩童不知世事艰，在果腹为先的生活哲学里，我们的惜春叹花，是多么的不合时宜。白居易在《僧院花》里说："欲悟色空为佛事，故栽芳树在僧家。细看便是华严偈，方便风开智慧花。"我们并不知道对一朵花凝视和微笑，也是一种修行。只是觉得含苞吐蕊、伸展花瓣，是多么美好、多么不易的事情。待我领会了丁尼生的小诗后，乡野小路边的野花，常常引起我深沉的感恩和赞美，但在少年时代，我们只会在春光明媚的花间，吟诵古老的歌谣：

芝麻开花节节高，
蚕豆开花黑良心；
天萝开花墙头草，
草籽开花满天星……

2018年3月

夏之诱惑

乌 珠

乌珠，学名赤楠，又名构铃子、紫藤子、赤兰，是桃金娘科、蒲桃属灌木或小乔木。能不能把“乌珠”和“乌饭”分开，是鉴别城里人和乡下人的标志。同样是乡下人，考诸两种植物，还可判断他是土生土长还是少小离家。我是一眼便知两种植物的区别。乌饭是低调的，小小的圆果，成熟后的果实与经霜的叶子浑然一色，我们需睁大眼睛、仔细寻找才可见到。而乌珠则张扬多了。乌珠的植株比乌饭稍高，一般整束向上，有一米来高。据说有些植株可以长到四五米，估计只有在福建、广西、浙江等地的深山老林里才可遇到。乌珠的叶经冬不凋，四季常绿，叶子对生，呈倒卵形或阔卵形，叶面光滑，有蜡质。正因为如此，乌珠果在一片绿色的背景中，极为醒目。未成熟的乌珠，颜色橙红，远远便可以望见。我曾尝过未成熟的果子，薄皮包着一颗籽核，形若圆珠，籽核一嗑为二，味甚生涩。至八九月间，浆果成熟，呈紫黑色，越黑越甜，成团成簇，在阳光下闪闪发光，在雨水中晶莹剔透。于我们而言，那个季节的乌珠是山野里最常见的诱惑、最易得的山珍。没有一个孩子在山上会对乌珠不动心、不动手的。山乌珠主要是食其浆果的果皮，熟透的山乌珠果皮较厚，饱含汁液，其味甘甜。乌饭果实小，可以整个吃下。乌珠果核较大，我们一把一把地吃，吃了这丛吃那丛，果核吐了一大堆，意犹未尽。

最初，我们会在大人上山砍柴归来的柴担里寻找。不过在柴担里找寻山乌珠的踪迹，要稍费工夫。我常常整捆整捆地把刚斫下的柴翻个底朝天，才找到一些可吃的乌珠。为此，可能还会招来大人的责骂："恶鬼，翻天倒地，自己可以到山上摘的。"大人的责骂也是一种怂恿，我们就约上一二同伴，在秋高气爽时节，上山去了。乌珠不如其他山果，可以摘下带回家。它薄薄的果皮，极易弄破。我们总是就着植株吃，直吃得牙齿含墨，嘴唇变紫，双手酱紫。回家前还要将结有浆果的树枝折下，有时候这枝望着那枝好，手里的乌珠柴便渐渐成捆。枝上绿叶，油光发亮，黑色浆果，团簇其间，这真是丰硕的收获。我们一边走，一边吃，一边扔，怀抱里的乌珠柴越来越少，但那结果最多、成色最好的一枝总会带到家中，一半是炫耀，一半是回味。

年纪稍长，我们也要上山斫柴了。奇怪的是，对于乌珠的期望，并没有小时候那么强烈了。看到好的乌珠，我们当然不会放过，但是，我们很少为了吃到乌珠而左顾右盼、上下爬坡了。哪里有"硬柴"（多干多枝的灌木和小乔木，晒干耐烧，茅草、狼萁不耐烧）就往哪里去。乌珠柴作为极好的烧火柴，即使没有结果，也是极受我们欢迎的。奇怪的是，在我的记忆里，对乌珠的花，并无印象。我在百度上搜索，才知道乌珠的花，长相极为独特，一丛丛状若银丝，妖娆向外伸展。这么漂亮的花，曾经开在我少年时代的五月里，为什么我视而不见呢？

"苗"

"苗"，方言音miāo，一种野生的草莓类浆果，是结在木本荆棘上的果实。它有着玲珑而红润的样子，是地头山脚下最鲜明的诱惑。最早成熟的是普通的"苗"，茎干约有一尺来高，长有尖刺，叶如薄荷，绿而繁多，那浆果就闪烁在繁枝密叶间。这种"苗"颇为亲近我们，屋角地头，常可见到。春季里开花，花呈粉白，花萼青绿，待花谢时，花萼枯萎掉落，果实也就渐渐膨大起来，从青到黄，再到红。有时候，我们等不及，摘几颗黄的来尝鲜——那果肉瓷实、偏硬，只有一丝淡淡的甜味，远不及成熟时候。成熟的果子，由无数个小肉瓣簇拥而成，圆锥形或扁圆锥形，状如草莓而略小，果子因成熟而变软，每个小肉瓣饱含着甜蜜的汁液，真是吹弹可破。摘来的"苗"，有时候放在挑蛎用的"小蛎篮"里，有时候折一根茅草，抽出它的细茎，把摘来的"苗"穿成一串，累累然于手中晃荡，如一串殷红的佛珠。当然更多时候，既没有“小蛎篮”，也不挂“红佛珠”，一颗颗直接抛进嘴里吃掉了。

还有一种草本植物的浆果，无论叶片和果实，还有生长的地形，酷似“苗”，我们称之为“蛇苗”，大人告诫我们，这是蛇吃的，人千万不能吃。我是一眼就能识别的，但有些城里孩子偶尔下乡走亲戚，也跟着我们去摘“苗”，见到这类红硕的果实，便伸手跃跃欲摘。我们连忙大叫：“别摘，这是蛇吃的！吃了要死的！”城里孩子往往一头雾水：同样的“苗”，为什么还分人吃和蛇吃？既然如此危险，他们只好跟在我们后面，“足将进而趑趄，口欲言而嗫嚅”，我们便指指点点，俨然师傅矣。

比这类“苗”成熟稍迟的是“国公苗”和“小麦苗”。“小麦苗”之名，尚可理解，那是随着夏天麦子收割而成熟的。“国公苗”呢？我曾询问过村里的老一辈，他们说世代相传，就是这名称。我的猜测是，这类浆果红跃枝头，也正是鹧鸪“国公、国公”地呼朋引伴的时候，因此是鹧鸪最爱的美食。老人们对我的推理不置可否。后来，还是在读《从百草园到三味书屋》的时候，才知道所谓的“国公苗”，就是鲁迅笔下的覆盆子：“如果不怕刺，还可以摘到覆盆子，像小珊瑚珠攒成的小球，又酸又甜，色味都比桑葚要好得远……”“国公苗”的植株较高，枝条恣肆横长，叶下枝上，布满尖刺。我小时候经常光顾的几株“国公苗”，都长在高低落差较大的地坎上。因此，摘“国公苗”是最要小心的，避开尖刺，拉过高处或远处的枝条——好果子总在远处又要防止脚下跌滑。但无论我们怎么小心，总会在手背上留下一道道划痕。不过，在这顿酸甜的“饕餮大餐”中，是没有人会在乎这点伤痛的，乡村孩子野外生存的活力，全在这种“野蛮”里。

现在偶尔回乡，早就不爬山坡地坎了，不知那里还有“国公苗”否？最近的消息是，宁波有人把怀乡情绪和商业意识很巧妙地结合在一起，成功改良了野生的“国公苗”，开发了以覆盆子采摘为主题的农业园，既满足了城里人的怀旧愿望，又提高了绿色农业的效益。

“小麦苗”名副其实，从割麦到种红薯，它一直在地坎头次第成熟，赤霞珠般殷红欲滴。割麦是劳累的农活，骄阳似火，燠热难耐。麦子齐腰高，我们却要贴着地面从根株处下手，不一会儿，就腰酸背痛、挥汗如雨了。这时候，地坎头的一丛“小麦苗”就成了最好的“奖赏”：那只握“梭节”（镰刀）的手，在满是小刺的茎叶间上下穿梭，左挑右拣，直吃得满嘴生津。半晌的疲劳和干渴，被这一丛小小的浆果消解了。当然，如果长时间驻足于一丛“小麦苗”前，后面的大人就要责骂了，我们就只好马上回到麦地里继续收割。也不怎么惋惜，在我们小小的愿景里，前面总有一丛最大、最红、最甜的“小麦苗”在等着我们。

记忆里的杨树坑，是“小麦苗”最多的地方。如要在山地里劳作一天，我们会带着自家做的麦糕（即馒头）和茶水，权作中饭。麦糕分两种：一种是白粉麦糕，是用“头遍粉”做的，莹白光洁，数量当然不多。小时候的我，好像永远也没有吃饱过白粉麦糕。另一种是“二遍粉”“三遍粉”（即麦皮磨在一起的粉）做的乌粉麦糕。带上山的中饭，总是以乌粉麦糕为主。乌粉麦糕既黑又糙，味道与白粉麦糕差得远了。于是，我摘来成捧的“小麦苗”，掰开麦糕，裹“小麦苗”为馅。现在看来，那是乡村版的三明治，也可能是世界上绝无仅有的三明治吧。酸甜味里透着麦香，现在的孩子看见一定会说“味道好极了”，可那时却被父亲骂为“花头透”（意为做事不守规矩，喜欢新花样）的。当我发觉父亲用诧异的眼光关注我的“作品”时，我就讨好地做一个递给父亲。父亲嚼了一口，微微颔首：“你的吃功真讲究呵！”以后，只要有麦糕，有“小麦苗”，在山地上的午餐，我就吃这样的“纯天然绿色食品”。

只不过，到了麦收季节，家里还有陈麦可做麦糕的年头确实不多。当年收割的小麦要脱粒、晒干、磨粉，杨树坑山头的“小麦苗”也就等不及我们，纷纷掉落，或者充作山鸟的口粮了。如今，杨树坑的山地都被辟作合作社，原先的山地上，砌上石坎，固以水泥，变成了层层叠叠、秩序井然的枇杷园，不但“小麦苗”无处生长，连那些山地都跟全村人无关了。

2018年暑假

秋天的馈赠

最重要的是，它教会了人们用泛神论的精神和自然融为一体。春则觉醒而欢悦；夏则在小憩中聆听蝉的欢鸣，感受时光的有形流逝；秋则悲悼落叶；冬则“雪中寻诗”。

——林语堂

毛　楂

毛楂（方言音māozuō），野山楂之一种，有些地方称南山楂、小叶山楂、红果子，记忆中是秋天生长的野果了。乡下称漂亮的女孩子为“山里毛楂”，意思是外形俊俏，内质美好，只是藏在深山无人识。从这美称里，我们约略可知毛楂的味道。毛楂喜欢长在向阳山坡上，山顶的茅草丛中亦较多见。毛楂白色的花春天开放，状如五瓣梨花，花蕊有芝麻般的黑点。青色的果，夏天初结，几番夏风吹过，毛楂渐渐见得白胖起来。到了初秋，茅草略显枯黄，灌木褪了绿色，山坡似乎有些清闲。毛楂直直的绛紫色枝条斜着，长着寸把长的尖刺，叶子不是脱落，就是显出憔悴的样子，而枝头上的毛楂更见红艳了。在初秋的阳光下，就是一个个或高举或垂挂的“红灯笼”。毛楂的味道酷似山楂，果肉的结构也是。只是山楂的表皮粗糙，果大核小，毛楂的表皮光滑，果小核大。同伴中的女孩子细致文雅一些，只啃酸甜柔软的果肉，扔掉瓜棱一般的果核。我们男孩子别有长技，常常是“囫囵吞枣”，摘几颗抛进嘴里，一次咀嚼，几番搅动，吸取果肉精华后，“噗”的一声喷出所有的籽核来。除干农活的间隙外，有时也呼朋引伴，喊一声“摘毛楂去啰”，邻舍隔壁的孩子就组成“户外活动小组”，爬山过岗，披荆斩棘，不管皮肤上留下多少划痕，也不管你的收获多少，大人们是不会管的。你可以想象，在高高的山岗上，在荆棘丛生的茅草中，几个孩子，大呼小叫，猫腰攘臂。不管有多少尖刺，也不管多么偏僻，只要有目标，我们总能有所斩获。

中年以后的一天，我在水果商店见到北方来的山楂，堆在柜子里，只要有钱，多少随意。咬一口，皮薄瓤厚，酸甜可口。但我吃它只是在吃一种水果，少了山野的风鸣，少了枝头的鸟唱，少了少年的惊喜和雀跃。店里的老板应景，播送的背景音乐正是《山楂树》，里头有我熟悉的俄罗斯民歌旋律，那歌唱道：

啊，茂密的山楂树
白花开满枝头
哦，你可爱的山楂树
为何要悲伤

毛 蓇

毛蓇（方言音māopāng），或称毛栗，学名为硕苞蔷薇。毛蓇晚春开始含苞，花萼紧闭，像一颗颗绿色的珍珠，到了立夏前后，便开出五瓣白花，花瓣呈心形，攒在一起，形成一朵十瓣巨花。花蕊细如发丝，黄黄的沾着花粉，那些采蜜的野蜂，便整天嘤嘤嗡嗡，在上面忙个不停。未成熟的毛蓇果，整个儿被一层绒毛包裹着，这种绒毛一旦粘上皮肤，人就奇痒难熬。更何况在所有野果里，毛蓇的尖刺是最为锋利的，它不像山楂的刺那样直而明显，它的刺呈弯钩状，短而尖锐，沿着蔓延的茎干密密生长。待到白露前后，毛蓇叶子枯老，那尖刺更显突兀，但此时毛蓇果也成熟了。成熟的毛蓇果比算盘子略小，色带酡红，留着尚未脱落的硬萼。有时候长在一蓬荆棘的中心，我们踮起脚，小心翼翼地探手。摘下毛蓇后，那把“毛蓇刀”就发挥作用了。这种铁制的小刀，平头薄刃，宽仅半指，长可数寸，手持处做成绞股状。这确实只有非常熟悉毛蓇结构的铁匠才能做出来，而且一定满怀童心。我们用刀刃把硬萼剜去，然后把果子铺在草地上，一边来回摩擦，一边念念有词：“磨磨青草甸，红的来，青的去。”一番摩擦，那毛蓇果真的比原先红多了——原来是表皮上的绒毛被磨去了，可那时的我们对这句童谣的魔力深信不疑。擦掉表皮绒毛后，左手捏住毛荠果，右手用毛荠刀插进满是籽核的果房里，双手重复做相反方向的旋转。这样的动作，会让带着绒毛的籽核不断蹦跳出来，如果籽核掉进衣服里去，那可要痒好长时间的。所以，每一个孩子在去毛荠果房里的籽核时，都双眼微闭，嘴角紧绷，双手向前微微伸展，一副警惕而认真的样子。等果房里的籽核全部去掉了，还不能吃，此时果房里还有绒毛，最后一道工序是：左手托住毛荠果，剜过的果口朝上，另一手把毛荠刀侧过来，用刀的平面“噗噗”地敲打几下，之后，果房里的绒毛会聚成一团，去掉这最后的绒毛，一颗毛荠果算是可以吃了。

没有毛荠刀，我们自有替代物，没有什么可以难倒乡野的孩子。一柄竹刀、一根小木条，甚至一颗细长的小石子，都可以充当毛荠刀。秋日山野里那些毛茸茸的毛荠果，教会了乡野孩子怎样依靠足够的小心、忍耐和巧思，满足探险的欲念和贪馋的嘴巴。当我们把经过这么多道工序后的一颗果肉放入嘴巴的时候，那酸甜味道带来的幸福和满足，是现在的孩子无论如何体会不了的。有时候，这样的果子摘得多了，一下子吃不完，大人会加一点红糖，放在锅里炖起来。果肉绵软，汤水酸甜而香，那一碗毛荠果茶，真是寡淡生活中的人间至味，现在的人又怎么能够想象得到呢？

入秋以后，毛荠多数干瘪枯萎了。但运气好的话，你还会遇到一两颗经霜的毛荠，整个儿都软了。在尖刺的空隙里探手进去，把熟透的毛荠果轻轻地拔出来，蒂上还连着果肉。到手的毛荠果便有一个窟窿，把里边的籽核弄掉，放进嘴里，果肉粘在牙缝里，甘甜的感觉会持续好久。当然，这样的口福不是每个孩子都有的。于是，秋日的山野里，偶尔有两三个孩子左顾右盼，目光常在路边的荆棘丛里逡巡。如果那时枝头上还留存着一颗果形完美的毛荠果，那它一定是这个秋天存心留给孩子们的最好馈赠。

乌 饭

乌饭，顾名思义，是可以当饭吃的一种野果。学名南烛，古称染菽，属杜鹃花科常绿灌木。春天才长嫩叶，颜色浅红，状如茶叶，嚼之微苦。村民撸下它，放在石臼里捣成糊状，沥出紫黑色的浆汁，和上糯米，蒸熟之后，就是名副其实的“乌饭”。每年农历四月初八，在苏、浙、皖、赣、鄂、湘等地区，均有吃“乌饭”的习俗，以江南为最。每年这天，人们用它的嫩叶汁蒸饭，做成“乌饭”，可滋补身体，可祭祀祖先，相传为道家所创。李时珍《本草纲目》也有类似记载：“此饭乃仙家服食之法，而今释家多于四月八日造之，以供佛。”因此，农历四月初八，在宁海东乡一带，每家每户都要用它的汁液和上蒸熟的糯米，捣成“乌饭麻糍”，也称作“四月八馍糍”，以供“老爷菩萨”。也有一种说法认为这天是牛的生日，吃过“四月八麻糍”，人和牛都要进入辛苦劳作的春夏季节了。到初夏，乌饭柴嫩叶渐老，一串串小灯笼似的白花，缀满枝头，临风摇晃，煞是好看。待到夏末秋初，我们上山斫柴时，乌饭的浆果青中透紫，紫中带红，早在等着我们了。

乌饭总是一串串炫耀在枝丫梢头，从低到高，从根到梢，是依次成熟的。一串浆果，最底下的部分个儿最大，成熟最早，味道最甜。最好的乌饭呈扁圆形，颜色酷似现在人工培植的蓝莓，味道也极为相似，只不过没有蓝莓个儿大。我第一次吃到蓝莓时，误以为是小时候的乌饭，经人工改良栽培成功了。乌饭的浆果没有山茄（一种春天的野果）这样多汁，但是肉质绵厚，有着特别的酸甜味。因为它成串生长，所以我们总是整串地撸下来吃。我以为村民把它叫作“乌饭”，是因为它可填充我们的辘辘饥肠。只可惜它的果实实在太小，而20世纪60年代的我们，肠胃又太空太大了。

久住城里，乌饭尖而油亮的嫩叶，排列如灯笼的白花，经霜的紫色浆果，早已远离我们的生活和视野。唯一维系着农耕时代乡愁的，是包装精美的乌饭麻糍：切成菱形，撒有松花粉，切缘上还留有一抹墨紫，尝一口，甜而微涩；闻一下，是小时候的味道。很多从乡下进城的人，喜欢乌饭麻糍，我相信这不仅是口味偏好，更是对曾经生活的一种追忆吧。

2018年暑假

寒林记事

东湾西湾后门山，
黄山岗头鸡冠岩，
杨树坑、兴梵寺，
翻山越岭石牛栏。

故乡的山水，是四季敞开的百科全书。春天，山坡欣然开眼，每天都有新的容颜。夏天，太阳催逼万物，山岗热气蒸腾。秋天，山林色彩斑驳，万物归仓，山地更显消瘦了。不过老家的冬天是不典型的。虽然淡褪了朱红和深绿，那些矮山似乎变得低调、内敛、寂静了，但该落叶的灌木，绿中泛黄，经冬不凋，而乔木呢，依旧参参差差、深深浅浅地绿着，后山的茅草，一丛丛朝天斜着，草尖真的枯黄了，但根部却绿意盎然。“无边落木萧萧下”的景象一点儿都找不到。秋收冬藏，季节变换，原先随处可见的野果子，也都被鸟雀们收走了。当风来的时候，河边的乌柏树飘飞了黄叶，剩下枝头的籽儿，五粒一簇，凑成白梅的样子，以晴天碧落为背景，颇有水墨白梅的风姿。

枫叶飘红柿叶黄

万物静默，鸟兽遁迹。这个秋收冬藏的季节，又怎么能够将山上的果子遗忘?

初冬的山林，榛子开始爆开外衣，松鼠忙不迭搬运“储备粮”。掉在草木间的野板栗，捡回来用炉火烧烤，香糯可口。最惊艳的莫过于遇到野柿子。你可以想象木叶渐脱的枝头，高举着一两枚朱红的小球，上面还有一层微微的粉白，多么夺人眼球！鸡冠岩脚下的一树野柿子，就是我不经意中发现的。它是我少年时代的秘密。我相信这些不经意的发现，都是野果子和野小子的约定：它们不早不迟，逃脱飞鸟的利喙；我左右顾盼，目光偏偏落在它们的身上。一连好几年，它们促使我不断翻越和跋涉，每年总有收获。不过，我们是等不到柿子们在枝头摇红的，鸟雀、野兽都觊觎着枝头，我们只好捷足先登。青柿子当然不能吃，苦涩的味道会让人直打战。我们用一根火柴戳进柿子里，然后把它们埋在“七石缸”的谷子里。现在想来，竟然不知道这样的催熟办法得之于谁，反正，我们放学回来的第一件事，就是到“七石缸”的谷子里取出柿子摩挲。一天天，柿子从青到黄，从硬变软，枯淡的日子因此充满了甜美的期盼。所谓甜美者，其实多半是苦涩中略带一丝甜味而已，但已经很好了。你想，一种攀缘上树的艰辛、一种微凉而浑圆的触觉、一种延迟而等待的满足，然后在自家的谷物里有了结果，这不是少年们在这个冬天里最美好的记忆吗？

美好的味觉总是延伸到以后的日子里。即使到了东岙清清寺（东岙初中所在地），我们还要想方设法“挪用”蒸饭的钱，到校门口的小摊上，买一个红柿子，大快朵颐。许多年以后，老屋坍圮，宅基地似乎有了灵通，居然长出了柿子树。老姐们会细细削皮，放到阳光下曝晒，柿子就会成为黝黑而结实的柿子干，那常常成为我驱车下乡的理由。

林下笋新生

当然，惊喜的记忆还会在后山的竹林里苏醒。后门山通往杨树坑的山坡上，有一片竹林，面积不大，我光顾的次数却不少。我们用小刀在竹节上刻画，留下勾画寥寥含意深远的文字，寄托着我们留在“丹青”里的想法。几年以后，那些“箴言”因自然之力而膨大，我们却记不起当初的含意了。我们会站在凸起的危岩上，攀住斜伸的竹子荡秋千。竹子的韧性和弹性都好，只要握得牢，没有断裂跌落之虞。如果有几个人一起，我们便会“猴性大发”，攀住一棵，比谁爬得更高、更快。后来听说，上海有学校动议开设“爬树课”，心下一悦：胆略、力量、技巧，俱在其中啊。只不过，彼树不是此竹。后山的冬天，偶有山风刮过，飘下剑形的枯叶，在地上堆叠起蓬松的竹叶。那些竹叶下面，常有我们的“惊喜”：“黄泥头拱”（冬笋），而且是最鲜嫩的。

为了挖掘我们的“黄泥头拱”，我们会带一把小锄头上山，于无数株毛竹里找出绿叶深浓的一株。那些黄叶纷披的竹子，当然是无力繁衍后代的。枝条横斜、叶叶浓绿的竹枝所对的方向，地面上常能挖到冬笋。刨去落叶，刮掉浮泥，发现细小的裂缝和松动的土壤，小心地下锄，可以挖到竹鞭上的笋芽。这要相当的耐心和经验，还要靠运气。一根小小的冬笋，并不能给家里的餐桌带来改观和美味，用现在的话来说，我们只重“发现”和“探索”。大人们并不责骂，一则我们刨不到多少冬笋；二则，据说冬笋是不会长成竹子的。对于冬笋，我的兴趣发生得快，消弭得也快，但我的一个表弟，却一直保留着少年时代的绝技，每年冬天，他都会到我的老家，在很多人已经翻耕过的竹林里，挖掘很多冬笋在我面前展示，他扬扬自得，我则目瞪口呆。

现在要是回忆起来，“掏冬笋”实在没有什么印象。倒是记得一夜春雨之后，我打开后窗，只见后门山的春笋，滴露晶莹，元气淋漓，让我欢呼雀跃。当然，那已经是春天的时节了。

咬定青山不放松

冬天的山林，木叶掉落，枝丫渐老，那些灌木，失去了春天跟夏天的水分，是很好的烧火材料，踩着浓霜，上山斫柴，是村里人常干的活。如果不去砍柴，就去“掏柴株”。“咬定青山不放松，立根原在破岩中”原是板桥老人对于竹子的赞歌，用来形容柴株，却是妥帖不过。柴株有大有小，那些砍伐后留在山地里的树桩，犹如海洋中巨型的章鱼，那是大柴株：树桩是“头颅”，伸展着的粗细不一的根须是“触手”。大人用锄头和斧头，挖出旁根，砍断主干，锯成几段。我们则挖小柴株（那些腐朽的小树桩和灌木根株）：把“张牙舞爪”的根须收拾妥帖，弄下山来，堆在堂前。冬天劈柴，也是乡间一景：男主人“龙盘虎踞”，邻居们观者如堵。柴株盘根错节，肌理复杂，“劈柴爿”相当讲究技巧和力量。劈偏了，招致哄笑；劈好了，获取赞美。冬天有风，偶尔下雪。劈柴的声音、支着的玩笑，在古老的堂前响起，那些码在屋柱间的柴爿，黄黄的树色、清幽的木香，留给人们淡淡的暖意。柴株挖得越大，主人越有面子。有一年年关，我和儿时的一个姓黄的玩伴在兴梵寺旁边的山腰上，盯住一个枫树老树桩，盘桓了半日，我们决定掏这个大柴株。挖掉成片的泥土，斫掉横生的树根，发现树的主根仍然深入土石，真是“立根原在破岩中”。两个少年使出吃奶的力气，挖、扳、敲、摇，那树桩只是兀立不动。天色渐暗，我们望着那庞然大物，相约第二天再来，而第二天就是农历大年三十了。

第二天，我们如约而至，再经过一天的折腾，山坡上的“大板牙”终于拔下来了，树桩的直径居然有二尺余。望着倒在山坡上的巨大柴株，我们犹如两个得胜的将军。远处的炊烟袅袅上升，山头殿还福的“二踢脚”传来钝响，一个颇有成就感的农历年关开始了。许多年以后，老屋的堂前，那个硕大的家伙仍然横卧在那，我不知道当时是怎样把它弄下山的，也忘记了它最后的去向。当年的“合作伙伴”远走异乡创业，年关回家相聚，我们忆起当年的行为，都不禁莞尔。

冰雪心情

雪天是孩子们的节日。

记忆中故乡的雪，总是在夜晚悄然而至。冬天早晨，我们总喜欢钻在厚重的被窝里，享受余温。一听到外面的吆喝：“呵！下雪啦!”我们便会一骨碌爬起来，打开前后窗。漫天皆白，一夜之间，突然有一个全新的世界，着实让我欢喜。那时的孩子，对冰雪的温度感觉是迟钝的，对冰雪的清澈和柔美是很敏感的。那些屋檐下的冰柱，在冬阳里闪烁，我们敲下来当成棒冰吃。河面上结了厚厚的冰，我们喜欢用石头打破冰层，看冰层的厚度，我们会用麦秸秆吹气，在冰块上融出一个洞，用稻草绳穿起、提着，比试谁的冰更大、更持久，尽管我们的双手已冻得通红。

在我的记忆里，大人总是凶的。咒骂，是大人跟孩子交流的常态。雪天，却是例外。雪，好像重启了大人们的记忆，改善了亲子的关系，大人们连呵斥的语调也软化了：“这个恶鬼！雪人要这样垒啊!”他们甚至会和孩子一起推着层层滚动的雪团，然后指挥着孩子们，拿来柴枝做胳膊，拿来木炭做眼睛，于是，一尊巍然的雪人，在我们的惊呼中矗立于庭院。

雪天如此寂静，而我们总想闹出点响动。“谭火暖”是最应景的一项活动。几个玩伴，在空旷的雪地里支起柴草，偷来火柴点火取暖。柴草经雪沾湿，只冒烟，不着火。我们便不遗余力地撅着屁股吹火，浓烟呛出眼泪，黑炭又污了脸庞。众人拾柴火焰高，我们的积极性和创造性是自发的。其实，取暖并不是主要目的。在大人的眼皮底下，我们会偷做种子的芋艿和土豆，放在篝火中烧烤。古书有记载文人烤芋艿的诗篇，谓之“蹲鸱”，味道极好，那是文人的风雅，至于我们，烤“蹲鸱”，纯粹是原始的欲望，又是偷窃的冒险。你可以想象，在一片白茫茫的雪地上，几个孩子围着烟火堆，目光警惕，动作娴熟，火堆上渐渐飘出特有的芳香，不一会儿，那些半生不熟的土豆之类，便从火堆里被扒拉出来，屋檐下的种子变成了满口温香的美味佳肴，而大人们，居然还不知道呢。

雪泥鸿爪

第一次接触“雪泥鸿爪”这个成语，我眼前出现的就是老家、雪天，还有万籁俱寂的山林。大雪封山，晨曦初露，雪面上略有一些酡红。我喜欢在齐脚脖深的雪地里印出自己的足迹，这可能是我跟大地山林最纯洁的契合。有时候，我会朝山林深处走去，寻找积雪上留下的那些觅食的动物的足迹。竹叶形的细纹，往往是那些小鸟的杰作，而梅花形的足印，则可能是村子里那条早起的土狗留下的。但我们的想象常要夸大事实，并且一惊一乍地向同伴叙述莫须有的奇遇：这个说昨天我看见一只巨大的山鸡（一种雉鸡）从这里飞过；那个说前天看到一只豹子一样的动物，在山岗上踱步。一夜飘雪，让我们这一帮村野小子发挥出奇妙的想象，尽管我们循着足印，用木棍刺探可能有动物容身的洞穴，总是空手而归。

白雪覆盖了大地，对于鸟雀们而言，确实断了生路。在乡村，我们对麻雀总是不待见，但麻雀好像特别喜欢和玩雪的少年嬉戏，它们落在屋檐头或者猪圈的矮墙上，叽叽喳喳，侧着头，朝我们挤眉弄眼。我们用雪捏成团扔过去，它们便像一把黑石子在雪地上空散开，不一会儿又聚集起来，歪着头，睥睨着我们。有时候我们跟麻雀玩兴起了，会跑到楼上，打开窗户，用一根木棍支起米筛，米筛下撒几粒稻谷，木棍下端系一根绳子，绳子埋在雪中，人就躲在板壁里，朝外瞄着，等待麻雀“入彀”。小麻雀饥不择食，又怎能识破顽童的心机？见到麻雀们蹦蹦跳跳进入米筛下，我们一拉木棍，那些行动迟缓的贪吃者便被罩住了。看着它们在米筛里扑棱着翅膀，我便小心地伸手进去，抓出一个来，用缝被线系住它的一只脚，看着它在雪地里惊慌失措，上下翻飞。现在想来，大概是我们并没有把麻雀当作兽类吧，它们就是我们的玩伴。在寂寥的雪天里，我们用它们不喜欢的方式，把它们跟我们单调的生活联系在一起，尽管我们也用鱼篓作为它们的屋舍，用米粒作为它们的玉食，但是它们就是翻着白眼，不肯就范。

雪停了，如果还有人牵着个麻雀游戏，会被大人骂的。于是，我们便把奄奄一息的麻雀放掉，看着它忽高忽低、跌跌撞撞地向后山飞去。

苏东坡说：“人生到处知何似，应似飞鸿踏雪泥。泥上偶然留指爪，鸿飞那复计东西。”现在想来，那些麻雀也许早已老死在故乡寒林的雪地里。雪泥鸿爪禁不住阳光一照，那么人生的痕迹，禁得住时间的光照否？

2018年11月

少年有味是清欢

斑　楂

对于斑楂（读如bānzuó），我有着近乎老友般的深情。今年清明，在老家乍见一树斑楂，不胜喜欢。树的主人略懂园艺，树被造型成数层之“塔”。“塔”间挂满玲珑黄色小果，犹如铃铛，见之口舌生津，便忍不住摘了几颗，一种追忆的酸涩，便在喉吻间弥漫开来。

斑楂在别处有称胡颓子、羊奶子、三月枣的，是一种多年生胡颓子科常绿灌木。斑楂极守信用，生长于斯，结果于斯，今年采撷，明年再去探访，一定不会落空。大多数的植物春华秋实，斑楂却是秋华春实——经过一个漫长冬天的孕育，阳春三月，斑楂被春风和暖阳唤醒了，青色的果体，包裹着一层银色的表皮，还带着霜雪的寒光。斑楂果椭圆而细长，恰似马奶子葡萄的形状。四五月时，成熟的斑楂，其橙红之色从果肉里边向外渗出，犹如一枚半透明的红玉，纳诸唇齿，酸甜可口。山坡上、柴草间、地角落里那些较大的斑楂树，往往隐藏着少年们酸甜的秘密。我曾在老家的鸡冠岩上发现一株丛生的斑楂，悬挂在高低落差两米左右的地坎里壁，主干粗如手臂，枝条卷曲如织，藤蔓纷披，亭亭如盖。斑楂树的叶子，表层绿色，底层银灰，和藏在叶面底下的未成熟的斑楂颜色并无二样。我仰头看，居然发现那棵斑楂悬果累累，犹如无数青中泛黄的灯笼在我头顶亮起。我揪住茅草，踩着柴株，状如壁虎，贴在地坎里壁上，攀住那棵斑楂王。斑楂当然没有成熟，但我要试着一吃，以惯尝野果的经验，揣测它成熟的日子。这果儿核大而软，极为酸涩，吃一颗就会打一个激灵，用以提神原是极好的。可那时的我，攀岩上树，犹如猴子，闻香识臭，恰似警犬，是无须靠斑楂来刺激精神的。尝过几颗后，一跳落地，怀着一丝丝被同伴发现的隐忧，巴望着日子快点过去。大约过了一星期光景，我实在按捺不住了，便悄悄溜上鸡冠岩。那一树斑楂果，现在是一树红彤彤的“小灯笼”了。山风拂面，“灯笼”晃眼，流连于树下，嘴里满是酸甜的味道。无人知道此时的我，正心满意足地享受着属于一个人的秘密。

许多年以后，我外出求学、工作，酸甜苦辣，尝尽人间百味，渐识人生世相。如此真切的“鸡冠岩”和“斑楂”也早已退居记忆的边缘，变得缥缈起来。有一年却不知记忆因何苏醒，想去造访“故人”斑楂。披荆斩棘来到鸡冠岩的大平地，地坎里壁早已空空如也。询诸乡亲，答曰：“现在专门有人上山挖斑楂，卖给别墅的主人家，价钱很高呢。”街区鳞次，屋舍俨然，城市化的步伐越来越快，斑楂也被连根挖起，成为大户人家的绿植了。不过，也不奇怪，如今园艺之胜，姹紫嫣红，但人们总是忘不掉少年纯情和乡村故物。于是，在怀乡者的锄头下，“乡愁”也被移植到城市的别墅里去了。

摘摘梅

摘摘梅，学名雀梅，又称雀梅藤、酸果、酸味仔树，是一种“胡搅蛮缠”的灌木。如果不是它也能结出一串串浆果，那真是我们的“刀下之物”了。

它如此贱蛮，随处疯长在山坡地坎、断壁残垣之上，好像对土质和环境没有什么要求。底部盘根错节，枝条横七竖八，藤蔓延卷到半空，和周围的灌木丛纠结在一起，形成巨大的荆棘丛。即使长在地坎头的石缝里，它的根也无孔不入，它的枝惯于喧宾夺主，不砍掉，来年便会强横霸道，凌驾于庄稼之上，横曳于阡陌小径，阻挡着路人过往。因为长得放肆、蓬勃，一寸来长的刺咄咄逼人，人们常用它来做篱笆。我不关心雀梅何时开花，也不知道花的模样，我只知道它椭圆形的叶子，绿中带黄，斑斑驳驳，叶子底下，偶尔有串串浆果。每年春末夏初，经过山间地头的时候，我们会小心翼翼地拉过远处的枝条，避开枝条上的尖刺，撸下一串串青黑色的小浆果，拣那些稍大一些的果实来吃。在所有可以吃的野果子中，雀梅的果实是最小的，不如乌珠和乌饭大，味道偏酸，甜度也稍逊于乌饭。那个时代，只要可以进嘴的野果，我们都乐意做个神农氏尝一尝，尽管我们会被酸得打战，但是爽口生津，别有滋味。

摘摘梅也能满足我们的口腹之欲，但地位排在诸果之后。加上它性喜攀缘，常常长得太快或者长得不是地方，要被我们加以斧钺——用结刀（一种柴刀）收拾的。砍下的枝条因为多刺，也不能当柴烧，最不招人待见。老话说“仓廪实而知礼节”，审美也总是在填饱肚皮之后才能发生——那时乡下物资贫乏，人也风雅不起来，没有人挖摘摘梅来栽种的。城里人善怀乡，士大夫有癖好，亭台楼阁里要有缩微的斜阳烟树。这种乡野常见的灌木，便被改造成盆景，供奉于华堂客厅之中，原来这是中国士大夫传统的嗜好——雀梅盆景享有树桩盆景“五贤”之一的美称，据说是岭南派盆景的主要品种。物资富足，时代变迁，那些先富起来的人便开始爱好风雅，雀梅也就登堂入室——那些家有庭院的主人，从山上挖来老植株，“斫其正，养其旁条，删其密，夭其稚枝，锄其直，遏其生气”，将雀梅造型成欹曲夭矫之貌，以为奇景。最近更了解到，近年“纳大千于方寸”的中国盆景也被老外青睐，当初不被我们待见的摘摘梅，居然也摇身一变从中国的穷乡僻壤漂洋过海，堂而皇之地成为老外家中的稀罕之物了。

有一次，我到一位三门教育界朋友的山庄休闲。主人雅爱农事，名木古树满坡皆是。他兴致勃勃地指着一株虬枝苍老的植物，让我猜猜是何方神圣。那树布满龟裂，主干不甚高，但大可合抱。新发的斜枝，长着一对对椭圆形嫩叶，边缘有细细的锯齿，薄而亮绿的叶在阳光下近乎透明。有点熟悉，又有些陌生，反正记忆里找不出如此植株。主人见我颇费踌躇，自豪地告诉我，这就是我们小时候每个人都吃过的摘摘梅！大约有一百五十年树龄了！我大吃一惊，田间地头的摘摘梅居然也能长成百年巨木！我连忙双手合十，顶礼膜拜：这真是雀梅之神啊！抚摸着龟裂的树皮，我不禁有些恍惚起来：它当初生长在哪一片山坡上？又见证了多少世间沧桑巨变？它走过多少路途才来到我的跟前，让我仍然可以在它的枝头上品尝果实？当初像我们一样曾在它的身上撸果的人，最终都去向哪里？

那棵百年雀梅立在那里，不言不语。

山　茄

山茄（读如sānqià）是一种匍匐于地的藤生草本植物，牵牵连连，每一节藤茎下都有根须下扎，细细的藤茎上是纺锤形的叶子。山茄的叶与众不同，两叶对生，每一枚叶子，叶面都有两圈圆弧形的叶脉。在乡下，很少见到趴地生长的植物，叶子长得如此精致、整齐而漂亮的。所以，发现一片山茄匍匐在地，我们不免要惊叹或抒情："啊！山茄！"

要是在春夏时节，还会在一片深绿色的叶间，发现朵朵五瓣粉花。花开不高，紧贴叶面，白里泛红，花蕊如丝，向上卷曲着，一副楚楚可怜的样子。发现这样的所在，我们是要默默记住它的方位的。到夏秋之季，在老地方，或者新地方，一颗颗浑圆如佛珠的山茄果，闪耀着深紫色的光泽，向我们招摇。乡间许多野果，都和我们保持着良好的默契，岩石边的吊红、山坡下的杨梅，地坎里的斑楂，我们一见钟情，便年年在熟悉的地方、在特定的日子里如约而至，山茄也是如此。

其实，山茄果表皮颜色并无特别的亮光，又被挨挨挤挤的绿叶遮蔽，是我们悦纳的眼光照亮了它们。我们自有神通之眼，于繁复的灌木丛中，识得"珍珠"——我们暂时放下柴刀，或者拄好柴担，挑选那些颗粒饱满、颜色深紫的浆果，大快朵颐。山茄果酸甜而多汁，薄皮之内，有细而多的籽儿，一颗入口，有特别的清香。如果独自遇见，我们便从容不迫，从黑到紫，一颗颗慢慢品尝；如果集体发现，我们就慌不择食，囫囵吞枣，一把把往嘴里塞，吃过山茄果，脸上总是带着两撇紫色的"胡子"回家。

乡间少年都是"博物学家"，我们从山野田头里识得百物；又是"植物学家"，总是喜欢尝试各种瓜果桃李。如果你在一个乡间小院里遇见一棵亭亭如盖的古木，说不定是祖上某个少年一时兴起的移栽。我曾经把山茄挖来，种植在自家的瓦盆里，期待来年结果，以丰富那个时代寡淡无味的口味，但山茄野性十足，依恋故土，总是不肯开花，更遑论结果了。好几年，我一直做着这类劳而无功的尝试，山茄也一直固守天性，宁愿终老林泉之下，不肯炫耀于小院墙头。

有一年，有老家的年轻教师送我几盒蓝莓，装在小巧的塑料盒里，据说滋味不错，营养价值极高。我嗑破一颗，味甜多汁，有特别的清香，是熟悉的味道。我不禁自言自语：这味道太熟悉了，有点像乌饭，又有点像山茄果。老家的小朋友一脸懵懂：乌饭是什么饭？山茄是哪种茄？我说，乌饭不是饭，山茄也不是茄。小朋友求知欲极强：那不是饭为什么叫乌饭？不是茄为什么叫山茄？我只好笑着说："小老乡啊，这些都是野果，是我们少年时代最美的味道。你回去问你的父亲这一代人就知道了。"

2019年寒假

·渔　趣·

河塘渔事

我对于故乡的最深记忆，就是村口的塘田变成一片汪洋。

同样是白水汤汤，我们会从大人的表情里读出好歹。如果是大潮汛，塘堤溃口，海潮汹涌，大人们奔走呼号，村庄里鸡飞狗跳，低处人家面临着“没顶之灾”，我们只好战战兢兢地转移到高处。如果仅是几场暴雨造成河道漫溢，平时区划分明的水稻田阡陌消弭，大人们则忙着“排水缺”（在田间靠河道的所在，挖开缺口，放掉水田里多余的水），于我而言，“倒水”的好时机也来了（那时河里多的是鱼，它们又有逆流而上的习性，于是，那些排水的水缺里，常可见鱼儿打着水花逆水而来，我们就铺设鱼篓，等鱼入彀）。

“倒水”大的用“倒笼”（一种敞口、细颈、大肚的鱼篓），那是大人专用的渔具；小的有“克头”（讨小海用的鱼篓，比倒笼小得多），这是我们模仿大人用的。如果豪雨未歇，我们还得穿上蓑衣，戴上箬帽，扛着锄头，深一脚浅一脚地滑行在田塍河岸。遇到合适的地方，我们先要改动水缺，便于放下倒笼或克头，倒笼和克头的尾部要稍稍下沉，形成储水空间，鱼儿才能“适得其所”。笼身要压上泥巴和水草，免得被水冲走。笼口饰以苇草，迷惑鱼类。一切准备就绪，便离开水缺。约莫个把小时，我们便悄悄地接近水缺，猛地一下子提起笼口。在我们眼里，这些鱼儿会斜着眼睛察言观色的。如果动作迟缓，它们就会从笼里逃出来。尽管每每只有一些白眼眉（一种状如眼眉，极细小的鱼）、鲫鱼夹（小的鲫鱼）、泥鳅龙（泥鳅）之类在笼里活蹦乱跳，但我们对下一次的收获总是满怀希望。

大人们对于我们的做法，是颇为不屑的：“小鬼也学大人摇卵。”他们倒水，往往选择整段河道。如有河水流动的迹象，他们便在河道稍窄处，筑以杂草淤泥，让河流稍稍提速，下游的鱼类，便会感知到水流涌动，向上游洄游。这时候布下倒笼，收获的往往是大家伙。我曾经看到大的倒笼有我一人之高，下部隆起，我们要两人才可合抱。大人们布置好后，便无事一样回到祠堂前抽着旱烟。有时候，我们等得急了，不免心旌悬悬：“可以去倒了！可以去倒了！”大人慢条斯理地喷一口烟，说：“小鬼识得噶姆啊！”（小孩子知道什么啊！）等到大人终于抬起倒笼时，我们都蜂拥着围观。笼子提到河岸，笼底每一条鱼都在做无望的弹跳，发出“啪啦啪啦”的声响，其中以鲫鱼和泥鳅居多，运气好的话，甚至可以遇到鲫鱼扁（大鲫鱼）和湖鳗（鳗鱼）。根据渔获的多少，我们围着倒笼或欢呼，或叹息，或奔走相告。虽然，这些鱼，跟自家的晚餐毫不相干。

那时候，村前的深河、祠堂前的直河、黄山脚跟的冷水河，是鱼类栖息的天堂。革命草从河岸向河心肆意蔓延。水角菱牵牵连连的，心形油叶缀着串串葫芦。硕大而多刺的睡莲，挺着茎秆，摇曳着蓝色花朵，偶有蜻蜓着陆。水蝇在水面上自在滑行，惊得一群白眼眉四下逃散。青蛙们则虎视眈眈，伺机而动。天热的时候，鲫鱼张着嘴巴，仰面向天，呼吸氧气，一瞥见我们便倏忽不见。河鳗和黄鳝在淤泥里穿行久了，把头搁在一根革命草上休息。泥鳅则甩动黄色的尾巴上蹿下跳，在河面上制造圆圈，乐此不疲。夏天的河，充斥着它们觅食、求偶、游戏、争吵的声音。我常长时间地在河边凝神，静听，遐想，并煞有介事地告诉过路的大人：这里有鲫鱼扁！大人们往往不以为然：“小鬼消乱讲！”（小孩子别乱说。）这种想象多于真实的“发现”往往是无人理睬的，谁又会在意一个水边少年的白日梦呢。于是，我索性折一段中空的革命草，做成哨子，“哔——哔——哔”地加入河道里那些生机勃勃的交响。

降雨减少的季节，河道的水位降低了，这时就可以“斛潭”了。数个年轻人，带着锄头草耙（一种四个齿的农具），用柴草和泥巴把河道截流成数段，有时候还要固以木桩。两条堤坝筑严实后，再把堤坝之间的河水“斛”干，这实在是力气活。两人就用水车（一种十米来长的排水工具，中间有叶片，利用人工转动叶片，把水排出）或吊桶（水桶两边系上绳子，一人攥住一端，从堤内舀水往外倒），一人就用畚斗（一种装上长柄的畚箕，从堤内向外扒水）或矮斗（一种小水桶，舀水向外倒），除水车外，其余几种都称“斛水”。几个合作者轮流斛水，余下的巡查堤坝，以防漏水或溃塌。随着水位渐降，水波动荡，鱼儿们早早知道大难将临，有些跃出水面，做“困鱼之斗”，有些在浅水处左冲右突。不等河水完全抽干，斛潭人便拎着水桶或克头，从河尾和两边开始捉鱼。河边的洞穴里，有多毛的螃蟹，当然也可能住着水蛇。深可没膝的淤泥里，钻着河鳗和乌鳢，残水浅洼处不断弹跳、翻着白眼的，往往是鲫鱼和鲤鱼。不知为什么，对泥鳅和黄鳝，大家都无好感，“泥鳅鸟（读作diào）龙”“黄普鳝假死”往往是用来描述这两种生物的，以致到现在我仍然拒绝这两种动物做成的菜肴。村里有个老人，常常拿着一把柴刀，专门收拾大家不要的黄鳝。人们一旦捉到黄鳝，便朝他扔过去，语带不屑：“喏！拿去！”他便在众人鄙夷的目光中拾掇而去。一段河道“竭泽而渔”后，另一段河道的水再放进来，待两边水呈平面，再把缺口堵上，接着“斛”第二段河道的水。因为已经排了一段河水，第二段河道的排水量就会减少一半，但渔获一般是不会减少的。

村前深河“斛潭”，简直是孩子们的节日。岸上的小观众，比河道里的大人更加兴奋。据几个大姐讲，每当这时候，五六岁的我亢奋无比。平时常在河边谛听鱼的话语，联想水下世界的奇妙，现在居然可以“真相大白”了，这种新鲜感是无以复加的。于是我在河堤上奔走，大呼小叫，往往把小水洼里的一条小鲫鱼叫成鲫鱼扁。大人当然不会理会一个小屁孩眼中的鲫鱼扁，于是我就急不可耐，“扑通”一声跳进淤泥里抓我的鲫鱼扁去了，不料整个人陷进淤泥里，差点没顶。幸亏旁人眼明手快，抓住我的衣服把我像萝卜一样拔出来。等到“斛潭”结束，水面平静的时候，我才发现自己的那双心爱的“壳鞋”（小孩子穿的塑料凉鞋）永远埋在淤泥里了。这段故事，作为我从小爱鱼的见证，被大姐们揶揄很久。

大哥也偶尔和大家合伙“斛潭”。有一天不知得到什么启发，决定独自到黄山脚跟“斛潭”，我是他的小跟班。那是一个下午，河水快斛干的时候，发现堤坝渗水比“斛水”的速度更快，“涸辙之鲋”在望，岂能泡汤？大哥连忙指挥我叫上几个姐姐，带着箣（一种竹条做成的桶形渔具，下部敞开，上部有抓手）和赶罾（一种四根竹竿和渔网组合的渔具，收缩可藏，撑开可渔）来。大哥用箣在水中左右开弓，老姐提着赶罾在河水里手脚并用，我依旧在岸上来回奔跑，大呼小叫。未等打扫完“渔场”，上游的堤坝轰然倒塌，大水冲走龙王的子孙，大哥和老姐也成了落汤鸡，幸亏他们背上的克头并未随水而逝。上得岸来，渔获居然有半个水桶！回家的路暮色笼罩，那些鲫鱼在水桶里闪着银白。远处的炊烟早已消失，我的鼻子里却渐渐荡漾起鱼汤的鲜香味来。

在众多的渔事中，钓鱼一般是孩子们的事情，当初武岙尚有小学，几个老师也会偶尔参加。现在垂钓都有俱乐部，成为奢侈的象征，有专门的电视频道，显示着有闲者的时尚。可过去村里的青壮年拿钓竿是会被老人讥为游手好闲的。只有一种例外，那就是永镇塘“翁鱼”（一种生活在咸淡水交界的鱼类，青背银肚，形似鲻鱼而鱼鳞稍阔）高发时。我们砍来细竹，用火熏直，做成钓竿，织网用的尼龙丝恰好做钓线，没有鱼钩，我们就用家用的针放在煤油灯上烧红，用老虎钳拗成钓钩，系上尼龙丝后，在鱼钩和鱼线的连接处，包上牙膏壳，作为鱼坠，再剪一段两寸长的蒜秆为鱼浮。再在房前屋后，掘地一尺，翻出蚯蚓作为鱼饵，然后带着克头垂钓去了。

那是颇为壮观的景象，一排人兀立岸边，用力朝外甩钓钩，鱼竿和线在风中“呼呼”作响，离岸二三十米远的水面，浮子载沉载浮。翁鱼往往成群结队，生性贪婪，不像鲫鱼那样狡猾。于是，刚放下的浮子，很快就直线下坠。这时候提竿，往往十中八九。鱼群麇集的时候，岸上的钓竿此起彼落，咬钩的翁鱼摇头摆尾，在阳光下闪闪发亮。翁鱼心大，钓上一条，并不会惊走同类，于是，钓鱼就如同拔笋（意思是手到擒来，极为方便），运气好的话，一个下午，就能装满克头。当然也有意外，钓到半空的鱼忽然脱钩，“扑通”一声跌回水塘，激起一片水花，鱼群四下逃散，这时候，你就得另觅地点了。钓翁鱼是需要一定体力的，钩要打得远，翁鱼不会游到岸边，那鱼足有一尺来长，没有力气是拉不起钓竿的。我们除了围观和喝彩，只有用稍短的鱼竿在里塘钓鲫鱼。鲫鱼极为狡猾敏感，它会频频试探鱼饵。当浮子刚被拉下水的时候，马上提竿，总是十有九空，等到下沉的浮子重新反弹上浮，这时提竿才有胜算。此时，竿梢轻颤，银鳞闪烁，水花飘洒，一条鱼自远及近，我们顺线在握，在同伴的艳羡目光中把鱼放入河草中的克头，任鱼在克头里“啪啦”作响，这种幸福骄傲的体验，不是作壁上观的人们可以理解的。

有一个午后，微风不起，苇尖不动，远山静默，近水如镜，熟悉的水草气味慢慢升腾，这跟我们以往垂钓的日子没有两样，但好长一段时候，鱼儿也不来咬钩。我们百无聊赖，村口的喇叭突然传来哀乐，接着播送伟大领袖毛主席逝世的消息。那时候我们的语文课本的第一课就是“毛主席万岁”，在我的心目中，毛主席是“万寿无疆”的。听到这个消息，确实心下大惊。那年，我大概正在东岙清清寺读初一，对毛泽东于中国的意义，懵懵懂懂中略有所知，觉得毛主席死了，天就要塌下来了。我连忙收起钓竿，背起克头，朝站在河边的同伴们喊“快回家啊，毛主席去世啦”，好几个同伴在我失色的表情和忙不迭的动作里，感觉到事态严重，也收拾钓竿，一路小跑回家了。记得那次离开武岙塘后，我就基本不碰钓竿，而且离故乡的山水越来越远了。

2019年暑假

与它们对视

小时候，老家村前边的永镇塘，盛产鱼类，宁海出南门，最为有名。永镇塘塘坝外面就是三门湾旗门港的滩涂，叫作“葛岙塘港”。

学校放假后的第一件事，就是候着潮水退去，背起“克头”去“落海”。“克头”是一种竹制的鱼篓，呈倒梯形，广腹，细颈，圆口，粽箬叶做成的盖子留有小孔，捕获的“虾兵蟹将”收纳其中——当时是家家必备的渔具，现在成了怀古恋旧的象征。我们到近海滩涂去捕鱼捉蟹，不叫“讨小海”，而叫“落海”，与“上山”恰成动作和言语上的对偶，确也名副其实。与大人“落海”不同，他们有着明确的目的，而我们更多的是借“落海”之名在这片滩涂上跋涉、猎奇、撒野，满足小小的探险欲和好奇心。滩涂上永远有一双双忽闪忽闪的眼睛和我们斗智斗勇：蟳（读作xún，学名锯缘青蟹，古称蝤蛑，读作yóumóu。宁海、三门、象山一带读似“yín”，应该是“蝤蛑”的快读）那双绿豆大小的眼睛，起伏不定，遇见我们，即刻举起一对硕大的钳子。弹涂鱼真是“眼睛长在额头上”，但灵活性和警惕性无与伦比。与同类争斗，阔口竖鳍，气势汹汹；遇见人类，昂首曳尾，眨眼不见。望潮则潜伏在一汪清水的洞穴里，翻着白眼，不动声色，静听我们的足音。红钳蟹举着大过身躯的螯子，斜着一对细眼，在滩涂上晒着“日光浴”，一见我们，便迅速钻入洞穴……

天地开阔，港汊纵横，微生物丰富，小动物们借此生生不息。无作业催逼，有进退自由，跋涉于这一片偌大的滩涂，下一刻总有惊喜。在潮汐消长的许多年里，我们和这些小动物就是这片滩涂的主人。

一

“落海”工程中稍大的，就是伙同弟弟去“作港”。葛岙塘滩涂上的每一条小港都有源头，即使潮水退尽，源头的水流也会潺潺不绝。“作港”，就是在小港上游筑起一座临时的“大坝”截流，使得下游进入枯水期，栖息在小港里的小鱼小虾之类就历历在目。这实在是近于游戏：在坝址的内侧抠出海泥，是现成的筑坝材料，又可以增加“库容量”，一会儿就出现“高峡出平湖”的景观，“坝”的高度取决于水流大小和小港的长短。当堤坝筑好以后，下游河床裸露，一派渔获在望的样子，我们便分段摸索。白蟹公（指小的梭子蟹）或蚜头疯绝望地眨巴着眼睛，感觉到由远及近的“灾难”，争先恐后地逃窜，我们一坨泥巴甩过去，就稳稳地粘住它。偶尔有手指粗细的硬壳虾拱起背脊，在一汪残水中挣扎。小虾们则在淤泥里此起彼伏地弹跳。银鱼（一种小鱼，细鳞、广口）则钻在小港两边的洞穴里，睁着幸灾乐祸的小眼睛。一手进去，有时会捉出两三条来。当然，也有“危情时刻”，我们还没有摸索到终点时，上游便来了“惊涛骇浪”——堤坝决口了！我们只能跑上高处扼腕、顿足、咒骂，一场“洪水”冲走了行将到手的“战利品”，那些身陷绝境的鱼虾因此重生。如果是和几个小伙伴合伙“作港”的，渔获的分配形式有两种。一种是几个人前后拉开一段距离，当后一个人摸到前一个人的地方时，便起身到最前边的那个人的前一段摸索，所摸即所得，至于哪一段“港区”的鱼、虾、蟹多一些，则全凭“水花运”（意为讨小海渔获多少的运气）。另一种是“拔蓬”分配，把渔获按人头平均分成几堆，做长短不一的几根草签（叫“蓬”），抽取后，按照蓬的长短依次挑选滩涂上的渔获。现在想来，此举涉及劳动付出和利益分配，本是最棘手的财富分配难题，我们就这样聪明地解决了——当一帮顽童在这一片滩涂上自觉躬行公平和机会的理论时，经济学还没有进入我们的课堂呢。

二

当然，最值得期待的，还是“捉纤”。收获颇多，而且刺激。“夹纤”是三门湾近海滩涂上的一种捕鱼作业。在近海滩涂上，趁潮水退下，夹纤人在滩涂上打下一排木桩，把高可丈余的网绑在木桩上，网的下沿踏进滩涂。纤网范围有时可达千米，形成网墙，整面网墙呈弧形。弧形的网墙内，一定要包有几条港汊，港汊里的网带着“网袋”。这些活儿，均要在涨潮之前做好。那个时候，本村好像没人擅长夹纤。来夹纤的，都是对面葛岙、外黎、东头村人。涨潮的时候，潮水没过网纲很高，海中的鱼虾就可越过网纲进入，纤网的两端也没有封死，均可进入鱼类。等潮水涨平的时候，旗门港内一片汪洋，汪洋下面就是白天布置好的纤网。海边民风彪悍，如果退潮在白天，青年人就会去抢纤（抢着捕捞网内的鱼），特别是当对方来自外村，而且人手不足的时候。所以布置渔网一般在白天，等潮水退去，晚上就可以捕捞网内的鱼，这样可以避开抢纤。有时候，当我们远远发现“洋岸坎口”（滩涂伸入海滩底部）有人扦插着木桩，张挂纤网的时候，就知道晚上可以捉纤了。捉纤比抢纤稍为文明，抢纤仗着人多势众，近似“掠夺”，捉纤则多是少年人所为，在夹纤人疏忽的小港尾，或者在他们已经捕过的地方，捡拾“漏网之鱼”。

我曾在一个月色迷蒙的晚上，跟着老哥去捉纤。我们等在岸上，看潮水一点点退去，高涂上的木桩黑魆魆地逐个露出，然后挂着水星的网纲，也逐渐连成一弯弯弧线。最后，高处的滩涂完全露出，只剩下两条港汊尚有海水。这时，我们就悄悄下水了。机缘巧合的是，那天晚上退潮甚急，抑或是港底的渔网没有踏牢，反正，丰收在望的时刻，港汊里的木桩向外倾斜了！夹纤的鱼最后都是集中到港汊里的，如果渔网随着潮水倒掉，港汊里的鱼虾全部要付诸东流了。夹纤人连忙朝我们大喊：“快来帮忙！等会儿一起捉鱼！”于是，夹纤和捉纤双方一下子变成了“利益共同体”。我们跑向港口，扶起倾斜的木桩用力往下插，有些水深的地方，需要潜入海水把浮起的网重新踏进滩涂里。我是第一次如此接近纤网，月色中的网眼，闪着蓝色的水珠，不时可见上层网眼卡着叽咕（一种小鱿鱼）、薄先（一种刀形小鱼），而真正的大鱼，是顺着港底走的。我们勠力同心，把这些行将倾覆的纤网扶正，正想着享受“帮忙”的成果时，夹纤人变卦了。好在有些鱼有逆水的习性，即使在港尾，只要有水流，它们仍然向上冲。鲻鱼鲛（小的鲻鱼）刚可盈握，抓住头部，它左右用力地甩着尾巴。水伞枭有着比目鱼的头和银鱼的身子，身上带刺。这些鱼平时“作港”是抓不到的。当我摸索到一个小港分岔处时，一洼水潭里浮着一截木头，发出蓝幽幽的光。我好奇地按了一下，不料这家伙泼剌摆尾，原来是一条跟我大腿一样粗细的鲻鱼（当然，那时我的大腿，估计跟大人的胳膊也差不了多少）！我一阵狂喜，抱住鱼头。鲻鱼不断挣扎，发出惊心动魄的“啪啦啪啦”声，我蹲下身子，把鱼埋在拐弯处的淤泥里，做上记号，跑去向老哥报告。那晚的“水花运”实在太好！收获超过了任何一次“作港”。在回家的路上，老哥解释说：这叫老天爷有眼，我们帮了人家，老天爷奖励我们啦！

三

村子里的女孩子也有下海的，但女孩子带的多是丘篓（一种圆口直桶的鱼篓）。好像是一种约定俗成，男孩很少带丘篓，那似乎是女人的东西。克头是斜背在身上的，如果渔获多一些，克头沉一点，走在回家的路上，真有将军凯旋的感觉。虽然不是什么山珍海错，但大人的表扬是少不了的。丘篓是系在腰上的，那只适合于女孩子。而村里的女孩好像对于“作港”、摸蚶、钓望潮、抢纤之类不感兴趣，她们感兴趣的是“扻细蟹”（即抓红钳蟹）和挑蛎。红钳蟹满滩涂皆是，远远望去，有的独自发呆，有的缓慢散步，有的谈情说爱，有的捉对斗殴。人一靠近，倏忽之间，全部入洞。女孩子们左手套着丘篓，右手伸进蟹洞，一洞一蟹，触手可得。有些手快的女孩，左右各提着一个丘篓满载而归的时候，我们这些不屑于捉红钳蟹的小子，还在滩涂的高处晃荡呢。如果有谁也腰系一个丘篓，像女孩子那样去“扻细蟹”，便会被村里的同伴们耻笑。克头是男孩子的标配，男性化，容量大，装的可是鱼、虾、蚂之类，男人要抓大放小，眼光可不能落在小小的红钳蟹身上呢。

今天，旗门港内的滩涂仍在，葛岙塘港已分割成大小不一的养殖塘。养殖塘不断排出富营养化水体和药物，原先那些“土著”，都差不多断子绝孙了。只有少数红钳蟹和跳跳鱼，仍然睁着惊恐的眼睛，在这片古老的滩涂上苟延残喘。

2019年暑假

八月蝤蛑强似虎

青蟹古称蝤蛑（yóumóu），老家人叫作蝊，恐怕是“蝤蛑”方言音的快读。唐代段成式在《酉阳杂俎·广动植》里说：“蝤蛑大者长尺余，两螯至强，八月能与虎斗，虎不如。”此书为志怪笔记，所记无可稽考。《本草纲目》延续此种说法：“蝤蛑……一名蝊，随潮退壳，一退一长。其大者如升，小者如盏碟，两螯如手，所以异于众蟹也。其力至强，八月能与虎斗，虎不及也。”以蟹搏虎，以讹传讹，《本草纲目》亦不可免，不过可见出蝤蛑的生猛。年老的父亲，生前确实跟我讲过蝤蛑叼小孩的故事；在台州的玉环，也有蝤蛑斗虎的故事流传。

正因为如此，捉蝤蛑是颇具风险的。每当潮水回落后，当滩涂露出高地，小港汊里的水所剩无几，我们这些“弄潮儿”便开始摸蝤蛑了。蝤蛑会随着潮水进退，潜伏于小港的淤泥表层。它的反应灵敏，稍被触动，便会扬起一双蝊钳（即螯子），夹住我们不安分的手。只要被蝊钳夹住，那一定会皮破血流的。所以“浑水摸蝊”时，真是心忐忑而手哆嗦，一旦触碰到蝤蛑，会条件反射一般地缩手，但恰恰就在此时被夹住了！“蝊头疯”（小的蝤蛑）有“壮士断臂”的决绝：蝊钳死死地钳住你的手指，而身子早已逃之夭夭。我们只好忍痛抬手，龇牙咧嘴，咬碎蝊钳——否则它就“咬定青山不放松”。只有那些胆大心细的同伴，能用巧力按住蝤蛑，避开“锯缘”（蝤蛑前端的锯齿状部分），拇指和小指抄住它的两只后腿，单手就能捉住。水中摸蝊，随时有皮破血流的危险，所以这是男孩子勇敢的冒险，女孩子一般不在其中的。

有了血的教训后，我对塘坝脚下的石缝产生了兴趣。大凡石头缝隙中有浑水的，洞口有蟹脚爪印的，洞内有“唧唧”之声的，石缝闪过一双“绿豆眼”的，往往就有蛸蛑窝藏。我们常见东岙村来的“钩蝤”高手，只凭一柄铁钩，就屡有斩获。我们就如法炮制，用硬铁丝做成“蝤钩”，沿着坝脚寻找，蛸蛑们负隅顽抗，我们往往所获不多。如果确定洞里有较大的蛸蛑，又“钩长莫及”时，我们就会想方设法挖掉泥沙，摇动石头，消除屏障，洞穴的底部终于露出蛸蛑的小眼睛。我们挥动铁钩，得意扬扬，而蛸蛑则惊恐万状，进退失据，只好乖乖成为我们的俘虏。当然，这种拆墙翻石的行径是要被望塘人（巡视塘坝的人）叱骂的。所以得手之后，要把石头重新砌进塘坝，掩人耳目。有时候洞穴曲折，石坎牢固，双手伸不进，铁丝够不着，那蛸蛑就对着我们眨眨眼睛，吐吐口水，嘲笑我们的无能。我们只好恼羞成怒地用铁钩往石缝里一通乱捅，最后悻悻离开。

与我们的“游击战”相比，大人们捕蝤则相当于“正规军”作战。不同的季节和区域，捕蝤工具和方法都有不同。在滩涂上，有人会做好“蝤屋”：挖一条一米多的甬道，覆以黏土，形成洞穴，在洞口放置石块，留一小口，一切都像蛸蛑同类所造洞穴的样子。蛸蛑喜欢穴居，人们就诱其深入。外乡人尤擅此道，本村人好像不太喜欢这种暗藏心机的方法，他们的捕蝤法直接得多：濒海的滩涂，上面常有一层稀薄的淤泥，随波逐流的蛸蛑们，喜欢隐身于此，凭肉眼是很难发现的，大人们便用一种“蝤掸”——形如扫帚，扫帚部用竹条做成梳子状——像扫地一样扫去，稀薄的淤泥会从梳子间隙中流去，隐身其中的蝤便被打扫出来。还有一种是用网捕。每到夏季，一种用苎麻织的网做好了，每家每户都有几张这样的网，每个生产队都有自己的小船，生产队收来各家苎网，统一出海。旗门港一带，是捕捉白蟹（即梭子蟹）和蛸蛑的理想海域。一个潮水消涨过后，网着白蟹的苎网回收到村前，各自拿回自家的网，拆解下的白蟹，按照比例和生产队分成，俗称“拔头”。用苎网捕到的蛸蛑，俗称“苎网蝤”，当是最好的品种，起网的时候，就拆解下来，统一放养在船舱里，归生产队集体所有，以几角钱一斤的价格卖出。我曾经以四角八分一斤买来连夜挑到城关镇，卖八角一斤，赚取差价。要知道，那时一个正劳力（做一天活能计十分工）做一天的收入，也只有四五角钱，只能买一只蝤蛑呢。

据大人们介绍，来自不同海域的蝤蛑，养在一起，是要打群架的，蝤蛑强似虎，也指它们的好勇斗狠吧？暑假，我们会溜上船，看望那让自己又爱又怕的蝤蛑们。我们撬开船舱板，它们的反应极快：竖起细长的眼睛，举着巨大的螯子，迅速转移体位，“蟹视眈眈”地朝向我们示威。正因为如此，缚蝟（把蝤蛑捆起来）是一种略带风险的技巧。有些大个儿的蝤蛑力气巨大，需要用脚踩着，它才能就范。缚蝟要用滩涂上的金丝泥，均匀地粘涂在苇草上，卷成绳子，作为缚蝟的绳子，因此有“一斤蝤蛑半斤绳”之说。现在看来，近乎欺诈。但在当时，家家户户，代代相传，均是如此。买的卖的，达成默契，没有人觉得不妥。

据说蝤蛑大补，不可多食。清代赵翼在《瓯北诗话·黄山谷诗》中云：“鲁直诗文如蝤蛑、江瑶柱，格韵高绝，然不可多食，多食则发风动气。”拿江瑶柱和蝤蛑比拟黄庭坚之诗味浓郁，却也独特。此说也可能是最早记载蝤蛑和痛风的关系，不过古之笔记传言，大抵不可尽信。在我们村子里，“蝟酒”仍然是祖传的补品。家里的男主人需要补补身子，会挑一只老蝟，养在老黄酒中，老蝟也喜欢喝酒的，但此公“不胜杯杓”，不一会就醉了。女主人便连酒带蝟放在铁锅上蒸，酒香和蟹香扑鼻而来。男主人就一碗黄酒，持一只老蝟，慢慢地坐着喝。村里有习俗，用以补营养的东西，是不能分食的。孩子们禁不住诱惑，只好斜着眼睛流着口水。男主人忍不住，呵呵地笑着，折下一只蟹脚递给孩子，女主人连忙阻止：“孩子是不能吃的。”话音未落，孩子早就接过蟹脚，飞也似的跑到屋外去了。

除了煮蝟酒之外，更多的时候，是将全蟹蒸着吃，劈成蟹股炒着吃，放在汤面里煮着吃，全都是鲜美的味道。明代顾元庆在《云林遗事》中还介绍了“蜜蟹”的吃法：

> 蝤蛑盐水略煮，才色变便捞起、劈开，留全壳，螯角出肉，股剁作小块，先将上件排在壳内；以蜜少许，入鸡蛋内搅匀、浇遍；次以膏腴铺鸡蛋上蒸之，鸡蛋才干凝便啖。不可蒸过，橙齑醋供。

对于这种吃法，宋诗人苏舜钦有诗赞曰："霜柑糖蟹新醅美，醉觉人生万事非。"只要有"蜜蟹"佐酒，是可以万事俱休、宠辱皆忘的。蝤蛑有如此美味，怪不得美食家苏东坡也情不自禁。据说当年苏东坡外放江苏吴兴做太守，同科进士丁先生送来蝤蛑，他吃了以后，诗兴大发，赋《丁公默送蝤蛑》一首：

> 溪边石蟹小如钱，喜见轮囷赤玉盘。半壳含黄宜点酒，两螯斫雪劝加餐。蛮珍海错闻名久，怪雨腥风入座寒。堪笑吴兴馋太守，一诗换得两尖团。

蟹分公母，公蟹尖脐，雌蟹圆脐，故以"尖团"指代蝤蛑。与溪边石蟹相比，蝤蛑就是玉盘珍馐啊！痴迷之情、沉醉之状，溢于言表。

时光荏苒，科技进步，海水养殖业蓬勃发展，野生的蝤蛑很难见到了。老家的蝤蛑养殖，已有几十年经验。"三门青蟹，横行世界"，成为闻名遐迩的广告语。但老家人坚信，三门湾的蝤蛑是中国沿海最好的，而旗门港的蝤蛑是三门湾最好的，其中武岙黄村的蝤蛑又是旗门港最好的。因此，老家的蝤蛑便是全中国最好的。当外人对这种结论稍有质疑时，老家人便会举出水文、地域、饵料等种种证据，言之凿凿。但是，我更愿意把这种结论看作是这一方水土的人们与蝤蛑的一种共生关系：它眨着细眼，举着大螯，从历史深处横行而来，从遥远的太平洋溯流而上，爬上葛岙塘港的滩涂，爬进物我交融的童年，爬过人蟹共存的中年，最后在我们的生活中蜗居、生息、繁衍。

2019年寒假

海的先知

望潮，又称八爪鱼，是章鱼的一种。我一直认为，在所有的海洋生物中，章鱼最具有“天外来客”的特征，生活在葛岙塘港这片滩涂上的望潮也是这样。

它按照最经济、最科学的方式设计自身的结构，八条触手联结着圆圆的脑袋，犹如一个软体的太空飞行器。它的脑袋是进食、排泄、观察、思考、学习、变化等功能的集成器。八条触手上的吸盘排列有序，使用时坚韧不拔，不需要时，又自断其足。它会变色，或如礁石，或作珊瑚，与环境浑然一体，天敌和食物往往入其彀中尚不自知。它能变形，能屈能伸，可大可小，视缝隙为通衢，遇障碍如无物。它具有无脊椎动物中最复杂、最高级的神经系统，对外界的感知极为灵敏。海边的人们相信它能沟通阴阳，未卜先知。

也许正因为具有神通，望潮被造物所妒，往往寿元极短。“望潮头，搖落港”，是老家的谚语，意为好吃懒做，不得善终，但客观上描述了望潮近乎悲壮的结局：每当冬季来临时，望潮产卵以后，不离不弃，殷勤照拂幼苗，不觅食物乃至于自啮其足，直至筋疲力尽，剩下圆鼓鼓的脑袋，滚落在港汊边死亡。望潮如此决绝，为爱死亡，胜过地球上无数灵长类动物，居然成了俚俗对望潮的“负面评价”的来由，少年不知生命之重，我们感兴趣的是，不等到它“搖落港”，就在滩涂上找到它的秘密洞窟。

“钓望潮”也许是我的发明，不知道村子里谙于此道的同伴还有没有，我也不知道何时发现滩涂上也有望潮洞的。反正我能够一眼看出望潮洞、弹湖鱼洞、红钳蟹洞的区别。弹湖鱼洞光滑，蟹洞留有爪印；望潮洞积有清水，还有吸盘的浅痕。用一根细绳，系住去了蟹脚的红钳蟹。把洞口轻轻挖开，然后在洞口用手指轻弹积水，望潮感觉到水波荡漾，以为有食物在外，便会伸卷着触手而来。这时候放下红钳蟹，一手拉着绳子，渐收渐近，就能把望潮引诱到洞口。有些贪吃的望潮居然露出圆圆的头颅，头上一对小圆眼，一会儿耷拉着眼皮，一会儿睁开眼朝你看看。发现没有危险，望潮便放肆起来，八条腿左右腾挪，前后翻卷，缠住红钳蟹便往洞里拉。说时迟，那时快，我一手快速插入滩涂，截断望潮退路，另一手去抓它的头颈。不过此举失败居多，望潮的退路不止一条，常常眼看它挥舞着青白色的触手，瞬息不见。如果被我抓住望潮头，它只好翻着小白眼，一副生无可恋的样子，但八爪还在缠绞我们的手指，做无谓的挣扎。如果运气好，一个退潮间歇，我是可以钓到十来只望潮的。

当然，望潮多起来的时候，我会留一个心眼，看看克头（一种鱼篓）里的望潮还在不在。海边的老话说"望潮八只脚，十个后生追不着"——在水中，望潮以喷射海水的方式逃离，速度之快，据说连十个年轻人都追不上的。只要克头的缝隙足够它伸出一条腿，望潮就可以展开"伸缩大法"逃走。这种奇形怪状的软体动物，往往与海边的精灵鬼怪连在一起，如果钓望潮特别顺手，我会起身看看海水涨潮了没有。这种潜意识里的小心，源于"照望潮"的传说。

照望潮都在夜间，需用火燎灯。火燎灯是用铁丝做成的网状漏斗，上面加以松明，松明易燃，用来照明。望潮自有一种感知潮汛的能力，在海潮初涨时刻，便候在洞口，等待食物，望潮之名，即来于此。落海人持着火燎灯，跋涉于小港，照到那些出洞的望潮，一抓一个准。有时候，眼前的望潮多起来，人们便会忘记时间和潮水。等到他要上岸时，转身一看，立足之处，已成孤岛，周围都是汪洋一片，这叫"盘港"（潮水高涨，没了退路）。水性好的，便扔掉渔具，只身游回；水性不好的，便成溺水之鬼。

海边人相信溺水而亡者，需要找到替身，才能投生。那些时刻在等候替身的亡灵，就是"水鬼"。水鬼和望潮是联手合作的，于是，当你发现眼前的望潮渐抓渐多的时候，你需要小心了！把望潮往火燎灯上烤一下，如果望潮的八爪尚能伸屈，那是真的。

如果八爪不能伸屈，你就得赶快回家！当人们气喘吁吁地跑回家后，心惊肉跳地把克头里的望潮倒出来，奇怪的事情发生了：原先满克头的望潮不见了，倒出来的都是“稻秆卜株”（割稻后留在田里的根株，形状像望潮）。“扑拉行消！扑拉行消！”落海人念着世代流传下来的咒语，后怕自己遇到了水鬼，又庆幸自己死里逃生。

从我记事的时候起，家家都是有火燎灯的，据说确实也有因照望潮溺水而亡的，因此人人都熟知“稻秆卜株”的传说。日月轮回，海潮消长。这一片海域里，曾生活着众多的海洋生物。“众生平等，土著优先”这是当代才有的生态伦理，在过去的岁月里，海边人家以这种瘆人的传说提醒着子民，对待海洋，要消除贪心，索取有度。

时光蔓延，旗门港的滩涂上，石罅、洞穴仍在，但里边还居住着望潮吗？下乡间隙，偶尔向老哥打听它的下落，老哥慢悠悠地讲起流传多年的传说：

> 过去时节，来自海边的道士先生，都有降妖捉怪的法道。他的主顾是海边的，就拿一个望潮往堂前里壁一贴，望潮爬到哪里，妖孽就在哪里。如果主人是山里的，道士先生事先把望潮放在人家的空酒埕里。口中念些咒语，什么“天灵灵，地灵灵”，顺便贴个画符，什么“太上老君如律令”，然后就在空酒埕里把望潮捉住。反正山里人没有见过望潮，道士也正好借它赚钱。

如今，借望潮作法的道士销声匿迹。无独有偶，望潮的兄弟，却在海的那边，风光无限。德国奥伯豪森水族馆有个章鱼保罗，在南非世界杯赛上，准确预测八场比赛胜负结果，一夜成名，被称为“章鱼帝”。人类智慧进化，可以画出海洋单细胞生物到陆地灵长类动物的进化图谱，但无法预知下一刻我们会面临什么。于是，章鱼成了我们的上帝，望潮也是海中“先知”了。

2019年寒假

树上的鱼

每当涨潮时，露出水面的石头上，总是栖息着一种小鱼。手指般长短，圆头扁尾，通体褐色，炯炯双目在额角上鼓出，十分警觉的样子。人影晃过，它便“扑啦啦”全跳进水里。近岸的滩涂，偶尔有树枝、苇杆露出水面，你可以看到这种小鱼，互相追逐，缘木而上，栖于顶端。海水波动，树枝轻晃，那鱼用胸鳍吸住树枝，荡着“秋千”。

这种鱼，就是弹涂鱼。老家一带叫它弹湖，因擅长跳跃，又名跳跳鱼。弹湖种类很多，分布颇广。百度说有弹涂鱼、大弹涂鱼、青弹涂鱼之分。如此区分，是因了形体大小和肤色异殊。少年见识有限，只知三种弹湖。体形略小的，叫“弹湖郎”，无论潮涨潮退，喜欢爬上岩石、高涂或树枝，晒晒太阳，吹吹海风。觉得无聊，或被惊扰了，就跳进水里遁形。这种情形，海边常见，即属弹湖郎炫技。我们对弹湖郎向来不屑一顾：“哼，弹湖郎也要啊?”同伴的克头（鱼篓）里有它，就会受到奚落。老家人见多识广，说还有一种叫作“白节”。乡下有谚云“白节笑弹湖”，意思是说，白节不知道自己也是弹湖的同类，身子圆滚滚，肤色黑黝黝，还笑弹湖长得丑。海边人只要遇到类似于“五十步笑一百步”的人事，一句“白节笑弹湖”，臧否尽在其中，听者也就心领神会。我一直想搞清楚自以为是的白节究竟是怎生模样，以致被老家的聪明人耻笑。我多次想在弹湖的鱼群中找到白节。故以白节的样貌询之于老父。老父只是说，白节比弹湖要大一些，颜色稍淡一些。总之，是差不多的。差不多的，就不能笑人家啊！直到今天，作为海边人的我，仍然没有见到过传说中的白节。至于弹湖，少年时期的我，对它是太过熟悉了。

都说“鱼儿离不开水”，弹湖并不随波逐流。它总在海潮退尽、滩涂裸露的时候，自由自在地曳尾于涂。这让我们这些整天在泥涂里撒野、猎奇、探险的“泥猴”，有了近距离观察的机会。水中鱼类，因着造物的大能，被创造得奇妙无比。鱼儿为了看清左右天敌，眼睛多数是长在头部两边的。而弹湖的眼睛“长在额角头”。这句老家描述弹湖眼睛的谚语，专门讽刺那种有眼无珠、有眼不识泰山的人。所有的鱼肚都是白色的，上有天光，白色就成了伪装色；所有的鱼儿背脊都是青黑色的，往下看是深深的海洋，青黑之色可以混迹其中。弹湖多数时候，匍匐于涂，为了看清前后左右的危险，眼睛就只能长在额角上。肚皮紧贴滩涂，并无危险，无须伪装色；背脊裸露在滩涂上，于是就变成滩涂的颜色。弹湖穴居，张开嘴巴，开口度大如身躯，方便挖洞掘泥。它偶尔要待在树枝和石块上，腹鳍犹如吸盘。在泥涂上爬行，就有强大的胸鳍。它的背鳍犹如旗子，尾鳍好像船桨，便于它游动、跳跃和飞行。它几乎具备了两栖类爬行动物的所有特征，算是与我们亲缘比较近的古老鱼类。

这种古老的小鱼，在漫长的进化途中，一定是历尽艰难险阻，才拥有今天强大的生命力和特异的功能。好多同类经受不住环境污染而远离人类，但弹湖仍然在老家村口的小沟渠里弹跳自如，生生不息。这也许是唯一还可以在乡下路边看到的一种近海鱼类了。初次到乡下的城里人，看到路边爬行着著名的跳跳鱼，往往大喜过望，但乡下的小鱼敏感，瞬息便感知了城里人的心机。在你举手投足之间，刚才还在优哉游哉的弹湖转瞬不见，你甚至不知道它们是怎么消失的。乡村少年时代的我对弹湖这种遁形大法大惑不解，一直想探个究竟——瞄准远处的一条弹湖，盯着它，慢慢接近它，记住它钻入某个洞穴，马上下手挖掘。弹湖的洞穴并不坚硬，我顺着洞穴朝前挖掘，想尾随而获。可是错了，弹湖显然比我聪明多了——我挖到了分岔的“地道”。弹湖究竟钻进了哪一条地道呢？我选择一条稍大的地道，继续深入鱼穴，不料前边又出现了分岔。歧路之中有歧路，刚才那条摇头摆尾的弹湖，不知躲在哪条歧路上窃笑呢！那时尚未读过杨子之“歧路亡羊”，但在弹湖精心布下的迷魂阵前，“歧路亡羊”的尴尬我是早早就体验到了。

弹湖的泥穴别有洞天，确非少年的心智所能窥探，但并不妨碍我们观摩它的狂欢。春夏之际，我经常长久地盯着它们凝望：远处的泥涂平坦，洞穴遍布，弹湖悠游。一群弹湖中的一条，会莫名其妙地“舞蹈”。经过远距离、多频次的观察，我知道这样的“舞蹈”，有时是向“朋友”示爱，有时是向“敌人”示威。现在想来，那个“舞者”也许是一条雄鱼，建造好曲径通幽的洞穴，就施展“撩妹”大法，要对眼前漂亮的“灰姑娘”“琴瑟友之”了。令人惊奇的是，“舞蹈”时的弹湖，黑乎乎的身躯也会变成淡灰色，竖起的背鳍上斑点来得特别鲜艳，这“舞蹈”的姿态显然更魅惑了。如果有一条不识相的雄鱼心怀觊觎，恋爱中的“舞者”会张开阔嘴，膨胀头颅，将背弯成拱形，并竖起尾鳍，扭动着身体，气呼呼地驱赶“第三者”。于是两条弹湖会有一场“舞斗”，结果往往是闯入者退避三舍。当然也有后来者居上的情形，原先的那条只好钻入洞穴。旁边那个“灰姑娘”，可能是一个缺心眼的“情人”，居然看得忘情，还以为真的是来欣赏一场免费“舞斗”。地主击退了闯入者，看到那位“情人”仍然无动于衷，“舞者”就会停下来，钻进洞穴，再钻出来，“舞蹈”一番，又钻进去，似乎在示范“钟鼓乐之”的路径。那个迟钝的“灰姑娘”终于被唤醒了，最后双双进入“安乐窝”。少年不解风月，只想围追堵截，捉鱼捉双，增加克头里的渔获。奇怪的是，当我们跋涉到位时，十多米开外的洞穴，居然就隐形了，这实在是匪夷所思。后来，我在一个长期在海洋钓弹湖的老手那里知道了这个秘密：据说雄鱼把雌鱼引进洞穴后，会以极快的速度回到入口处，叼一口泥巴把洞口封住。小小弹湖，居然懂得“金屋藏娇”！少年只知恶作剧，能够发现弹湖的恋爱秘密的，只能是那些深味人生悲欢的中年人啊！

当然，弹湖之狡黠，可以轻易骗过少年如我，却斗不过“老奸巨猾”的成人。自小在海，耳濡目染，知道成人捉弹湖的几种方法。一种是“踏弹湖”。捕具是一种叫“赶罾”的渔具。四根一米来长的竹枝交叉绑在一起，竹枝下部撑起矩形的围网，其中一面敞开，底面也是网。捕鱼时，把四根竹枝套在一个十字形的把手里，供人执拿，平时则收缩成一捆。踏弹湖需候潮水，地点就在港汊的斜坡上。港汊斜坡往往有弹湖洞穴，潮水将退时，弹湖是要出洞的。这时候，我们把赶罾放在潮水中，开口一侧朝着斜坡。双脚不住地踩踏斜坡，水中就会冒出串串水泡，这水泡大多是从弹湖洞穴中蹿出来的。如果洞中恰好有弹湖，就会随着水流蹿到赶罾中。踩踏，提网，倒鱼入篓，周而复始。也是奇怪，平时上蹿下跳的弹湖，一旦触网，便乖乖地沿着网角，游进我们的克头。

“好安稳勿安稳，弹湖落竹棍。”本可以安稳，却偏要折腾，结果落得尴尬境地。在海边，人有时候像鱼，鱼也就是人。那些喜欢瞎折腾而陷己于不利结局的人，就如同“落竹棍的弹湖”。老家这条谚语也道出了捉弹湖的另一种方法：凭借“泥马”和“竹棍筒”。泥马长一米余，宽约四十厘米。底部由木板构成，略呈弧形，便于在滩涂上滑行。泥马前部叠着竹棍筒。竹棍筒由毛竹做成，以竹节为底，一头开口，长约三四十厘米。泥马后部有把手，高可半米有余，供人把握着推送。捉弹湖的人，推着泥马，发现弹湖洞，就用竹棍筒竖插下去，口与滩涂齐平，在竹棍筒口抹一点泥巴，再在周围做一点只有他们自己看得懂的记号，便推着泥马找下一个弹湖洞。一会儿，泥马上载的竹棍筒全部插完了，捉弹湖的人，就滑着泥马，停在高处等待弹湖入彀，并提防我们靠近。大概过一两个时辰光景，捉弹湖的人再驾泥马，沿原路收取竹棍筒。这时候，竹棍筒里往往有弹湖存焉。聪明一世、糊涂一时的弹湖，终究识不破人类的陷阱，还以为竹棍筒是免费提供的安乐窝，岂知一旦落下，头重脚轻，身体倒置，光滑的竹棍筒内壁，吸盘和胸鳍都起不了作用，只好一个个被收拾到克头里了。

还有一种“钓弹湖”的方法，记得里外三村极少有人擅长。一柄竹竿，长可五六米，头上系着鱼线，线上绑着鱼钩。钓鱼人手执鱼竿，在滩涂上踽踽而行，犹如木偶。遇到恰当时机，适合距离，挥动鱼竿，“呼”的一声，鱼钩落在十米开外的地方。那弹湖还来不及反应，这壁厢已经提竿，收钩，一道漂亮的弧线带着弹湖，荡回到克头旁边。钓者慢慢移动脚步，身体犹如木柱。只是手中的钓竿不住地挥出，收回，挥出，再收回。一条条弹湖，就在鱼钩来回之间，准确无误地荡回钓鱼人的手中。这种海边神技，直可与“庖丁解牛”“佝偻承蜩”相媲美，符合“技近乎道”之规律。今天看来，是可参加吉尼斯世界纪录之类竞技活动的，《舌尖上的中国》曾经展示过三门海边尚有人擅长此种钓法。为了传承古老的海边神技，近几年宁海县越溪乡开办“弹湖节”，吸引象山、宁海、三门、奉化等滨海高手，去越溪参加“钓弹湖”比赛。看来，我等深为痴迷的海边“绝技”，算是后继有人了。据说，在三门湾、象山港两岸，还有“张弹湖”之法，可惜老家无人能够，我也无缘见识。而现在的年轻人，除了品尝弹湖的美味，对人和弹湖的种种有趣的互动，再也不感有趣了。

老家有谚曰“赶港新妇分弹湖”，暗含对女人爱管闲事的讽刺，亦含有褒扬女子热心的善意。民国时期，三门隶属宁海南乡，象山的南田地区，又曾归于三门。三门湾宁海这壁厢的村子里，那些爱管闲事、爱凑热闹的女人，会跑过旗门港，到对面三门或隔壁象山的村子里排忧解难——把弹湖分停当。这当然是老家海边人茶余饭后的笑谈。我一直不知道，老家的人们为什么要把爱管闲事的女人，跟弹湖挂起钩来，难道是因为弹湖跳来蹿去，很难分开？难道三门、象山的新妇连小小的弹湖都分不好，要依赖宁海这边的新妇？抑或是那个时候的弹湖也算稀罕之物？我不知道旗门港对岸的三门、象山港沿岸的象山有无此谚语流行，如果有，那么，三门、象山那些好事之新妇，也要跨过旗门港和象山港，赶到宁海来“分弹湖”了。总之，小小弹湖，进入海边人家后，居然参与了语言的建构，丰富了宁海、三门、象山一带的海洋文化。

今天的弹湖，算是一道名贵的菜肴了。不过，小时候并不喜欢的东西，现在都成了稀罕之物。谚曰“黄普鳝假死”，黄鳝在路上河边发出阵阵腥臭，现在红烧鳝丝，竟成佳肴。弹湖，既没有青蟹、白蟹、红钳蟹的雄健之姿、玲珑之态，也没有鲈鱼、黄鱼、带鱼的苗条流线、漂亮姿色。奄拉着的眼皮子，黑黢黢的身子，在水桶的边沿挨挨挤挤。烧熟后，滑溜溜的肉夹杂着腹鳍、胸鳍和背鳍，口感并不好。

据说弹湖肉还跟老家一户豪门的兴衰相关。据传乡间能够

“脚鲁班”（旧指流传于木匠群体中的一种高级巫术：匠人在主人家的房屋或家具里暗设机关，施以咒语，该机关就能主宰主人家得失穷通的运势）的木匠，在大户人家造房子。吃的弹湖肉软不拉几，鱼刺鱼骨都不见，就认为主人小气，把吃剩的弹湖用来“供老师头”（招待工匠师傅，“老师头”是尊称）。于是，就在栋梁里悄悄地放置一只朝旗门港外海开的小船。没过几年，当年的豪门，已经破败沦落。木匠遇到落魄的主人，主人谈起当年的繁华和殷勤：当年你在我家造房子的时候，我每天“供老师头”的弹湖肉，都是理去鱼刺给你们吃的啊！现在，我自己连一顿弹湖干汤面都吃不到了！一声叹息，五雷轰顶！那木匠立即对主人说，请拿斧头来！便搭起竹梯，靠近栋梁，朝一处“哐哐”地敲打几下，吆喝道：“侬魂灵石壁（老家乡音，意为灵魂出窍）啦！快掉转头，往旗门港里面开！”没过一年，这户人家又出现了中兴气象。

最落魄的日子，弹湖干还是要的，它给海边人带来烟熏火燎的生活温暖。把弹湖穿在芦苇秆上，形成一排，放在稻草麦秆的烟火上熏烤，晒干后，叠放在蒲篮里，作为待客的礼物。据说女人坐月子，用弹湖干煲汤喝是可以催奶水的。在宁海、象山、三门一带，走亲访友，如果一碗垂面（一种手工做的类似米线的食材）里，有弹湖干作为浇头，那种烤焦香和海鲜味，可以让人大快朵颐。现在，宁波一带的人，常以弹湖配豆腐和笋片煲汤，如果加入几片火腿或香菇，味道更好。其中“乌龙（弹湖）铭白玉（豆腐）”，据说是一道驰名的传统佳肴。选取活的弹湖和豆腐放到锅里，慢火炖煮，那弹湖经受不住滚烫，只好钻到豆腐里边，最后便是“乌龙”铭着“白玉”——这也算是吃出心思和技巧来了。

2019年寒假

·旧　物·

带刀少年

乡下少年手中的刀，有“节刀”（一种“七”字形的柴刀）、“素节”（弯月形的镰刀）、“砺刀”（一种专门用于撬开牡蛎的小刀）等，都是普通工具，连接的是少年时代的平常而有趣的生活。

打不死鸭

手握节刀，初试锋芒，就是做陀螺。陀螺亦称旋、打不死鸭，是乡间男孩的最爱。拥有一只村里无敌的陀螺，是男孩最大的荣耀。做一只好陀螺，并不容易。你先要找出一段体重质密、不易开裂的硬木，如槭树或榆木，用节刀一刀一刀砍，待形状粗具，上部圆形，下部逐渐收拢，你就不能用力砍了，而要一边小心地削，一边不断转着圈察看，才能保持陀螺的浑圆。越圆，旋转起来风阻系数越小，一鞭子下去，陀螺就可以转很长时间，这样就能傲视群雄。为了底部的圆滑，我们还会在尖底敲进一枚钉子，再放在石板上磨圆，那真要拿出铁杵磨成针的工夫。当然，如果你的陀螺足够大，你又能够搞到一粒钢珠，嵌进陀螺的底部，那简直是天下无敌的“陀螺王”了。一只陀螺的制作，是要花好些时间的，因为乐此不疲，总能取得正果。陀螺做好后，还要有一根鞭子。做鞭子就相对简单，一根树枝，头上绑着棉绳或者麻绳。当然，棉绳、麻绳都要自己搓成，太粗太细都不成。捆绑也要讲究，否则，没几下子，鞭子就飞落出去，要招同伴笑话的。我曾经发现一种很好的解决办法，就是直接砍下棕榈树的枝条，多余的叶子割掉，剩下的叶子剔掉粗茎，然后搓成一根绳子，细软而牢固，唯一遗憾的是，棕榈树的枝条呈三角形状，执打不太方便。

你可以想象，一群野生的孩子，凭少年的智慧和审美，纯用节刀手工制作出第一件作品时的得意。每当放学回家，农忙过后，在夕阳在山的黄昏，或坦荡无碍的谷场，我们挥着鞭子，啪啪作响，听陀螺底部与水泥地接触时的嘤嘤之声，看它或摇晃或平静的旋转之态，此种享受近似“高峰体验”。游戏是不用人教的，我们总是玩得花样百出——故意等着陀螺摇摇晃晃，转速减慢接近停顿时，用快速的抽打把它“救起”，或驱赶着陀螺朝地面上的障碍物冲刺碰撞。我们嘲笑那些新手，不知道抽打底部，劈头盖脑一鞭子下去，陀螺马上滚到一边停止转动。最让人感到荣耀的是，辽阔疆场，群雄逐鹿——在操场上的一群同伴间，你挥动着鞭子，驱使自家的陀螺与别家的陀螺碰撞，你凭着技巧，凭着眼力，凭着你那个硕大无朋的陀螺，所向披靡。看着众陀螺纷纷躲避或者碰死，自家的陀螺嘤嘤向前，你手执长鞭，左盼右顾，俨然一世之雄。

如今你到农村，看到一间木结构的老屋，地伏（“伏”读如bo，入声，门下面的一根横梁）向下凹陷，并留有无数刀痕，我就可以肯定，这户人家曾经有几个爱用节刀做手工的孩子。他们当中，可能就有当年操场上的“陀螺王”，尽管现在可能已成为须眉皆白的爷爷了！

斫　柴

待到年岁渐长，不知什么时候，陀螺退出了我们的人生舞台。我们要带着节刀进山了。节刀的正式名称应该叫柴刀，它的用武之地应该在山上。有些讲究的家长，专门给节刀做了刀鞘，两端系以绳子，捆在腰间，这样，节刀就可以插在刀鞘上，它的主人就可以腾出双手上树、爬坡，或做其他事情。在我的记忆里，父亲好像不怎么上山斫柴，除非“分山”（集体的山柴，开放划片到户），斫柴都是几个姐姐、我和弟弟的事情。但是，父亲的刀法极好，每次伺候自留地，父亲总是把地坎里壁的柴草收拾得极为干净，犹如剃头一般。有几次，我也学着做。父亲总是说：“这样好用啊？老鼠啃过一样！”同村子里的同龄人相比，我上山砍柴的次数并不算多，只在寒暑假和左邻右舍几个伙伴上过几次山，但印象深刻。

斫柴功夫好的，在高低不平的山坡上如履平地。乒乒乓乓，砍拉钩掠，那些难缠的、参差的、带刺的灌木，都一一在节刀下倒伏，最后变成一沓沓柴堆，整齐地留在身后。与斫柴比，缚柴和穿柴是难度最高的。缚柴先要挑一块相对平坦的坡地，铺好柴绳，把一堆堆柴堆叠起来，硬柴怎么叠，狼萁怎么叠，都极有讲究。叠好后，用柴绳抽扎结实，打上活结，两捆柴的重量和数量要差不多。穿柴，是极为费力而讲技巧的活。你得先在第一捆柴上穿个洞，试试角度和方位是否合适，然后拔出柴棒，再穿第二捆柴。柴捆很重，柴棒戳进柴捆后，你要借助巧力，才能把那捆柴连同柴棒扛到肩膀上，再把柴棒的另一端，插进第一捆柴预留的孔里。角度、深度、牢度，都要恰到好处。如此这般，你还要蹲下身子，让第二捆柴的重量作为挑起第一捆柴的力量，你的肩膀就是支点。当你感觉到柴棒两端的重量差不多的时候，才可以借用短柱（一种拄着柴棒休息的木棍）和自身的力量，挣扎着站立起来。有时候，因为穿不好柴，担到一半，一端的柴捆渐渐松弛，乃至于突然跌落。你去挽救那捆柴，另一捆柴又滑脱了，两捆柴都有可能滚下山坡。你的手中只留着孤零零的柴棒和短柱，连那把插在柴捆里的节刀都可能失落。为此，你可能掉队，你可能收不齐柴捆，你可能赶不上中饭。路远，山高，柴重，疲乏夹杂着无助，汗水伴随着泪水，眼看着那些同伴挑着柴担转过山角就不见了，你只好擦干汗水和泪水，收齐那些散落的柴，再捆，再穿，再上肩。

当你颤颤巍巍地挑着柴终于回家时，桌子上的饭菜已经凉了。大人们该干什么就干什么去，不会在乎你“在山的那边”的折腾和忧伤。每个乡村的孩子都要经历这样的失败，但我们不会望山却步。山和海，如此深入地嵌入少年们的生活，花鸟虫鱼都在那里等着我们。在那里，我们认识了世间博物，也渐渐学得生活经验和技巧。除了砍地上的柴，我们还会上树去“挎（方言读作kū）松毛”。如果是间距不大的两棵松树，我们中间的高手还会从一棵树荡到另一棵树上，迅捷如猿猴。待到斫柴的功夫好了，我们便不再满足于在濯濯童山上寻找矮柴，生产队里禁止砍伐的集体山林，成了我们觊觎的对象。生产队的山林，有专门的“望山人”，大队是贴工分给望山人的。于是我们和望山人之间的斗智斗勇，便成为寒暑假略带惊险的“游戏”。平时不准砍伐，集体的山林就颇为茂盛，那里多的是硬柴，长得密不透风，人躲到里边，如水入大海。我们把节刀磨得锋快，打起精气神，连片斫倒，一会儿就是一捆；提高警惕性，耳听八方，辨得出空谷足音。运气好的时候，望山人会到别处去巡山，我们迅速捆好，穿起，上肩，小步快走，逃离现场。等“大王巡山”回来的时候，我们已经挑着柴，斜靠在路边的地坎上，享受着“偷柴”的窃喜。望山人一眼就能看出我们的柴来路不正，但没有抓到“现行”，只能恶狠狠地警告：“不要让我抓牢，抓牢的话，一刀两断!”

望山人是同村的，平时也不那么面目狰狞。因为我们做贼心虚，那话便有威慑的力量。尽管心里直打鼓，但还要装作无事一样。深山就在那里静默，好柴也在那里等我，对于常在荒山秃岭逡巡的我们，总是消除不掉的诱惑。很快，我们就把“巡山大王”的警告抛至脑后，偷偷地“重操旧业”。当年《智取威虎山》里的台词“狐狸再狡猾也斗不过好猎手”恰是我们的写照——总有一次要栽在“巡山大王”的手里的。当你正在“掠夺性”砍伐的时候，望山人悄悄地逼近你，突然一声大喝：“又来偷啦！节刀拿来!”跑也不是，赖也不能，只好乖乖束手就擒。望山人一把夺过节刀——这是极具象征意义的动作。望山人抓偷柴的人，俗称为“夺节刀”，也就是人赃俱获的意思。节刀，那时是家里一件很重要的器具，丢掉节刀，是很难回家交代的，所以我们要想方设法保住。有时候发现得早，我们就带着一把节刀逃跑，那望山人满山遍野地追赶，也要夺得节刀。有时候，来不及逃跑，就把节刀藏在一块岩石后面或一丛柴草里边，望山人便气急败坏地吼：“节刀在哪里？拿来!”作为惩罚，望山人夺过节刀，真把我们的柴绳“一刀两断”了，有时候连柴棒都不放过。有些村惩罚更重，偷柴被抓住，要“罚电影”一场，就是叫来公社的电影放映员来放一场“革命样板戏”，费用就由偷柴者出。我们村有个望山人，满脸胡子，夏天也不穿什么上衣，古铜色的皮肤，好像荆棘刺不进，茅草割不破的。他来夺节刀更为恐怖，他离我们一定距离，就开始呐喊，看见我们逃跑，就抓起石头砸向我们。你可以想象，前面的人披荆斩棘，后边的人骂骂咧咧，击石如矢，场面相当惊险。不过，奇怪的是，震荡山谷的都是望山人的大呼小叫，他的石头总是离我们有些距离。这样的惊险场面无数次出现在故乡的山林里，但我们好像没有谁因此受伤。

夏季的稻麦

与节刀相比，用索节（镰刀）的时候，就没有如此惊险的场面。每年农忙伊始，就有铁匠来村里“砺索节”——把索节的锯齿磨砺得锋利一些，便于收割。索节平时是用来割猪草或兔草的，但主要的用场还是割麦和割稻。割麦和割稻虽是累活，但技术要求不高，所以，我们力能胜任。大人总是要求我们双脚分开如同肩宽，然后下腰，左手捏住麦秆，右手平握着索节割。不能下蹲，也不能把索节往上提拉，否则容易割到手指头。割稻，我们只能老老实实遵守此规定，水稻田有水，没有办法下蹲。轮到割麦，时间久了，精力萎靡，免不了蹲在麦垄间游移双脚，注意力分散，是极容易割到手指头的。不过“轻伤不下火线”，每个孩子总有受伤的经历，大人们发现了，不但没有安抚，反而一顿臭骂。田间地头多的是止血的植物，随便嚼一点槭树叶，用茅草包扎一下，也就完事了。眼前一大垄麦，还得收割回家呢。

不过有时候，也有惊喜。那些躲在麦垄里潜滋暗长的瓜秧，结着毛茸茸的小瓜，有西瓜，也有黄金瓜，我们会留着让它继续生长，这畈田地就多了期盼和悬念。有时候还会发现一棵梅树苗，或者桃秧，弟弟最喜欢挖来移植在道地的边沿上。记得道地里最古老的一棵梅树枯死后，另一棵“接班人”就是来自夏天的麦地，现在连这个“接班人”也已经淡出历史舞台。至于割稻，多是参加生产队的集体劳动。那时的暑假，学校要布置我们参加“双抢”（夏季的抢收抢种）劳动。我生性老实听话，总是不折不扣完成任务，常受一个姓黄的生产队长的表扬。大人们起床很早，有些割稻，有些打稻，有些拔秧，有些犁田，有些插秧。调配有方，诸多农活，往往一气呵成。第一天还是稻色金黄的一片田野，第二天已是秧苗青青了。大人们好像没有谁以此为苦，特别是打稻，一组几个人，有递稻的，有脱粒的，有撩稻秆（捆扎脱了粒的稻秆，一种极需技巧的活）的，他们喜欢在脚踏脱粒机的转动中竞赛。脸上油光光的，一半是汗水，一半是田里的水；浑身湿淋淋，拖动脱粒机涌起的水花，撞击着割稻人的屁股。他们粗声大气，吆喝着嘲笑落后的同伴："快点哦，打屁股啦！"看到后面的打稻机轰隆隆地逼近，我们撅起屁股，立定双脚，一行七株，押着打稻机的节奏，企图把自己变成一个收割机。当然，这样的快节奏，我们是坚持不了多少时间的，也容易忙里出错，我记得我手指上最深的伤口就是在这样的竞赛中留下的，一直到好几年后，指甲才长回原形。

俗话中说的"身在福中不知福"，也可敷衍成"身在苦中不知苦"。现在想起来，溽暑时节，起早贪黑，一介少年，农活繁重，应该是不堪回首的苦夏。可是细细回味，竟然找不出辛苦的记忆。相反，割麦的地头有酸甜的"小麦苗"在骄阳下熟透，酸甜可口。割稻的间隙，家人送来的麦饼、麦糕与辘辘饥肠非常对路。"歇昼凉"的时候，偶尔还有一只浸在水缸里的西瓜。那些大人在汗水、雨水和田水中喊着号子，开着玩笑，把一担担水淋淋的稻谷挑回生产队里，然后在"歇昼凉"的门板上沉沉睡去。我们就这样紧张忙碌地度过一个又一个夏收、夏种，所谓"农家乐"，也许就是这种单纯的生活吧，现在的孩子已经无法领会了。

挑　蛎

蛎刀是女孩们的专用工具，她们擅长"挑蛎"。我们是不会，也不屑于拿小蛎刀的。每当海潮退去后，近海处露出礁石，礁石上层层叠叠长着成片的牡蛎。《本草纲目》记载：牡蛎肉"多食之，能细活皮肤，补肾壮阳，并能治虚，解丹毒"。海边野人家，估计从未有人听说过《本草纲目》。"挑蛎"要带着"小蛎篮"，小蛎篮是一种口径约为五寸的小篮子，专门用以盛蛎肉，小蛎刀约十厘米长、一厘米宽，头部斜尖，尾部装木柄，便于握持。挑蛎是一项高技巧的动作。礁石上的牡蛎，并不考虑人们采取的方便，礁石底下，悬崖之上，凡海水淹没之处，均有营养供给，越是险要之处，越是无人能及，那里的牡蛎往往个大肉美。于是身轻如燕的女孩们，便如蝙蝠一般附着在礁石上。两脚找准着力点，左手攀住礁石的罅隙，只用一只右手，就能撬开牡蛎壳，挑出里边的蛎肉。我家里有四个姐姐，个个都是挑蛎好手。有时候，她们也会在海里敲来“蛎婆壳”（带壳的牡蛎），拿到家里来挑。老姐们会把一把小砺刀运作得出神入化——刺、挑、剜、割、甩，一气呵成。刺，找准牡蛎两片外壳的缔结处下刀；挑，利用杠杆原理，撬开上面一片贝壳；剜，从牡蛎肉的底部伸刀进去；割，割断牡蛎附着在另一片贝壳上的足；甩，下面用蛎刀挑着，上面用手指轻按着，把牡蛎肉丢进小蛎篮。那种毫无规则又严丝合缝的“蛎婆壳”，在老姐们的砺刀下，瞬间就一分为二。我常常长时间蹲在旁边观察，惊叹于老姐们的手艺——她们不但挑得多，而且个头儿完整、干净。拜老姐所赐，尽管那时是番薯当饭，但餐桌上总是少不了一碗蛎肉汤。青色的汤水，翠绿的葱花，鲜美的蛎肉，简直是天下至味。据说苏东坡被贬期间，食蚝而美，贻书叔党（苏叔党，东坡第三子）曰：“无令中朝士大夫知，恐争谋南徙，以分此味。”有时候改善生活打牙祭，汤面和炒面上就有蛎肉浇头，整碗面为之生色，为之增味。《本草经疏》云：“牡蛎味咸平，气微寒，无毒，入足少阴、厥阴、少阳经。”物资贫瘠的童年时代，这类古老的文化离我们很远，但鲜美、温暖的感觉非常切近，一直保留到今天。

如今，这些刀具农村尚可见到，但远离乡村的孩子们长着一双“鼠标手”，他们已经不知节刀、索节和蛎刀为何物了。可是那个时候，我们个个都是“带刀少年”，靠着这些刀具，我们联结起自然，丰盈了生活。

2019年10月

高台梅花

许多年以后，高台道地的那株梅树依然开花。

梅树很古老，从我记事起，好像它就长在道地（即天井）的边沿上。高台道地的地势是村子里最高的，道地外面两三米的落差，居住着另外几户人家。道地边沿上的梅树，向外伸展，凌空夭矫，疏影横斜于别家黑瓦嶙嶙的屋脊上。现在想起，这本是很有古意的故园寒梅图，可惜，那时候尚不懂审美，日夜惦记的，乃是花事过去，黄梅熟时。

梅花似乎是在一个晚上悄然开放的。第二天，明眼的人们发现枝头绽出一两朵梅花时，往往会长叹一声：“哦！梅花开啰！”这拉长尾音的叹息不是赞美或惊艳，而是农人见花开而感时移的感喟。有了那一声关于花事的感喟后，梅花就前仆后继，由此及彼，喧闹着，催赶着，没过几天，就是满树繁花了。那梅花，花瓣五出，略施粉黛，是平凡的白梅。山鸟轻落，枝头微颤，微风过去，才有丝丝缕缕之暗香。不过这些并不重要，重要的是，梅花谢了，那些梅子在立春过后的空气里，从米粒般粗细，日渐膨大，最后变成铜钱大小了，我们的希冀也随之潜滋暗长起来。

梅树的奥妙在于先花后叶。当枝头缀满淡红的五瓣琼玉时，那些嫩绿色的芽尖才在冬日暖阳里苏醒过来。等那五瓣琼玉在小鸟或微风的作用下，悄无声息地飘落，地下便积起薄薄一层胭脂，绿叶便见得茂盛起来，从淡绿到浓荫，一夜之间把梅子掩盖起来，那些曾经接受过我们觊觎的目光的梅子，忽然不见了！

“三月三，打梅过晏站。”晏站，本是隶属于三门县的一个滨海小村，和我们的村庄隔海相望，中间隔着旗门港。我知道这句童谣的意思是到了农历三月三，梅子就可以打下来吃了，但为什么要到晏站去呢？至今无人能解。总之，那一树梅子，给我们童年寡淡的生活平添了许多滋味。

如果它是柿树，那么，秋后的红颜，便会赫然在目，但春天把我们平时熟记于心的枝头梅子，用重重叠叠的浓荫覆盖起来了，我们不免有一些失望，我们需要“乃凝于神”，才会在绿叶底下不断发现绿玉似的梅子。初夏时节，梅子都采摘完了，也会留有惊喜：一枚老叶无声滑落，藏了一个春天的梅子，又大又黄，如一枚滚圆的黄玉在枝头发光。这时候，我们会怀着小心翼翼的欣喜，拿捏到手。

而在平时，虽然心向往之，我们是不敢轻举妄动的。虽然那梅花开在高台，结子在道地，可惜梅树的主人，却是另一户人家，住在后堂道地。于是，心中的“道德律”和“望梅止渴”的口水是经常吵架的：梅子的核大概硬了吧，硬了就可以吃了！梅子不是你的，被主人发现是要骂的！当然，多数时候是私权不可侵犯的“道德律”打败了偷吃的馋虫，但偶尔酸涩的口水也会汹涌而来，尤其是梅子在绿叶的边沿露出微黄的浑圆果子时，冒险的计划就产生了：白天我们会无事一般经过梅树下，一一记住黄梅的位置。踩哪个枝干，攀哪条枝丫，心里模拟了无数回。夜幕降临，家家户户的煤油灯吹灭，整个小村沉入黑暗。一个个灵活的身影贴地疾走，缘木上下，几下子两个衣袋都装满了。于是，皱着眉头，流着口水，几十颗梅子在我们龇牙咧嘴的“哧哧”声中，不一会儿便消耗殆尽。恶作剧的窃喜和紧张总要持续很久，而后遗症就是第二天的牙齿已经碰不得热食了。梅子的酸涩度，在所有水果中，恐怕要排行第一的，尤其是未熟透的梅子。现在回忆起来，那时偷吃的梅子，也算是一种“禁果”，味道实在不怎么样，但是，我们却禁不住诱惑，甘愿冒险。晚上偷梅子的“技术标准”极高。首先就是对方位记忆的考验，夜晚漆黑，梅树横斜，你要在短时间内找到那些梅子。你还要有非凡的平衡力，双脚牢牢踩住稍大的树枝，一手要学长臂猿攀缘，一手要在枝叶间快速排摸。此外，还要有敏锐的触感，枝条、叶子、梅子，大的、小的、熟的，一触即知。要保证万无一失，否则就会失足跌到人家的屋顶上，后果不堪设想。

这样惊心动魄的“夜晚作业”，在小时候的春夏之交上演过几次。好在寒暑假练就的爬树本领，使得我的童年无一次失手。但是，再狡猾的狐狸总是斗不过好猎手，第二天，梅树的女主人还是在梅树底下找到了撕下来的叶子和折断的枝头，偶尔还能找到昨晚遗落的梅子。于是，女主人的骂声如约而至："恶鬼啊！饿劳糠（永远吃不饱的人）啊！等勿牢啊！"意思是说，你们这些小鬼，饿得不行了吗？等不及了吗？当年武岙方言带着海游口音的叱骂声，在我们的幼小心灵里，还是很有震撼力的。我们躲在阁楼上，气不敢出，似乎能够听到彼此的心跳。等到主人的身影消失于远处的田野，我们才悄悄地溜出家门玩去了。不过农村人情淳朴，女主人并不深究，孩子忘性也大，似乎不会汲取教训。炊烟升起的时候，我们陆续回家，眼中一树浓荫，在夕阳下略显金黄，那些免于劫难的梅子，依然在叶子底下日长夜大。

人事渐长，不知什么时候起，见到高台的一树梅子，不再垂涎欲滴，而会想起"倚门回首，却把青梅嗅"之类的词句了。童年生活里与梅树相关的那些老人，陆续离世，高台人家也开始搬离。不知哪一年，那棵老梅树居然枯掉半边，摇摇欲坠。等高台最后的主人——我的父亲搬到大哥家里的时候，这棵老梅树终于彻底枯死了，只剩下兀然朝天的根株。过了没多久，我偶尔踏上高台，断壁残垣之间，各种野生灌木和草本植物，已经蓬蓬勃勃。生长老梅树的地方，竟然空空如也。就像故土上的许多老人一样，老梅树终究彻底干净地退出了高台的历史舞台。

但是，老梅树分明植根在我曾经的生活中，冬发幽香，夏结琼玉，带着酸甜，带动心跳，带来贫乏时代的期待。五十多年过去了，今年寒假，我在城里过年，初二那天，便迫不及待地下乡了。在沿海塘坝旁边，蓦然发现一树树白梅傲然开放，不免有老友重逢般的喜悦。年关的乡村公路，人来车往，只有我反复停车，绕树三匝，生命中与梅树有关的过往便历历在目。此时，没有比黄庭坚的《水边梅》能更好地表达我内心的诗了：

梅蕊触人意，冒寒闻雪花。
遥怜水风晚，片片点汀沙。

2019年寒假

镬灶头

格局与地位

在农家，镬灶头（锅、灶及相关附属设施的俗称）绝对是中心，无论是物理格局，还是生活地位。

镬灶头依墙而建，底部是基础，中部是灶台，上部是排烟道。灶台有几个锅，就有几个镬灶孔（烧柴火的炉膛）。紧挨镬灶孔的是狭长的火炉塘，用以积蓄炉灰。火炉塘以一块石板为界，界外就是一个长条凳，供烧火人坐憩。条凳后面堆放柴草，柴草是烧火的燃料。镬灶孔、火炉塘和堆放柴草的地方，统称为镬灶沿。大冬天，一家老少就在此烧火取暖，邻舍隔壁或来“围炉夜话”。靠水缸一边，从里到外，安放着大小不一的铁锅，那就是灶台。一般是大的锅煮猪食，中间的锅煮饭，最外面的那口小锅炒炒小菜。不过，也不一定如此分工严格，譬如一日三餐，早上煮番薯，那就用大锅烧，人吃剩下的就是猪食。晚上是稀饭，那也要在大锅里熬煮。人口少的家庭，镬灶头略小，只有中锅和小锅。但那个时候，马寅初的理论还没有贯彻到乡村，兄弟姊妹人头攒动于镬灶头周边，是极为常见的景观。烧菜煮饭这壁厢还埋着水缸，便于主妇一转身就能舀到水。水缸一般用七石缸（以容量相称），我们偶尔会抓来几条鲫鱼，养在里头。据说鲫鱼能够吃掉沉积的泥沙。有些天，水缸里的鲫鱼，“啪啦啪啦”跳动，水缸脚跟（底部）起潮，意味着天气将要变化。那时，挑水也是我们的任务，大人如果拿起木勺感觉到水缸里的水满满的，便会安心。否则，“水缸脚刮喇喇响”，我们会被骂为“懒汉”。那时，村子里没有自来水，大旱之天，我们要起早到后门山的山涧里舀“山骨水”（夜间在石缝里渗透出来的水），水质比现在的矿泉水要好得远，但量少，需要早起才能舀到。那水是舍不得倒入水缸的，我们用它烧开水，放点紫苏、薄荷之类，清冽而甘甜，全村著名。

三口铁锅和三个镬灶孔之间是直垒上去的一面墙，墙体中空，以通烟气。墙上有龛，放着火柴，顶上有台，放着煤油灯。墙顶的最里壁，有一小小的佛龛，供着灶司老爷（管理镬灶头的神）。灶司老爷的身后，就是高高的烟囱，沿墙而上，直通到屋顶或墙外。每天特定时刻，家家户户的烟囱里都会飘出炊烟，这大概是农业文明中最世俗也最有文学意味的景象。官场失落后的陶潜看着“暧暧远人村，依依墟里烟”，听到“狗吠深巷中，鸡鸣桑树颠”，就能体会到乡村的温情。当然，老百姓关注的是家里还能不能揭开锅。三年困难时期，村里的烟囱里飘不出一丝青烟。一家老少，嗷嗷待哺，全国各地，大抵如此。

在老家，打镬灶头（建灶）是家庭大事。流传几千年的皇历书里，载明建灶的“黄道吉日”。在打镬灶头的日子里，要讲吉利话，“倒灶”（意同“糟糕”）之类的话，是绝对不能说的。不但日子要选好，师傅也要挑好。好的镬灶头灶台高矮，恰到好处，设计的炉膛，火头旺又特别省柴，样式漂亮，皮实耐用。这样的师傅，就特别受人欢迎。不过，我们村里最后一位能打镬灶头的泥瓦匠早已去世。过去，打镬灶头是要“捣暖灶麻糍”的，一来感谢师傅，二来是启用新灶的仪式。镬灶头之重要，与一个家庭，甚至家族的荣誉和兴衰相关。先前，家庭或家族之间起了矛盾，强横者会把对手的锅敲掉，镬灶头扒掉。“上房揭瓦”“下地敲锅”，是一辈子的奇耻大辱。近几年，传统的镬灶头已经退出历史舞台，村里也开始时兴定制的组合灶具了，毕竟煤气代替了柴火。不过有些人的肠胃留恋柴灶煮饭的味道，坚持要在组合灶具里嵌入一口柴灶，也算是土洋结合，中西合璧。

尴尬与惊恐

自我读小学、初中时代起，在镬灶下烧火，好像是我和弟弟分内的事情。如果不是上山斫柴草、下海摸鱼虾，那就完成老姐们和父亲的吩咐——在家煮番薯、南瓜或煮夜粥（稀饭，一般充作晚饭）。番薯要先洗，南瓜要挖籽，南瓜蒂头特别粉，都是我们熟知的。至于夜粥，多少水下多少米，烧开以后，要敞开锅盖煮，我们都烂熟于心。我记得小时候，我对这类活计，并不太乐意：围着镬灶头转，不是男人所为，再说暑假燠热难当，还要面对火炉，实在不爽。但老姐们和父亲都外出干活，我只得完成“后勤任务”。镬灶沿里有火叉，用来辅助往炉膛里添加柴草的；有火铣，在炉膛里铲出炉灰和木炭；贮藏木炭的有炭罐，也在镬灶沿。遇到燃点不好的柴草，如果没有晒干，便要用火棍（一种竹棒，中间捅开竹节以通气）往炉膛里吹气助燃。每当此时，炉膛里就会冒出滚滚浓烟，我往往被熏得涕泗横流。好不容易点着了火，擦把眼泪鼻涕，沾染了炉灰的手，就在面孔上留下一个“大花脸”。如果在父亲回家之前，就煮好了猪食、夜粥，烤好了土豆，会免去老姐们的炊事之劳，对着已经盛好的稀饭，老姐们和父亲神色和煦，这对我们多少是一个安慰。

但孩子永远是忘性大的。在煮夜粥的时候，我沉浸在小人书的故事中难以自拔，或想象着某座山里野果子的味道，或臆想葛岙塘港里的鱼虾正在活蹦乱跳。我浑然不觉是在烧火，而锅里的米粥正在沸腾。于是，直到锅里的汤汁溢出锅盖，漕满灶台，沿地面的小沟壑汩汩而出的时候，我才发觉“事故”酿成。我大惊失色，连忙揭开锅盖，舀来冷水做补救。然后，忙不迭地寻抹布，消除灶台上的痕迹，用扫帚清除地面上的米汤。但事情总是百密一疏，抹布上留着汤汁，扫把上尚存米粒。父亲的嗔骂便会如期而至：“恶鬼！魂到哪里去啦！”这样的惶恐经历，大概是每个农村的孩子都经历过的吧？

那时候米缸常空，孩子又是“化米虫”（意为特别馋，特别能吃）。当现在的家长捧着饭碗，追着孩子喂食的时候，是难以想象过去的孩子是如何抚慰饥肠的。放学回家，放下书包，我们就要烧火煮粥了。当大人还在田间地头的时候，一种作弊的念头产生了：缸里浸着年糕，只是偶尔做成芥菜炒年糕作为中饭的。能够吃一碗炒年糕，是那个时节高档的饮食！现在，白花花的年糕就在缸里，我也知道为数不多的年糕吃一根少一根。但是，理智终于抵挡不住馋虫的诱惑——吃一根年糕，父亲老姐们是不会知道的！我把年糕放在锅里和着粥一块煮，很快就软了，用锅铲或筷子取出，看看外面并无人影，马上狼吞虎咽，三下五除二就解决了。有时候，我们则把年糕放在炉膛里烤，外焦里嫩，有着特别的香气。有一次，因为理智和馋虫斗争激烈，错过了时间，等年糕放进灶孔不久，老姐就回家了，而且一直没离开镬灶头。在老姐的火眼金睛之下，我连转移的机会都没有，就只闻得年糕的焦香味渐渐从灶孔里飘出，飘出，弥漫在镬灶沿，充塞于因饥饿而变得特别敏感的鼻孔里。老姐马上"闻香识糕"，缴获炉膛里的"罪证"，劈头盖脸一顿臭骂："饿牢糠啊！坐吃山崩啊！"

我知道缸里的年糕不多，知道年糕特别耐饥，知道年糕主要是供中餐或者偶尔改善一下饮食。现在居然偷偷地躲在家里享用而不顾大人一天在外的辛苦，真是一个不顾全大局的"饿牢糠"！于是，在晚饭直至睡觉的一段时间里，我深刻反思，一夜无话。

温暖与期盼

当然，镬灶头与吃相关，留给我们的回忆，温暖和期盼远远大于尴尬和惶恐。要在平时，家里来了客人，镬灶头首先传出木勺和锅底摩擦的声响。洗锅，那是准备烧点心的前奏。什么糯米圆、麦饼、麦糊头、汤包、汤垂面、鸡蛋茶……客人吃好后，老姐们总能留一点给我们。要是在月节，镬灶头更是充满了喜庆的烟火气。宁海的乡下，"四时八节"的风俗，总是围绕着镬灶头展开的。特别是新年期间，小孩们"围镬灶头"便成为家家户户常见的景观，尽管大人们总要嗔骂："死开点！老是围着镬灶头，像什么样子！"但孩子们依然热情不减，大人们也不再多说什么，毕竟充满喜庆的年关就要到了。

"炒年货"和"打糖"从农历腊月就要开始。年货有南瓜子、花生、番薯糕、蚕豆等，掺上多年用过的细沙，在铁锅里不停翻炒。然后起锅，用筛子滤去细沙，降温后分装。家里孩子多，为了"福利均享"，大人会把这些炒货平均分配。"打糖"（做米糖之类的糕点）是最为热闹的，邀约邻舍隔壁，挨家轮流做。"糖渍"早已用番薯煎好，"米胖"整畚斗，花生、豌豆都炒熟了，"面床"和"滚筒"也都安置妥当。这些炒货和着糖渍在锅里搅拌，炉膛里的火光映红了我们的脸孔，铁锅不断散发出甜蜜的焦香。熬到一定的浓度，打糖的高手就把它们从锅里起出，放到面床的木框子里，稍加按压，然后大家用木棍碾平、压实，撤去木框。操刀手拿起菜刀，在刀刃上擦一点油，先把糖糕切成条块状，再把条块切成薄片。操刀手前后切割，左右腾挪，什么米胖糖、花生糖、芝麻糖，在刀下源源不断、井井有条地出来。我们则围着面床，吞咽口水。“要吃趁面床啊！勿吃眼凝黄啊！”（意为想吃的话，趁糖还在面床上；不吃的话，就要收走藏起来了，你望眼欲穿也没有用啦！）大人一边叫着，一边递给我们一些边角料。这个时候，我们是可以放开肚皮尽管吃的，当然，以米胖糖为主，芝麻糖和花生糖还是有限制的。最后，大人们会把这些都分装到各个酒埕里，待过年的时候招待客人，也给孩子们宴享。因此，过年时节，你随便去摸一摸孩子们平时两层布的口袋，现在大都鼓起来了。

腊月三十夜，是家家“还福”、“请老太公”（即祭祖）的日子。给“老太公”吃的十二大碗（共有十二碗“山珍海味”）一一从镬灶头烹制停当。庭前反放着米匾（一种晒东西的圆形竹器），台阶上插着香和蜡烛。我们很积极地从镬灶头端出菜蔬，排在米匾上。大人们双手合十礼拜，口中念念有词。庭院里飘着鱼肉和蜡烛的混合香味，我们只在旁边暗暗祝愿“老太公”早一点享受完毕。大人那边厢还在点纸燃烛，我们这边厢就往家里端回菜蔬了。然后安居一席，心安理得地享用一年难得的“年夜饭”。

晚饭吃好，就要煮粽。父亲是包粽高手，四角尖尖，密而不漏，用棕榈树叶系成一串串，然后，盘到大铁锅里，用硬柴猛火烧煮。待到锅里水汽蒸腾，散发出粽箬叶和糯米特有的芳香后，再用慢火熬煮。我们必定坐在镬灶沿守岁——等着大人捞出一个粽子，或者泡一碗萝卜茶，或者发一毛压岁钱。这是富足而幸福的一天，享受到一年最好的美食，分到属于自己的炒货，口袋里居然还有压岁钱！大人们也是和颜悦色，坐在镬灶沿“焐年糕”——在炉膛里放一个大柴株，让它慢慢烧着，一直到正月初一，祈祷来年日子火红。

年货都已准备停当，灶司老爷的供品是绝对不能忘记的：几个粽子、一碟糖果，一炷清香。主人会一边把供品搁在灶司老爷的前面，一边念念有词——“上天言好事，下界保平安啊！”据说灶司老爷在大年三十要上天禀告这个家庭一年的功德操行，而一个家庭的事务大多围绕着镬灶头展开，所以，灶司老爷掌握着家家户户一年的功过得失。吃人家的嘴软，拿人家的手短。供品既具，香火虔诚。灶司老爷想来到上天一定是“报喜不报忧”了。

正月里来，“拜岁客”不断，镬灶头每天都会洋溢着鱼肉菜肴的热气和芳香。一直到正月十四，镬灶头又会迎来一个重大节日：元宵节。白天，在镬灶头上糊麦焦（做类似于食饼筒之类的东西）。糊麦焦是很讲究手艺的，老姐们都是好手，在凹陷的锅底，烙出一张张圆形的麦焦皮，面质筋道，厚薄均匀。当然，糊麦焦的柴火也很讲究，要用松毛丝，火力不威不柔，又容易燃烧均匀。为此，我们早就上山把干燥的松毛丝准备在镬灶沿里。晚上，家家户户要“揉糅”（制作类似米糊的一种食品）。“咸糅”的料理丰富而带有海边特色，鱼肉、蛏子肉、鱼子、牡蛎、豆腐、香干、肉圆、猪肝等，均剁成细细的馅儿，“剥芥菜”也已经切细，开水翻滚着，米粉糊和料理倒进锅里搅拌，慢慢地凝结，其色翠绿，其味鲜美，其香馥郁。如果家里有孩子当年结婚娶妻，还要烧“新妇糅”。全村人都会在那个晚上到你家里，品尝新妇的“厨艺”。第二天，村里就会传出民间评议结论：谁家的新妇厨艺好！这甚至与这家新妇以后在该村里的地位和发言权有关。所以，每个新媳妇，都非常在意当夜的“新妇糅”——百般妇艺，诸种料理，统统搬上！此种风俗，长盛不衰，直到现在。有乡贤发掘出“糅”的历史渊源，据说当年戚继光抗倭，前线吃紧，后方送粮。准备好诸种食物料理，用滚开水拌着米粉一冲，即可进食——这是最便捷的支援前线的方法。此种做法，积久成习，成为当地一大风俗，故此浙东沿海一带元宵节均有做“米糅”的习俗。虽属附会，但有板有眼，不妨听之。

总之，与镬灶头相关的物事，好像琐琐不足道，其实均为民生大事，见证历史状貌。代代相承，事件变成习俗，习俗成为传统，传统就是文化。故曰：民以食为天。

2019年10月

鸡的一生

你永远无法体会到鸡在死寂的半夜突然嘶叫所带来的恐怖。“嘎——嘎——”拖着长长的尾音，急迫，惊悚，绝望。当大地沉入黑暗，村庄陷入沉寂，人们进入梦乡的时候，突然从楼下传来一声紧似一声的叫声。

我缩作一团，用被子裹住脑袋。父亲在床上大声叱骂，企图以更高的声音吓退黑夜中的某种东西。在我的意识里，半夜鸡叫，总是伴随着不祥和凶险。父亲摸索着点亮煤油灯，踏着吱呀作响的楼梯下楼查看，有时候我也胆战心惊地跟在后面下楼。黄鼠狼或野山猫或者别的什么东西，早已不见踪影。打开鸡窠看，鸡们惊魂未定，挤在鸡窠的一角，瑟瑟发抖。

山村的午夜惊魂，一年要经历个一两次，就在家家户户的鸡窠里。鸡窠位置大同小异，一张破旧的木楼梯斜搭在二楼地板上，与一楼地面形成夹角。夹角前后左右砌上砖头，辟一小门，便是鸡窠。鸡是驯化程度最高的家禽之一吧——每天早晨，主人下楼的第一件事，就是打开鸡窠门，那些鸡就扑棱着翅膀，冲出鸡窠，有些围在主人脚边讨吃，有些则跳出门槛，到道地觅食。鸡的一天就开始了。

如果遭遇到野山猫的偷袭或者不知由来的惊吓，早上打开鸡窠门，那些鸡就推推搡搡，不敢出门。个别胆子大一些的公鸡，探头探脑地侦察一番，发现主人在堂，危险不再，才一步一步地带着鸡群踅出鸡窠。

但鸡是很容易忘记夜晚惊魂的，该怎样过活就怎样过活。公鸡披一身华丽衣衫，顶着赤红的冠冕，在道地踱着方步，左顾右盼，重振雄风。当然，公鸡最具有领袖气度的就是“司晨”。《诗经》云“风雨如晦，鸡鸣不已”，说的是雄鸡善司晨，虽阴晦而不辍其鸣。毛泽东说：“一唱雄鸡天下白。”那些贪玩的、懒惰的、懦弱的、沉溺于黑暗的鸡窠不愿醒来的鸡，总是在雄鸡的引吭高歌中，走出鸡窠，迎来新的一天。但少年如我，酣睡于梦乡，是听不到“鸡头啼”的，而对白天公鸡打鸣印象深刻：面对朝霞，或者正午的阳光，雄鸡伸长脖子，朝天空或者远处稍一叩首，便发出极为嘹亮的声音：“喔——喔——喔——”高亢而悠长，振奋而投入，真是酣畅淋漓。

打斗，是雄鸡又一项职业化的技能。守卫领地，争抢食物，争风吃醋，都用尖嘴利爪解决。两只雄鸡蓬松着羽毛，伸长脖子，低向地面，喙子相向，逼视对方，长时间保持静止，这正是庄子说的“呆若木鸡”。奇怪的是，它们几乎会在同一瞬间跳起，张牙舞爪，扑向对方。双眼充血，鸡毛飞舞，不经过几个回合的打斗，雄鸡们是绝不轻言放弃的。打斗的短暂间隙，会回复到静止状态。村里的男孩，没有打过架的好像很少，连斯文胆怯的我犹有记录。打架的男孩子，往往被大人们目为“小公鸡”。有时候为山上的一树野果、滩涂上几只鱼虾，有时候为一种游戏的输赢。没过几天，“小公鸡”们又和好如初，和道地里的公鸡们一模一样。

西汉初期的韩婴说“鸡有五德”：“头戴冠者，文也；足搏距者，武也；敌在前敢斗者，勇也；见食相呼者，仁也；守夜不失时者，信也。”在他眼中，公鸡堪称动物的楷模了。

至于母鸡，总是以母性的姿态吸引着我们的关注。孵卵时节，它可以不吃不喝，蹲守在鸡窠里几十天。母鸡孵小鸡，也是家里不大不小的一桩事情。看小鸡在母亲的羽翼中钻进钻出，是我少年时期的一桩乐事。大人们关心着一窝鸡蛋能孵出多少小鸡。于是经常取出鸡蛋，用拇指和食指圈住，在灯前照影。小鸡出壳，想来也是生命奇迹。这么嫩弱的喙子，居然能够啄开蛋壳。从一个小洞，到一道裂缝，然后锲而不舍，蛋壳裂成碎片，小鸡披着湿漉漉的绒毛，摇摇晃晃地走出来。小鸡出壳后，母子就相随相依。这种感应，让人不得不惊叹造物主的伟大和神奇。

略显老态的母鸡左顾右盼于前，一串毛茸茸的“小球”蹒跚于后。母鸡带小鸡，是乡间温情一景。偶尔会有贪玩的小鸡子被途中风景吸引，母鸡便会发觉，“咯咯咯”地一阵招呼，落伍的小鸡子便张着两个翅丫子，连蹦带跳地跟上。觅食的时候，母鸡轮番用双爪扒拉着垃圾，找出谷子、蚯蚓等食物，“咕咕咕”地叫唤，啄了又放下，放下又啄起，做不厌其烦的教导和示范。母鸡的母性和灵性往往是兼具的，发现一些爪力迟缓的小鸡子，争不到食物，便会啄着米粒儿，做特殊的眷顾。小鸡子们似乎不太礼让，经常为一粒谷子口中夺食，或者为一条小蚯蚓而彼此“拔河”。那种温情脉脉又充满竞争的哺育场景，常引我驻足凝望。母子休息，是难得的天伦。母鸡蹲下，小鸡子便挤挤挨挨地钻进去，有时候露个脸，有时候撅个屁股，还有几只爬上母鸡的背脊。任凭小鸡上蹿下跳，母鸡总是眯缝着眼，陶然而乐，安然不动。但有时候，安详的“母亲”也会突然斜侧着脸，眼中露出警惕的光芒，脖子里发出“咕咕咕”的警告。此时上方天空必定有鹰隼在滑翔，母鸡便忙不迭地带着小鸡转移到屋内来。我们对这种场景太熟悉了，于是，“老鹰拖小鸡”成为我们经常玩的游戏。“母鸡”往往由女孩扮演——她张着翅膀，后面一队“小鸡”，后一个拽着前一个的后衣衫，“老鹰”则多由男孩充当——千方百计要突破“母鸡”的翅膀，抢夺“小鸡”。每到放学的时候，操场上的谷物收起，我们成群结队，左冲右突，大呼小叫，乐此不疲。

家家有鸡，为了区分，有时候，我们要给小鸡染色做记号。当小鸡在我们手中挣扎鸣叫的时候，面对人类这个庞然大物，母鸡便会竖起羽毛朝我们冲来，用尖尖的喙子朝我们啄来！至于小猫、小狗要欺侮小鸡子，母鸡会毫不客气地向它们发起攻击，那些动物往往在拼命的母鸡前畏葸不前。在母鸡眼中，人啊，猫啊，狗啊，这些东西，要来打我的孩子的主意，真是没门！阻吓住我们以后，母鸡踱着方步，侧着头颅，眼中露出鄙夷的神情。母爱的伟大在这里，母爱的自私也在这里——有时候，鸡群里混入别家的小鸡，被母鸡发现，母鸡会毫不留情地驱逐。小鸡们被啄得“吱吱”直叫，远处的“家长”闻声赶来，或者带回自己的孩子抚慰，或者两位“家长”就在道地里叫板相斗！

当公鸡宠幸了母鸡几回，母鸡带着小鸡觅食一天后，进窠的时间也就到了。似乎不用主人呼唤，鸡便按时从墙头上跳下，从墙角地头回来。不作清点，也不用催逼，鸡们便自动地钻进它们的“家里”。如果家有余粮，进窠前撒一把谷子，便是对鸡们极好的奖赏。

鸡虽然琐琐不足道，但与每家每户的生活密切相关。养鸡最直接的收益是鸡蛋。那个时候的鸡蛋，是多功能的。家里来了客人，不管时光早晚，必定要打几枚鸡蛋，做成鸡蛋茶款待。那些下地的男人，感到力乏，主妇也会烧个鸡蛋茶，慰劳慰劳。孩子稍有不适，也很少上医院，一碗鸡蛋茶下肚，那病也就好了一半。母鸡下蛋，往往有固定地点，但有时候，也有例外。当我们在一堆柴薪中发现一两枚鸡蛋时，那真是如获至宝，乖一点的孩子便上交以取宠，馋一点的孩子便一溜烟跑到小店里换糖果。

分鸡蛋，讨鸡蛋，又是村中一大喜事。张家的新屋落成了，李家的女儿出嫁了，黄家的儿子结婚了，都要分鸡蛋。鸡蛋煮熟，用“洋红”染成红色，成双成对，极尽喜庆。“讨鸡蛋”也是我们小时候的本事——村中有人结婚了，在婚礼当夜，我们怀着热烈的期盼，拥挤在新房里，等待着新妇分鸡蛋。而新妇总是不肯痛痛快快地拿出鸡蛋，于是，我们就软硬兼施、死皮赖脸想着法子，要把“喜蛋”讨到手。有些孩子还要“打双关”：分到一个，第二天还去讨。眼尖的“伴姑妹”居然能够认出：你昨天分到过了！我们便百般抵赖：没有！没有！新房里便洋溢着闹腾腾的气氛。

鸡带来的喜庆，不仅仅是“喜蛋”，还有年关。除夕临近，每家每户都要杀鸡，即使条件再不好，也要杀一只鸡。被宰杀的，以雄鸡居多，体大，肉多，主要是“硬压公鸡不生蛋”（老家谚语：如果是公鸡，即使你怎么催逼，它都不会生蛋）。大人抓牢公鸡，反执翅膀，扳过鸡头，拔去脖子下的羽毛，盛半碗水放在道地的台阶上，用刀在拔去毛的脖子上一抹，接着把鸡颠倒过来，鸡头对准碗口，接住鸡血。待血流得差不多了，把鸡往道地上一扔。那鸡便扑棱棱地在道地上左右腾挪，做垂死前的挣扎。有些生命力顽强的公鸡，在道地里跌跌撞撞地奔跑，围观者就会笑杀鸡的人：连一只鸡都不会杀！被笑的人，便会咒骂着抓住那只公鸡，再补一刀。

现在想来，年少的我们曾把家里的公鸡视作玩伴，公鸡也会抬头来抢我们手中的食物，但对于公鸡的死难，我们没有怜悯，觉得一切理应如此，这大概也是贫穷限制了我们的悲悯心。年关意味着杀鸡，杀鸡就有鸡毛和鸡肫。对于我们来说，鸡毛和鸡肫比鸡更重要——那时候，总有黄岩来的“货郎担”走村串巷，来“笃白糖”（卖一种用米煎熬而成的糖）。听到拨浪鼓，我们就立马兴奋起来，拿出积攒着的鸡毛、鸡肫“兑白糖”。那个时代，除了苦涩之外，口腔和肠胃没有体验过更好的滋味，一块硬硬的“白糖”，在嘴里慢慢变软，直至融化，那种略带粽叶香味的甜美，是童年最好的滋味。

值得期待的还有鸡腿。正月初二，拜岁（拜年）就开始了。乡间小道上，多了好些“红男绿女”（都穿着过年新衣），提着拜岁包（一斤红糖、一包红枣之类），谈笑风生，走亲访友。拜岁是我们喜闻乐见的事情。只有在亲戚的家里，我们可以“见客疯”，大人并不会责怪我们，亲戚也会当面夸奖我们。长年到头，我们好不容易成了中心人物，得到优待，零食能装满衣袋不说，餐桌上的那碗鸡肉，必定横着鸡腿，硕大，油亮，散着芳香。正月的餐桌，很多菜肴是只能看不能吃的，但鸡腿是例外，且是小孩的专享，你不能想象经年累月吃不到一两次肉的味蕾，遇到鸡腿的反应。油腻、鲜美，还有鸡肉特有的肉香，全被激活，全被接纳。每一个乡村孩子，记忆里可能都有一个硕大肥美的鸡腿。

当然，所有鸡的结局都是一样的。母鸡完成了孵小鸡的任务，也会走向人的案板。“杀鸡取卵”别有意味，但是在乡村的节日里，确实是实实在在的事情。虽然年关的餐桌上，更多的是公鸡，但是平时主人农活累了，想补补身子，想到的，就是老母鸡。

与乡村夜晚的“偷袭”相比，人类的“宰杀”堂而皇之，理所当然。“偷袭”让我恐惧，“宰杀”却让我们充满期待。而鸡是不知道这一切的，小鸡依旧快乐地跳跃，母鸡仍然尽职地孵卵，公鸡则不停地为谷粒和母鸡与别的公鸡们争斗。鸡这辈子和人这辈子其实是一样的。

2019年11月

庎橱与笊篱

庎橱、笊篱和镬灶，与农家饮食息息相关。饭烧开后，在锅里放上羹栏（一种竹制的隔离栅栏），在庎橱里端出菜蔬，放在羹栏上蒸热。饭毕，把餐桌上的剩菜放到庎橱里，以备下一餐所需。笊篱（一种竹制品，像篮子而有盖）以盛放剩饭为主，故称“冷饭笊篱”。其实，这两种家什虽不如镬灶重要，但藏纳饮食，事关生计，亦为大也。

农村的木结构房屋，多为一楼一底，庎橱可算是楼下一件大家具。家里姐姐多，小时常见木匠师傅前来制作木器嫁妆，但从未见过制作庎橱的。从我记事的年月开始，那口庎橱，黑魆魆的，就立在镬灶头的后边，真不知它经历多少岁月了。

因为跟食物相关，少时的我，对于庎橱的构造和功能，实在太过熟悉。庎橱可分为上、中、下、底四个部分。上部阖以二门，打开橱门，里边有一至两块隔板，把这部分隔成两至三个空间，用来储放不同的食物菜肴。中间部分横排着三个抽屉，记忆里都是一些针头线脑，有时还有几颗鸡蛋。下部是由一根根木条按一定间隔排列而成的隔断，木条有隙，宜于插碗，与底部中通，方便排水，且利通风，设计颇为科学。底部为敞开部分，也有条木与地面相隔，条木粗而间隔大，用来放甑头甏坛（各种陶制器皿）。庎橱的顶部，有时放着几束大蒜，庎橱的一侧，挂着“箸笼”（插筷子的挂件）。

烟熏火燎的焦味，猪油菜肴的腻味，腌制食品的臭味，食物变质的酸味，相互混杂，使古老的庎橱整天散发着特殊气味。现在想来，这人间的“烟火味”殊不可闻。但那时，我们的嗅觉赛过苍蝇，庎橱常常以这种特殊的气味吸引着我们的目光。要是在青黄不接之时，唯一有希望解决口腹之欲的所在，就是庎橱。在大人不在家的时候，我们踩着骨牌凳，打开庎橱门，在黑魆魆、空荡荡的空间里寻找、排摸，企图找到一点解馋充饥的东西。东西是有的，但咸菜太咸，带鱼太腥，豆腐乳太臭。孩子翻庎橱，往往无功而返的居多。

要是在年关，翻庎橱总是有收获的。肉圆用豆腐和少量的精肉剁合，搓成圆形，浑圆而结实，好看而好吃；猪肝，切成片状，炒成紫色，犹如小而玲珑的瓦片；带鱼要比平时宽厚得多，且不是腌制的；红烧肉切成三角块，多次蒸烧以后，肥肉尽消，油如白玉，精肉坚硬而香；鱼胶虽未发透，但在所有变硬的菜肴中，唯独它柔软可口。所有这些人间至味，餐餐都能在八仙桌上出现。并不是货源充足，相反是因物资匮乏——因为乡间的规矩，走亲访友，过年拜岁，客人只能吃一些青菜豆腐、香干粉丝之类的东西。这些一年只有几次见到的“佳肴”，是摆出来看看，显示主人对于客人的尊重的。据说有些地方，主人怕有些孩子经受不住诱惑，会吃掉这些东西，就煞费苦心地用线把它们穿起来。馋嘴而不懂礼仪的孩子发现线线相连，难度增加，也就作罢。多餐蒸煮的结果，就是所有这些重要的菜肴一律变得坚硬板结。

尽管如此，我们还是讲究“盗亦有道”“贼有贼巧”的。肉圆是不能偷吃第二个的，一碗里头缺两三个，就有大窟窿，大人马上就能发觉；带鱼可以折一个角品尝，然后把缺角的一块掉转向里；猪肝是我们偷吃的首选，片片翘起，互相支撑，拔一块出来，并不破坏整碗结构。但我们懂得适可而止，反正这些东西，到正月十四的时候，都要剁成细馅，放到“米粿”里边去，迟早都是我们的口中之物。饥饿和嘴馋会激发冒险和聪明，让我们学会技巧和适度，并赋予我们对生活更多的欲望和创造。现在想起来，可能比饱食终日、无所用心要好得远呢。

不知从什么时候起，那口古老的庎橱不见了。我也从一个经常偷吃的小孩，成为所谓“天之骄子”的大学生，离开了那个海边村庄。老姐们一个个嫁到他乡，为人妻母；兄弟们也分离门庭，安家立业；老家、老屋、老父，成为我维系故乡的最后一丝心脉。年复一年，村庄里那种四合院式的道地，适合于聚族而居，挨不过时光蔓延，不断坍圮长草。古老的家什，也“更新迭代”，不外乎腐朽、拆解、烧毁。我家那口济橱的结局想来也该如此。老父一个人生活，再不需要济橱了。姐夫给他做了一个吊橱，用粗铅丝挂在楼板的横梁上。吊橱大约比半截济橱还要小一些，但基本功能齐全：上部放菜肴，下部放碗盏。有时候回家，老父刚好在田间未回，我打开吊橱察看，但见吊橱里只放着一两碗菜蔬，为人子者，心中不免惆怅。父亲说，一个人，只要新鲜，不要太多。又过了几年，老屋摇摇欲坠，父亲搬到老哥家里住了。无人居住的老屋也就彻底坍塌，交给了荒地和野草，那口吊橱最后也不知所终。

笊篱，平时高高地挂在“地坪格栅”（即支撑楼板的横梁）下面，只有烧饭、开饭的时候才取下来。大人一伸手就能取下，小孩不用凳子垫高是取不下来的。那时孩子偷吃是常见的事情，连出门做客也不例外。所以乡间把出门嫁为人妇的姐姐的弟弟，戏称为“冷饭舅”——在家吃不饱，到姐姐家的“冷饭笊篱”里偷冷饭来了。

一日三餐，一般人家早餐多是番薯或头天煮好的夜粥，中午有饭或者面食，晚上又是夜粥。这“冷饭笊篱”多在中餐时发挥作用。如果是煮饭，要尽量省点米。办法有的是：削好番薯，切成片状，插在锅边上，叫作“纳饭边”。待饭煮熟，番薯铲出，香糯可口，味如板栗。还有一种是用番薯丝（将番薯刨成丝状，晒干）放在米的另一边，煮熟后，锅里一半是米饭，一半是番薯丝，硬翘翘并不好吃。但是，揭开锅的时候，老姐们总是把好大一部分米饭起到“冷饭笊篱”里，我们只好以番薯片和番薯丝为主，有时候还有米汤加上“镬铎”（即锅巴）混成的“镬铎粥”。等到第二天煮饭的时候，再把笊篱里的冷饭放到米中掺杂，这样就能够省米，但锅里的饭量并不减少。因此，挂在笊篱里的冷饭，也叫“冷饭娘”。善于持家的姐姐们，知道怎样俭省又能让整天出门在外的人填饱肚子。凡此种种，都是贫穷年代的生活智慧。

麦上季节，新粉甫出，家家户户的主妇会蒸麦糕。小麦经过机器碾磨，第一遍流出的粉叫头遍粉，然后把麦皮掺在麦粉里磨出二遍粉。这样，小麦粒从外到内都变成麦粉了，就不剩什么麦麸。做麦糕要“麦糕种”发酵的引子，一开始是用甜酒酿掺上面粉做成的。用麦糕种添水化开，揉进面团里，然后拉成小臂粗细的面条儿，用刀切成一块块。甕栏铺上芭蕉叶，块状面团放在芭蕉叶上，等二十分钟光景，酵母开始发酵，面团稍显膨大，就可下锅蒸。发酵时间过长，面团膨胀过甚；过短，则面团实而不化。这些时间和分寸，老姐们自会把握。用头遍粉蒸出的麦糕油光闪亮，犹如羊脂白玉，散发着麦香味；用二遍粉做的麦糕黑不溜秋，粗糙不堪，难以下咽。我每每发现，总是白麦糕少，乌麦糕多。一来白麦糕本身就做得少，二来要留给在外干活的父亲和老姐们吃，所以早早地就放一部分在笊篱里，挂起来了。总之，笊篱里的东西，总比餐桌上的要好。久而久之，挂在楼板下的笊篱，就成为我们算计的对象。

放学回来，家里无人，笊篱沉沉垂挂着，令人遐想。索性搬来凳子，小心翼翼地取下笊篱，如果里边是麦糕，我们会偷一个小的来吃。这样即使被发现，犹有说辞，实在肚饿啦，吃了一个小的。老姐们也只是说一句“介贪吃”就作罢。有一次放学，我故伎重演，发现笊篱里边是常见的冷饭。冷饭也好啊！可就在取下笊篱的时候，凹凸不平的地面导致凳子不稳，凳子带动着我的身子，手中的笊篱便“啪嗒”一声落到地上，冷饭翻了一地。周围正在觅食的鸡闻声赶来，呼朋引伴，“咕咕咕”地啄食。地面可能还有鸡屎，再捡拾到笊篱里，肯定是不行了。驱赶抢食的鸡，它们蹦跳起来，又把那些干净的冷饭踩踏一遍。这真是混乱不堪、难以收拾的结果，那种绝望而惊恐的情绪无以复加。苏格拉底曰“雷霆过后，必有暴雨”，那一声笊篱落地的声音，不啻为“雷霆乍惊”，而老姐和父亲的臭骂，当然就是“暴雨如注”了。好在老姐和老父向来不加诸暴力。但是，你在农村，如果看到墙弄头有小孩飞奔而至，后面跟着一个骂骂咧咧的大人，手里拿着一根“篱扫丝”（竹枝，打人不伤皮肤而痛，惩戒效果奇佳）追赶，那孩子一定是犯了如我一般的错误。

我不知道这样的孩子会在哪里过夜，父母是不会前来喊你回家吃饭的。但也不用担心，因为孩子们久经“敲（读如kǎo）验”，心理和皮肤都变得皮实了。况且“风雨过后，总有彩虹”，等到大人气消以后，我们就悄悄地踅回家里。晚餐早已完毕，但餐桌上会有一碗满满的夜粥，粥油泛着白光，旁边还有一小碗烤洋芋，“盐霜白克克”（外面包裹着一层盐渍，冷却以后变白），喝一口稠稠的夜粥，咬一口喷香的洋芋，味道真是好极了。而墙外，刚才追赶他们的父母，已然铺好竹席，洒好凉水，点燃青蒿，在那里等着我们去“卧看牵牛织女星”呢。

2019年12月

·行　走·

寻常岁月

时间真是一个神奇的东西。

1978年暑假，我还在宁海县一市区高考集训班里学习，现在，2015年暑假，却要完成《语文学习》《名师》栏目的稿约。半世红尘，一晃而过，这块土地和土地上的个人都发生了超乎想象的变化。

1978年，中国“文革”后恢复高考第二年。作为“五七高中”的一个学生，我参加了全国高考。当年，我的数学成绩是班级第一名，若干年以后，我在儿子面前炫耀的时候，被无情地耻笑了：“考61.5分就是班级第一名啊！这个班大概是弱智班吧？”当我告诉他1978年全国高考录取率极低时，他便敬畏有加了，但我不敢说我的语文高考成绩，那篇《速度问题是政治问题》的缩写让我目瞪口呆。东抄西摘，凑足字数，懵里懵懂地交卷，语文成绩当然只有58.5分了。世事难料，当年高考语文不及格的人，居然成了语文特级教师，此刻正在进行语文教师专业成长的叙事。

可能是生源青黄不接，也可能是教育百废待兴，1978年，宁波师范专科学校在余姚、奉化、宁波、象山、鄞县都办了教学点。1979年寒假我被扩招到象山教学点。当我进到教学点的时候，当年暑假招进的学生已经在宁波师范专科学校本部读了一个学期了。于是，我们这批“空前绝后”的大专生，匆匆两年半时间，就进入毕业实习季。

实习是相当认真的。象山二中那个身材颀长而不苟言笑的语文教师是我们的实习指导老师，他对于我们的实习指导，似乎有点刻板：一星期听课，一星期备课，一星期试教，一星期正式上讲台。今天看来，正是这样的“刻板”使我上讲台之初就树立了

“术有不可不慎者”的观念：试教的一星期，那间兼做我们实习生寝室的教室里，一个貌似中学生的大学生，面对着墙上的破镜子，自言自语，顾盼如仪：调整着上课表情，就忘了教案的“台词”，只顾背诵教案里的“台词”，又忘了上课应有的表情。教室的窗口不时有几个围观的学生：那个一会儿手舞足蹈，一会儿挤眉弄眼，一会儿自问自答的老师就是我们班的实习老师啊！这样的努力除了惊呆围观的学生之外，并没有获得应有的酬报——我们这一组毕业生的实习成绩，只有两个A，我毫无悬念地列入B的行列。

像很多依依惜别的大学生毕业时一样，我们在老班主任泪眼盈盈中离开，一转眼就是五年，一转眼又是五年。十年后的同学会在象山如期举行。晚宴期间，我就坐在宁海陈姓同学旁边。时间是最好的催化剂，陈姓同学已经在县里担任某一个部门的领导职务了。当年同桌的女同学就坐在我的对面，作为地主之一，她殷勤地劝菜：“陈某某，叫你的司机不要客气，吃菜啊！”当大家明白这个女同学眼中的司机就是我的时候，不禁哄堂大笑，大笑之余，便要罚酒：这个女同学居然把“同桌的你”当作陈同学的司机了！现在想来，当初的这一美好的小插曲真是怪不得那个女同学。进入大学时，我只有十七足岁。两年半时间，带着乡下人的木讷和羞怯，与那个“同桌的你”大概只讲过两句半话。那时大学是“老三届”和“新三级”济济一堂，而我作为“宁海小鬼”，一直是班级里的“边缘人群”，处在若有若无之间。无论是身体还是思想，真正的发育和成长还是在大学毕业之后。淆乱了老同学的认知，不也是很正常的吗？

走上讲台的最初五年，我们的生活与两千多年前的曾皙是很近的：“浴乎沂”，学校旁边就是澄碧的清溪，“风乎舞雩”，我们总是在暮春三月带着学生到野外春游、野炊，最后骑着自行车“咏而归”。草长莺飞，月白风清，这是我三十七年专业生活中最轻松的日子。

综上所述，初中两年、高中两年半农半读，高考语文成绩不及格，说明中学基础不牢；大学两年半刚窥见读书门径，便毕业了，可见专业起点不高；为人木讷，不擅言语，性格内向，公众场合习惯于边缘，其实职业素养也不好；钱梦龙先生自嘲说“聪明脸孔笨肚肠”，我脑筋死板，反应迟钝，拙于计算，属于脸孔和肚肠都极笨的人，智商不及中人之资。

这样的先天不足，怎么做教师呢？怎么做好教师呢？

对于所谓的荣誉和名号，我一向羞于启齿。这不仅是因为生性使然，更是源于价值体认：一旦自言成绩，便是商人广告，更何况天外有天、人上有人呢。但为了总结所谓专业成长的规律，我必须把三十七年前后做一个比照，希望读者诸君原谅我的“王婆卖瓜”。

从1981年的公开课《小橘灯》开始，到2015年的《秋声赋》，虽然总在失意得意中摇摆，但自信还是越来越多了。浙江省“教坛新秀”是我的第一个综合性荣誉，浙江省首届高中阅读竞赛一等奖是我第一个学科单项奖，记得我和马骉同上《荷花淀》，羊刚好像是执教《人的正确思想是从哪里来的?》，如今两位仁兄已经是国内语文教坛的中坚了。台州市评首届“十杰青年”，我居然忝列其中。“十杰青年”其中的一位，如今已经收购了沃尔沃汽车，偶尔在电视访谈节目里朗诵自己创作的诗歌，而我一个以欣赏诗歌为职业的人，则成了最新款XC90的默默欣赏者。人生常有巧合，到了2000年，我第二次执教《项链》公开课，为的是参评浙江省特级教师（本人“高级”破格的时候，抽到的课题也是《项链》)。“项链”大概是我的幸运物：因着它，“高级”破格了，“特级”也下来了。

拥有以上名号的时候，我还是“小褚”呢，但到了宁波后，犹如“陈奂生上城”，酸甜苦辣，历经沧桑，无论外表、心态还是专业、经历，都变成“老褚”了。时间就是魔法，青丝渐成白头，一些更高的名号随着时间之流来到眼前，什么“宁波市特殊贡献专家”“浙江省首批正教授级高级教师”“全国中语会首届学术领军人物”等等。每当排遣烦冗喧嚣、扪心自问时，这些荣誉虽然不是自己要“跳起来”摘的“桃子”，但与真正的教学大家、研究专家相比，是否名实相副呢？

静静想来，半是惭愧半是自得。在这个“专家”“名师”满天飞的时代，惭愧的是自己离真正的专家名师路途尚远，自得的是三十多年来，除了机缘巧合之外，名实之间，确有一丝因果。这种因果，用时髦的话说，就是专业成长的规律。

把分内的事情做好，让自己满意

我是1961年生人，生肖为牛，我很庆幸自己有老牛的品格：不待扬鞭自奋蹄。1996年省“教坛新秀”教学展示活动在温州龙港举行，时任浙江省高中教研员的卢瑞宝老先生要我执教《一碗阳春面》。日本作家栗良平的这篇小说触及我内心深处最柔软的地方，让我几欲落泪。如今在教材中消失，令我数度叹息。如此佳作，如何教学？我细读课文，几可成诵。反复修改的教案，寄给卢瑞宝先生批阅，先生又是夹注，又是眉批。那时没有“伊妹儿”，没有QQ，没有微信，一份教案，几经涂改，最后定稿。试教时自己请语文组的教师指导，自己请电教老师摄录，自己回放录像琢磨上课时的举手投足，直到自己满意。没有人要你这样做，也没有人主动帮你这样做，那时还不兴“校本教研”呢——完全是你自己心中有一杆标尺，不达标，不罢休。尽管那碗“阳春面”众口难调，但自己是满意了。几十年以后，那些当年的“新秀”（如今都差不多都成像我那样的“老朽”了）偶尔相逢，还不忘调侃：“你的阳春面什么时候让我们再吃一回啊！”

让自己满意，这是最低的标准，也是最高的标准。从中学到教研室，从日常教学到公开教学，我课课详案，不满意，不罢休。

让自己满意，完全在于你自设的“标杆”有多高。取法乎上，仅得其中。所以适当的完美主义是必需的。前几年市里评正高职称的时候，要求参评者交一节复习课的录像。命题者显然是行家，复习教学，很少有现成的教案，更没有录像课例可以参考，复习教学也许是最能考核教师专业水平的。我选择的是苏教版的必修四第三专题“笔落惊风雨”的复习课。备好课到鄞州中学试教，并叫了几个徒弟一起“磨课”，徒弟们可能顾及我的自尊心，褒多贬少。回到家里重放录像，召集家人围观，被家里“领导”和孩子狠狠地嘲笑了一通：“你这个样子也可以去评正高啊！”不看不知道，一看吓一跳。录像中的我，面目可憎，语言无味，我只好老老实实一边回看，一边记录，居然记下了二十五种教学的“缺憾”。然后二次试教，逐一改善，直至自己满意。

自己满意，学生就满意；学生满意，家长就满意；家长满意，社会就满意。所谓“办人民满意的教育”，首先要从自己满意的工作开始吧。

把心智的杯子空出来

一个流传很广的禅宗公案：一个问禅的年轻人来请教南隐禅师什么是禅。南隐禅师以茶相待。他将水注入年轻人的杯中。杯子满了，南隐禅师好像没有发觉，继续往杯子里注水。那年轻人提醒南隐禅师说：“杯子满了。”南隐禅师泼掉杯子里的茶水说：“到我这里来学禅，你得先把自己的杯子空出来啊。”

“教业”有成的教师，尤其是教研员，很容易成为那个学禅的年轻人，因为我们都有十几年、几十年的专业修炼，都自以为真理在握，但有时候真正的规律和道理容易被习见和偏见所遮蔽。所以，我时时提醒自己把“心智的杯子”空出来。这不仅仅是谦虚，也是尊重事实。上帝创造的个体独一无二，让你望尘莫及、自叹不如的教师多着呢。公西华说：“非曰能之，愿学焉。”既然不会，也不如，那就好好学习吧。

一般旅行者往往遥望远方的风景，而忽略了近处的大山，有时候正是身边的风景，可供你朝夕揣摩。所以我常常自警：人生于天地之间，天地不能集诸美于一体，虚怀，才能认清自己的不足，承认别人的长处，进步就有了目标！谦卑，始终记住自己的老底子，认清自己有几斤几两，就不会忘乎所以，得意忘形！见善思齐，长善救失，一个人才能不断告别平庸，超越自我。

感恩于时代，且行且珍惜

感谢邓小平，否则我仅仅是一个走街串户的油漆匠。高中结业，家里已经有拜某个油漆匠师傅的动议了；感谢统一分配的制度，否则我可能在目前竞争激烈的招聘中落选，出没于招聘广场；感谢相对公平的激励机制，否则我不可能成为名师特级；感谢社会对于知识分子的尊重，否则我的生活里不可能出现鲜花和赞美。我常想，从“穿草鞋”到“穿皮鞋”，与很多同时代的自谋生路的人相比，你有一个事业编制的身份，从事着生活安定的教师行当，收获着一届又一届学生的尊敬，已经够幸运了。同时，你又在众多的语文教师中被领导选中，做了教研员，有了教师职业最好的归宿之一，你多多少少也沾了一点三十年改革的“红利”。三十多年来，有无数人本可以代替你，取代你的工作，享受你的生活，但机会和位置恰恰留给你，你还有什么理由不好好工作呢？身处职场，也许你会与环境有抵牾，与同事有纠结，与领导有距离，与流俗格格不入。但是有人说得好：“无论你遇见谁，他都是你生命中该出现的人，都有原因，都有使命，绝非偶然，他一定会教会你什么。感谢那些伤害你的人，因为他为了磨炼你的意志而来；感谢那些欺骗你的人，因为他为了丰富你的经验而来；感谢那些轻视你的人，因为他为了觉醒你的自尊而来。”夏丏尊在《生活的艺术》中写到弘一和尚：“在他，世间竟没有什么不好的东西，一切都好……什么都有味，什么都了不得。”在夏丏尊看来，弘一法师是深味生活真谛的人。我却是凡夫俗子，不可能具备大师的境界，但对于生活的感恩，是可以相通的。更重要的是，这样的生活态度可以转化为对于职业的敬重和珍惜。没有这样的心态，谈什么专业进步呢？

改变和完善自己

萧伯纳说过：“成功网络着大量的过失。”失败怎能成为成功之母？那就是反思。“人非圣贤，孰能无过？”回首既往，遗憾甚至失败的课堂多于得意成功的课堂。20世纪90年代浙江省搞了一个跨世纪中学骨干教师学习班。浙江教育学院蒋成瑀教授作为班主任组织了八名教师（四个特级，四个高级）展示中学语文教学艺术，我作为四个高级教师之一，执教《明湖居听书》。走进杭州学军中学的教室，面对着学军学子的淡定，我定力不够了，调控乏术了。最后，设计美好的“对话情景剧”成了自言自语的“独角戏”。学习班结束后，刚巧市里边召开中语会年会，张兴健会长要我上一堂公开课，我满口答应，我不正要改进这堂课吗？几经修改，这堂课又在浙江省温岭中学的大礼堂里展示。课后，张兴健先生青眼有加，我知道这位老先生的肯定是真诚的。

教学永远是遗憾的艺术，此言不虚。大概是1998年，浙江省中小学师训中心曾在富阳中学搞过一个培训活动，邀请了北京的顾德希、绍兴的沈江峰和我每人展示一堂研究课、一个主题讲座。我的研究课是《林黛玉进贾府》，讲座的主题是“语文活动课程的思考与实践”。那时还没有什么“新课改”，但改革的创意已经渗透在我的课堂和讲座里。我踌躇满志地到了富阳中学的讲台，结果还是重蹈学军中学的覆辙。富阳中学的学生对我的林黛玉和王熙凤并不感兴趣，对我自以为很有创意的对《红楼梦》出场描写的叙事艺术的讲解并没有感觉。要知道为了表现研究课的水准，我可是细读了周汝昌的《曹雪芹小传》、王蒙的《红楼启示录》等一大堆参考书啊！我的设计是建立在对于《红楼梦》出场描述艺术模式的发现和总结之上的啊！我的课型定位是在研究性学习项目之上的啊！可学生就是不买账！幸亏接下去的讲座多少挽回了一点所谓名师的面子。上了一堂感觉不好的课，就寝食难安，这可能是多数教师的反应，而我则是“走一步，再走一步”：问题出在哪里？满足于自己的所谓学术发现，而忽视了课堂的对话组织；盲目追求“高大上”的研究性学习，而忽视了顺应学生认知的铺垫和点拨；放弃了在一般中学课堂里的耐心，却多了几分急于抛售自己阅读发现的焦灼。问题找到了，《林黛玉进贾府》后来在不同的学校边“演”边改，最后的课堂实录发表在《语文学习》上。

就学习而言，反思，是否定中走向肯定的过程，是理性认识和实践体会相互融通的过程，反思就是知行合一。曾子曰：“吾日三省吾身，为人谋而不忠乎？与朋友交而不信乎？传不习乎？”反思不仅是专业进步的开始，也是人生修炼的开始。

笨鸟先飞，计划出效率

因为“出身”低微（专科起点），所以继续教育特别重要。要使继续教育保证效率，计划和程序特别重要。爱因斯坦认为人与人的不同，基本上从他的业余时间支配上可以看出来，我是极为赞同的。1984年参加浙师大本科函授，为了系统学习本科课程，我特别设计了周课程表：在一周十二节课的空当里，我填充进本科各门课程，一边备、教、改、辅，一边自学汉语、修辞、逻辑和文学。那时候因《少林寺》的电影，年轻人都迷恋李连杰、于承惠、胡坚强的武术，我们也在一周课程表里有序地安排了体育锻炼的时间，实践着一张一弛的“文武之道”。可惜的是三年本科函授毕业以后，那张课程表再也没有填充进硕士、博士的课程内容，这也是如今和那些硕士名师距离遥远的原因。那时，对于我这个来自海边小村的农民后代来说，觉得取得本科学历已经够了，“小富即安”“恬然自得”的小农心态，制约了我专业的更大发展。

进入21世纪后，时代发展进入快车道，领导需要看得见的政绩，各种概念、技术、项目纷至沓来，这是一个让人神驰心往、不由自主的时代。洪流之下，搞专业的人不太容易立定脚跟了。所幸的是，本人按部就班、追求实效的心性，并没有多大改变。2003年做了教研员，执业伊始，我就有一个螺旋式的循环计划：宁波市高中语文教师专业成长规划。第一轮做三年：阅读与教师专业成长、课例评析与教师专业成长、小课题研究与教师专业成长。第二轮又做三年：文本细读与教师专业成长、课堂观察与教师专业成长、科研总结与教师专业成长。两轮都是原先主题上的加深拓宽，螺旋式上升。这样的规划，源于对教师专业成长内在规律的考察，多数专家的理论和一线名师的经验显示，教师的专业结构像三层金字塔：扎实的专业基础为底层，熟练的课堂教学技艺为中段，敏感的问题意识和基本的研究能力为高端。一个学者型或者专业化的教师，应力图三层贯通。虽然这样的行动规划不能直接产生名特优教师，但是起码给自己的专业生活定下一个工作目标，给教师提供一条专业进步的参考路径。

不同的阶段做不同的事情，这是事物发展的自然规律，也是计划的科学性。从吃透教材到提问设计，从追求教学艺术到形成教学模式，从教材编写到课程设计，从教学实践到教育关怀。三十多年的专业生活，自然会形成不同的阶段，不同的阶段会有不同的关注点。回顾自己三十七年的专业生活，自己正像一个农民，春播秋收，庄稼的成熟，是要顺应天性、因时制宜的。吕叔湘说语文教育是农业，其实语文教师的成熟也是一个农业生产过程。

世界很奇妙，学问很可爱

一名美国女教师在上海接受记者的采访，在回答记者“怎样的教师才是好老师”的问题时，她说，伟大的教师任何时候都把自己当成一名学生，对所有新的东西保持开放的态度去学习。这种好奇心和求知欲正是人类进步的原动力，教师是点燃探索未知世界火炬的人，尤其需要对知识和世界保持悬念。偶然有一次几个初中同学相聚，他们说我是一个地上有一片纸也要拾起来看一看的人。这样的玩笑可能是一个事实，因为在多年以后，我在新生事物面前总是表现出一个成熟男人不应有的好奇。工作初期，连续订了七年《武林》杂志，想学习南拳北腿，打通任督二脉。后来又迷上摄影术，《大众摄影》又连续订了几年，而且走乡串户替人们拍照，想以技术养爱好，前不久家里还整理出各种直视式相机、单反式相机。卡拉OK刚兴起的时节，又向音乐老师学习丹田发声、鼻腔共鸣，代表县里去参加市里教育系统卡拉OK大奖赛，荣获了二等奖（当然，除了一等奖，都是二等奖）。最近几年又“老夫聊发少年狂”，迷上了汽车。自己在“汽车之家”注了册，还是宁波地区某某汽车品牌QQ群的发起人之一。去年全国“语文报杯”在合肥举行，主办方拉我们去黄山一游，一路上，同道们对我关于汽车品牌点评的兴趣，远远超出对我课堂点评的兴趣，以致后来吉林王鹏伟先生买车时，我和他远隔千山万水煲电话粥讨论。最近四届的汽车博览会，我都自己掏腰包买票，看看汽车也顺便看看美女。

当然，除了对世界上美好的事物感兴趣之外，更多的时间可能沉浸在人类的间接经验里。“吾生也有涯，而知也无涯”，人生风景虽多，我们也不可能用自己的双脚去丈量，用眼睛去旅行，阅读便是最好的旅行。本学科专业类的书籍在我的书房里是最早的“原住民”，但是最近一看王荣生教授推荐的专业类书目，我就傻了，读过的三分之一还不到呢。扩而大之，文史哲相通，社科哲学类书籍也曾是我的热爱。那种热爱源于20世纪八九十年代，那时不谈萨特的《存在与虚无》，不谈弗洛伊德的“力比多”，简直比现在不知道马云还落伍。由于对科学的关注，湖南科学技术出版社出版的“第一推动丛书”中的《果壳中的宇宙》《时间简史》等早年也曾囫囵吞枣读过，虽然很多时候看不懂，有时候根本看不懂，但蜻蜓点水、熟悉几个概念也是需要的。五十岁后，人生渐老，对人的终极命运开始关注起来。

如果说课堂是“半亩方塘”，需要“天光云影”，那么，“源头活水”就是对世界和学问的兴趣，好奇心促使你的智能结构立体起来。我们做不到像那位河南老师“世界那么大，我想去看看”的浪漫任性，但好奇和趣味，使我们的活着有了意义。不过听说了程翔花几年工夫对《说苑》细读批阅，领教了李庆明的博览群书和博闻强识，才意识到自己在这世界上还是一个“在海边玩石子的无知的孩子”呢。

未经凝视的世界是没有意义的

苏格拉底曾说过：“未经审视的人生是不值得过的。”用我们现在的说法就是对自己的行为和想法进行追问和质疑，从而明白人生的意义。在一次小说欣赏讲座中，曹文轩先生把它改成“未经凝视的世界是没有意义的”。这个“凝视”在我看来就是对世界和自我的“观照”——观察、思考并表达。对于语文老师来说，人生是需要时时做“深沉思考状”的。钱理群、黄玉峰、王栋生、马小平、李镇西、郭初阳、蔡朝阳、干国祥……我们可以列出一长串国内著名的语文教师名字，他们有着专业的圆熟技艺，更有“万家忧乐到心头”的淑世情怀。“虽不能至，心向往之。”我也常常“凝视”教育背后或之外的远方，正如柏拉图所说的“在幽暗的洞穴中守望光明”。台湾大学数学博导黄武雄说得好：“学校在窗外。”教师对于“窗外”的世界能够关注，并与“自我”的世界接通，并把这种融通表达出来，我们就能逼近事物的真相。教师要学生这样做，首先自己要有着这样的习惯。

我曾带队到贵州支教，经常辗转于深山巨谷之中，沿途陌生的风景和民俗、学校和教学往往引起种种感兴。于是，便在旅途间隙用手机记事本写下《贵州纪行》组诗二十多首。经中国教育学会中语会的组织，到台湾参加首届海峡两岸语文教学交流活动，短短十三天，白天考察游学，晚上记录观感。台湾，这艘汪洋中的船，它的历史、文化、族群、制度、党争、教育诸方面让我感慨，让我低回。回到大陆以后，我发表了长篇游记《台湾观感》，虽然不能同韩寒相比，也让我们周边的人对这个暌隔六十多年的华人世界有所了解。这样的“不务正业”时常占据着我的写作，于是就有了我的第一本随笔集《何处是家园》。对于外部世界，对于学校教育，对于专业生活，甚至对于自身生活的每一次感觉和感动、思考和思想有没有观照的痕迹，人生的意义也许会大不一样吧。

游走在中间地带

叩其两端，允执其中，本是祖传的智慧。据说自从孔子创立儒家学说以后，中华文化中的中庸之道，便源远流长，瓜瓞绵绵。个人，作为中华文化浸染中的一个细胞，大概也不免带上中庸的“染色体”。尽管我常常从理性上对中庸之道持叩问和质疑的态度，但是在处理教学时，游走在中间地带，却让我避免了凌虚蹈空和实用功利的毛病。

譬如，教育目标尽量兼顾到考试升学和素养提升。我早年带过多届高三，那时还能够统计会考成绩和高考成绩。在平行班或者同类学校中，我的学科成绩还算是名列前茅吧，调到宁波以后，原先学校的几万元高三奖金还让同人艳羡不已。当然，那时应试教学没有现在变本加厉，如果现在让我们去和青年教师PK成绩，可是心有余而力不足了。可以告慰自己的是，即使那些没有考进理想学校的学生，也往往和我保持着长久的友谊，有着很不错的人文素养。

再如，教学研究尽量兼顾到实践升华和理论渗透。王尚文先生有一次表扬我说：“在国内中学语文界，你是实践和理论结合得最好的人。”王先生的话当然是溢美之词，凡是看过他的书序听过他的评课，我们都可以感觉到他对年轻教师的不吝赞美。但是，我在心底里还是认为他指出了我的研究取向。一线教师有时候会盲目排斥高校理论研究者的理论，动辄说，你来教教看？空头理论有什么用？他不知道有时候高校学者研究出一个名词概念就会对教学实践带来巨大的影响；有些高校学者也会嘲笑中小学教师的“下里巴人”：这是论文吗？你这是教的什么呀？却忽略了一线教师习惯以“行为”来表达观念，以“故事”来演绎理解。我所做的工作，就是在实践和理论之间穿针引线。

再如，课堂教学尽量平衡工具性的智能训练和人文性的人格熏陶。要考试成绩，就必须扎扎实实地进行智能训练，钱梦龙先生对于新的课标未突出“训练”的地位，耿耿于怀，是源于多年教学实践经验，但语文课堂又是学生放飞想象的空间，是精神生长的圣殿。即使是语文复习课，我也尽量发掘利用人文渗透的因素。

还有，课程创新、学科课程和活动课程互相整合，彼此补充。多年以前，我就不满足于学科课程一花独放的现象，语文教学必须要两条腿走路，语文学科课程要扎扎实实，语文活动课程要热热闹闹。如果扩大到学校的课程建设，那就力求学科课程、活动课程和隐性课程均衡发展。目前这种学科课程（必修课程）独大的局面不利于学生的全面发展。

真理总在两个极端之间，叶澜和顾泠沅教授都强调过相同的意思：在断裂处穿行，意谓中小学教师的教学研究必须在实践和理论的结合处着力。教师的专业发展也应如此。

“王婆卖瓜”终于告一段落，“卖瓜之道”就是一句话：性格即命运，职业即事业！如果要对年轻教师总结几句经验教训的话，那就是：

执着：把分内的事情做好，让自己满意！
谦卑：把心智的杯子空出来！
感恩：感恩于时代，且行且珍惜。
反思：改变和完善自己！
规划：笨鸟先飞，计划出效率！
好奇：世界很奇妙，学问很可爱！
观照：未经凝视的世界是没有意义的！
中庸：游走在中间地带！

时间真是一个神奇的因素，它可以败坏你的人生，也可以成全你的事业，但人，却永远是时间的主宰者。主宰人的，又是他的性格，它使寻常岁月有了造化的意味，造化就是自然而然，就是水到渠成。

2019年5月

年轻的朋友来相会

早春二月，老式汽车把我们载到丹城车站，接引我的是一辆当时常见的机动三轮卡。跟我爬上车的是一对中年夫妇，这对夫妇知道我是宁海的“小老乡”以后，说自己也去舫前（学校所在地）。我说你们是送孩子上学的吧？孩子呢？夫妇俩笑了：“小老乡，我是你的同学啦!”

望着头发见白的同乡“同学”，我颇感意外：有这样老的同学吗？很快，这样的意外越来越多：在新生见面会上，一个脑门发亮、身材微驼的老“教授”进来了，一个架着眼镜、风姿犹存的优雅“教授”进来了，一个头发微卷、学者模样的“教授”进来了……他们在我的注目礼中，都毫无例外地找到自己的座位，安稳地坐到我的后面。这样的惊诧持续了一会儿，我才知道“我的大学”是没有教授的。等我知道“教授”是一种很高的职称，那已经是很迟的事情了，等我也忝列“正高”之位，自己也已经是满头飞雪了。那些被我目为“教授”的人，都是我的同学！他们辍学、串联、下乡，十年“文革”，改变了他们的人生，也改变了各自的身份：插队落户的知青、亦农亦教的代课教师、肩背药箱的赤脚医生、走村串乡的电影放映员、吃商品粮的农场工人……但他们有一个统一的称呼，叫“老三届”。多年以后，一个“老三届”同学忆及这段人生，百感交集，一声长叹：“书生老去，机会方来啊!”

是啊，书生老矣！“文革”前风华正茂的学生，1978年已近挈妇将雏的中年了——有好几个同学是带着老婆孩子来上学的，而我们几个应届生，在上课的间隙，还要操着橡皮弹弓满校园追逐九龙山上下来的青春小鸟呢！当“老三届”们在寝室里聊起风花雪月、男欢女爱时，我们几个十六七的少年探头探脑想得到一些“启蒙”，但总是被善意地支开：“大人的事情，小鬼走一边读书去！”

读书去！这是多么难得的机会啊，在荒废了整整十年之后！一个可以通过公平竞争改变自己命运的时代回来了！十年“文革”，文化课荒废了怎么考？重点考语文和数学，文科考一点政史地，理科再考一点理化，外文可以不考！“老三届”将近中年可不可以参考？不但可以考，而且不管社会青年还是应届学生，不管是“五七”学校还是普通全日制中学，不管在上山下乡，还是在城市待业，不管是小学毕业还是高中学历，不管是官宦家庭还是农家子弟，只要有“相当于高中文化水平”的人统统都可以报考！

机会面前，人人均等！求才若渴，不拘一格！这样的决策，只能属于百废待兴、生机勃发的20世纪70年代末！据说，当年邓公在座谈会上拍板时，在场的部分科学家和知识分子当场“泪崩”！消息很快从人民大会堂传出，北京城一时街谈巷议，欢呼雀跃！当可以考大学的消息长了翅膀一样飞到我们身边的时候，我还在宁海县东岙公社“五七高中”读书。“五七高中”建在一个云雾绕缭的山顶，名叫“山马坪”。冬末的山风夹着雪霰吹过来，让我们既寒冷又兴奋：我们可以考大学了？站在高高的山冈上瞭望，三门湾旗门港逶迤东去，天台山括苍山重峦叠嶂。天地之间的一群少年惝恍而迷离：我们可以从“穿草鞋”到“穿皮鞋”了……

宁海县教育系统很快做出回应，组织1978年高考集训。要知道我们的小学第一课是“毛主席万岁”，初中两年“批林批孔”，高中两年学习“三机一泵”。这样的学业水平竟然要去考大学？所以教育部门很快通过考试，在一市区五个公社的“五七高中”中选拔了文理各一班，集中到一市区里集训三个月。

集训班办在一市小学的院子里。多年以后，那棵常绿的柚子树旁的老井尚在，让我们“饮水思源”，当初厢房二楼吱呀作响的木地板，是我们席地而眠的大通铺，几十副临时拼凑起来的小学生课桌，武装了我们的教室。数学金达润老师为了鼓励我们的自信，眉飞色舞地讲陈景润和“哥德巴赫猜想”；头发锃亮、裤腰齐胸的叶可宏老师徒手在黑板上画出赤壁之战的形势图；短发齐耳的陈金花老师和脑门发亮的顾宏安老师教我们划分主谓宾和定状补……白天，我们睁大眼睛、竖起耳朵生怕漏掉重要考点；晚上，我们在操场的月色里背诵“明月几时有”，在同学的梦呓里辨析马克思的“剩余价值”。在“深挖洞”的标语下面，温习朱升“高筑墙，广积粮，缓称王”的平定之策。在雪花飘零的时节，背诵七七级考生老乡林吕建的范文《雪中红梅》——那朵“雪中红梅”，曾是我们心目中盛开多年的审美意象。短暂的三个月集训很快过去，1978年的那场高考来得有点快，当我还没有明白“文章，经国之大业”的时候，《速度问题是政治问题》已经赫然出现在高考试卷中——当年的作文居然考缩写！既不知缩写为何物，速度与政治的关系离我们又太远，于是东抄西摘，懵里懵懂地交卷，“明月”和“红梅”当然是白白背诵了。

不但白背，语文成绩居然不及格！出人意料的是数学竟然考得班级第一名！但更具喜感的是，当年高考语文不及格的人，居然成了语文特级教师，此是后话了。可能是生源青黄不接，也可能是教育百废待举，我们一大批人被扩招了。要知道，1977年全国570万考生只录取了27万，录取率不到5%，1978年虽经过扩招，610万人也只招录了40.2万，录取率约6.6%。相比于现在动辄百分之七八十的一本率，当年能够接到“浙江省招生革命委员会”的牛皮纸信封，是多么不容易的事情啊！

怀抱着“光荣与梦想”，有点欣欣然，又有点怯生生，就在那个充满希望的1979年的早春二月，我登上了去丹城的老式汽车。饶有兴味的是，地处舫前的校门挂着四块牌子：“象山教师进修学校”“象山共产主义劳动大学”“宁波师范象山分校”“宁波师专象山教学点”。我则是属于“教学点”里的“宁海小鬼”。其实，当年很多大学生都是像我这样的“小鬼”。父子齐上场，师生共考卷，在1977年、1978年、1979年三年的考场中，是常见的景象。后来社会学研究者把这三年应届考入的大学生称为“新三级”，区别于“老三届”。作为“新三级”学生之一，报到时，我领来了平生第一个学号：22号。每当开学和学期结束时，我都自豪地用网袋网住那个印有“宁波师专象山教学点22号”的脸盆，然后在脸盆里装上不多的行李，来往于宁海与象山之间。多年以后，我偶然在乡下老家看到当年教学点发的搪瓷脸盆上的“22号”仍然鲜红，脸盆上种的韭菜郁郁葱葱，不禁感慨莫名。

时光蔓延，湮没的不仅是22号脸盆，还有当年留下理想与激情的“教学点”。两年前，我借出差象山的机会，一个人拐进了当年的“校园”。

这是一个安静的早晨，淡淡的香火味和油菜花芳香弥漫在早春的空气里，“智门禅寺”四个敦厚的大字在初阳里熠熠生辉。世事如转轮，沧海变桑田。五代古刹智门禅寺依然晨钟暮鼓，香火缭绕。从门口的照壁一直朝里走，旁边零星活动着上香的信女，还有低眉的和尚。就在这块静修之地，曾经接纳过来处不同、口音不一的学生，他们抓住了20世纪七八十年代公平均等的机会，成为所谓的“天之骄子”；就是这个智门古刹，曾经活跃着一群“年轻朋友”，他们指点江山，挥斥方遒，最后带着理想与激情、浪漫和诗意从这个青山隐隐、书声琅琅的九龙山下走出，融入了中国改革开放的滚滚洪流。这一切，都是我身边这些善男信女所不知道的，但是智门禅寺前边的两排古柏知道，水光潋滟的后山水库知道，九龙山纷披的翠竹知道，潮涨潮落的象山港知道。

坐在后山水库的堤坝上，林涛渐息，鸟儿无声，钟鼓不响。我拿出手机，播放当年谷建芬作曲的《年轻的朋友来相会》，把音量调到最大，一时间，智门禅寺的后山，飘出我和我的手机合唱：

年轻的朋友们，今天来相会，
荡起小船儿，暖风轻轻吹，
花儿香，鸟儿鸣，春光惹人醉，
欢歌笑语绕着彩云飞。
啊，亲爱的朋友们，
美妙的春光属于谁？
属于我，属于你，
属于我们八十年代的新一辈……

2014年暑假

旗门之夜

我没有夜晚已经好久了。

睽隔三十多年后，我又重新融入真正的夜晚。

农历重阳前夜，与老父亲聊过“白搭”后，已是十点钟了。夜色把小村和这片山水的界限消释了，人为的踪迹不见，小村便浑然隐入黑暗。

与这里的山水比，汽车也许是异类吧，但乡村之夜把我那辆黑色的车也融入了夜色，唯有两束灯光打开了黑夜的缝隙，惊起夜行的小蟹在路上匆匆逃离。我索性关掉车灯，夜，一下子淹没了我。

又黑又静，这才是真正的夜晚啊！

海潮已经退尽，近岸的芦苇（就是古人的“蒹葭”吧）改变了白日的“苍苍”，像一片连绵不断的黑色路障，远处的海水像是静止的水银在夜色中泛着灰白，而更远处的群山，在灰白的天际，依然保持着柔和多样的山脊线。于是，天连着山，山浸着海，海傍着岸，岸沿着路，远远近近，深深浅浅，浓浓淡淡，造物用无所不在的夜色把白天的轮廓和色彩抹去，旗门之夜就成了一幅浑然天成的水墨画。

潮水离岸有些远，今夜没有潮声。连风也停息，近岸的芦苇不再摇曳。有蟋蟀声隐隐约约，若有若无，从远处传来。我屏息谛听，周围又是无边的静寂，重阳的夜晚难道没有蟋蟀了吗？为什么我分明听到了蟋蟀唧唧？那一定是四五十年前的天籁，镌刻到我的耳鼓里，在这个真正的夜晚里，重又响起。

多少年没有享受过这样的幽寂呢？每当夜幕初开时，人间的灯光就把天地都照亮，于是，夜也成了白天的延长。案牍劳形，你拖着疲惫的身心回家，客厅华灯齐放，和窗外的LED广告灯遥相呼应，大屏幕彩电还在延续着同类们白日里精彩的闹剧，不时响起的电话提示你明天的烦冗依然如影随形……

而旗门之夜呢，空气清冽而微凉，夜色深沉而广袤。你置身于此，犹如在纯净之水中沐浴全身，白天的风尘和污垢在夜色的浸泡下，如蝉蜕一般掉落。这时候，你觉得自己就是芦苇中的一叶、海潮中的一滴、山林中的一棵。你白天那些疲倦的细胞在夜色中充盈并且飞翔，你张弛失度的脉搏开始与苇浪、山脊一起脉动，连浑浊不堪的呼吸也渐渐与夜空和海潮共相吞吐。你也许在白天的闪光灯中炫目过，在众人的赞美声中得意过，但你都不可能有今晚如此美好的体验。

今夜，你不能错过。

我索性驻车躺下，打开所有车窗。夜色从窗口漫入，带着我穿越到三四十年前的夜晚，那些万籁俱寂、海天一体的夜晚。你跟着父亲放下捕梭子蟹的苎网后，在船尾等候。旗门的夜空是如此清澈，闪烁的星星就在你的头顶，偶尔有流星向远处的青山划过。夜风徐来，微澜乍起，船舷和海水轻轻撞击，叮叮作响。到了起网时刻，父亲抛开渔网，网结缀满海水，海水辉映月色，月色幻成排列有序的星火。就这样，父亲不断地拉起一排闪烁的星星，而网中的鱼蟹，又往往把那些星星弹落，犹如流星之雨。那条通体滑溜的比目鱼，挣扎着逃脱网眼，跃入水中，眼看着它在一网星雨中一屈一伸，飘然而去。父亲并不着急，说这次留着，下次还可以捕的。人海默契，海洋就是自家的鱼塘。

这样的夜晚总在每个暑假如约而至。月色空明，海水微漾，小船从流漂荡，橹声婉转如歌。我躺在高低不平的船舱板上，一任海风微拂。头上只有辽远的星空，身下全是墨蓝的海水，旁边是整舱鲜活的鱼类。“天上一颗星，地上一个人”，我究竟是天上的哪颗星呢？那条逃逸的比目鱼今夜躲在哪里暗自得意？什么时候潮退水浅了，我可以在海水里悠游如鱼？如此绿色的念头是不会让人失眠的，于是，我很快就沉沉睡去了，如同平静的海水。

可是三十年后的今夜，我不再是那条比目鱼，也不再是近旁的苇草，我成为汽车人了。我坐在法式双缝线的皮革座椅里，装着我的是一个钢铁包厢。这里头有音响、灯光、动力和速度。它方便了我的生活，也隔离了我的海洋、星空和远山；它带我进入日渐陌生的不夜之城，进入空调、灯光和电脑组成的办公场所。那里泯灭了昼夜更替，冲淡了四季轮回，权衡着成败得失，上演着行藏进退。本质上，你是那一夜逃逸罗网的比目鱼，因此，你时时怀想海洋和星空。但当你真正沉浸在旗门之夜时，你又觉得，此刻，正是你不得不离开的时刻，那端，还是你不得不去的地方。我只有再次发动引擎，点亮车灯。车灯犁开了旗门夜色，也点亮了我的困惑：

为什么你觉得生活胶着，
是否因为我们离鱼类太远了？
为什么你觉得心灵局促，
是否因为我们离海洋太远了？

2020年暑假

夜行记

“清明吃粒蛳，好似吃只鸡”，这是三门湾一带流传已久的谚语。意思是清明节前后，一种生活在滩涂上的海螺蛳（我们称之为“海蛳”）最是肥美，且能滋补。潮水退去，阳光和煦，海蛳们懒洋洋曳尾于涂。远远望去，钉头粼粼，布满滩涂，如画地图。我们挑那些大的捡，一次潮水涨落的间隙，可以捡满一小篮。当然，大人永远比我们有远见。他们说，这个时节，海游、城里（村里总把宁海城关叫作“城里”）肯定有人买海蛳的。说者无意，听者有心。我们便趁几个潮水的间隙，捡了海蛳，上城去卖。年岁稍长，胃口渐大。滩涂上小小的海蛳，再也看不上了，而对船埠头的“司柃横”（老家出海的一种小船）发生兴趣。司柃横的船舱覆以木板，木板下蓄着三门湾最好的“苎网蚓”（蚓即青蟹）。那时民风淳朴，每只小船的船舱都有苎网蚓，平日也无人照料。几次潮水消长后，船舱里的青蟹积得多了，生产队便把它们拿到三门或宁海去卖，远的可卖到宁波。当个人买卖不再被目为“投机倒把”后，老姐便和我也买来到城里转卖。

夜走新岭

村庄前面是旗门港，宁海和三门，隔港相望。从村庄到三门海游，约有三四十里地，而宁海城里更远。那时两地各有集市日，上市的人会多一些。为了赶上集市让小海鲜有个好价钱，我们必须夜行。大概下午四五点钟的光景，我就跟着大人上路了。合伙赶夜路，热闹而新鲜。四角的玻璃灯挂在挑担上，脚下凹凸不平，大人们走得极快，免不了跌跌撞撞。“前照一，后照七啊！”（意思是走夜路，灯前大概只能照亮一个人，灯后能照亮七个人走路。）

看到有人脚踩空了，人们笑着大声提醒。当你看到三三两两的灯火在山路上蠕动时，那就是赶集的夜行者。

有时约不到更多的人，我只好和老姐两人上路，那可是步步惊心的历程。从武岙到宁海，要经过十来个自然村，散布于新岭头或南北两侧。过了东岙和岭脚村，前面就是新岭了。很多年以后，我才知道此岭原名“摘星岭”，北宋诗人左纬远离官场，回归故里黄岩，走的就是这条山路。那时还没有“新岭”之名，有其诗为证：“已知星可摘，须信路皆通。日影穿云薄，天形入水空。遥看梁苑雪，独挹楚台风。指点中华地，山河万国雄。”据《宁海县志》记载，改名“新岭”，是明万历年间的事：“有邑人杨继思者，捐金五百，动工开路。凿壁成径，累石成梁，历三寒暑而功始告成。后人因名此岭为新岭。”历史上新岭是甬台之间的重要“官道”。当年我和老姐夜行于此，它还是东岙、沙柳一带进入宁海城关的“要道”——只有二尺来宽，间有石子铺底。一边依山，一边凭谷。据说新岭南边曾有“双龙抢珠”的瀑布，我辈已不复可见。要是在白天，远远会望见岭脚南面朝东的岩石上，有“民具尔瞻”四个大字。当时我初中在读，四字仅识其二。等知道它是《诗经·小雅》中的句子，这里有提示为官行止于众目睽睽的意思时，乃是人过中年了。——但今夜，伸手不见五指，山路人迹罕至。高山深谷，常有夜鸟突然惊飞，磔磔于云间，而远处隐隐有惊怖的苦鸟（一种夜鸟）叫声：“苦——苦——”忽远忽近，似有似无。我听得心跳加快，双脚发软。这新岭便越来越陡，担子也越来越重，新岭头的路廊灯光还不知在哪里呢。好不容易看到前面有一点灯火了，心里一阵窃喜，但很快又发毛了：那灯火远远而来，一点化作一团，瞬间又如橘红的灯笼，朝我们急速飘来。“鬼火”来了！我只得叫老姐看看那团火，老姐也许早就看到了，只是埋着头赶路：“消乱讲，哪里有灯?!”那时候，我的科学知识里，还没有磷火的概念。只见那“灯笼”朝你飘来，一忽儿又隐匿不见，一忽儿又悬停在对面的山腰上。若即若离，跟随了我们很久。到我们终于上得新岭头的路廊时，看到板壁缝里漏出的一丝人间灯火，汗，已经把单衫湿透了。

在岭头稍事休息，就要走下坡路了。同上坡不同，下坡路每一脚都是虚的。踢起的小石子滚下山涧，远远传来空谷回响，让我生出随时跌落深渊的担忧，于是便紧挨着山路的里壁走，但山路的里壁厢又怕“撒沙鬼”——有时候，夜行在山路上，头顶突然有泥沙撒下，而周边杳无人迹。遭遇“撒沙鬼”，是乡间夜行者常有的体验。我最早一次遭遇“撒沙鬼”，就在村右前方的小山上。山下有个三角潭，据说直通旗门港，大人说潭里住着一条蛇精，它出游的时候，会压坏稻田里的两行稻子，你说这条蛇有多大？三角潭的上方就是武岙通往东岙的一条山路。有一天晚上，我和父亲、姐姐到东岙请兽医，经过三角潭上边的山路，突然有几颗泥沙从上方撒下来。我的汗毛顿时竖了起来：要么是“大蛇精”，要么是“撒沙鬼”。只听得一阵“哧哧”之声，由近及远，向高处的灌木丛去了。今夜，新岭的山路里壁也一定藏着“撒沙鬼”的，撒一阵沙，投一颗石子，正等着夜行的我呢。想到这里，又不敢靠山路的里壁太近。心里忐忑，脚下便忽左忽右。老姐提醒道：“走路走中间！”她怎么知道，年少的弟弟，心里有“鬼”，怎么能走得不偏不倚呢？多年以后我才推想，所谓“撒沙鬼”者，应该是头顶上方的山坡上，正好有刨土的动物，在为它的“行宫”连夜辛勤劳作。它也许正惊诧于夜行者的打扰，又怎么能想到拨出的“建筑垃圾”，会激发起乡间少年的恐惧心和想象力呢？

那一夜，我们没有遇到“撒沙鬼”，但比“撒沙鬼”更让人恐怖的，是镌刻着“头上青天”的地方。路过一个破败的路廊后，前边就是一座石拱桥。现在我才知道，当年的夜行之路，居然步的是历史上著名人物的后尘——破败的路廊，乃是“结绳斋”遗址。据《宁海县志》和《宁海县地名志》记载，南宋右丞相兼枢密使叶梦鼎和明代进士章朴均在这里求学。明代《改创新岭碑》中有载：“宁海盘山环谷，蜿蜒三百里，结岭最多，东有西溪，西有桐岩，北有栅虚，南有宁和，皆巍峨峻绝。而摘星岭最著，在县南二十五里。宋丞相西涧叶公，尝读书于此，而释褐焉！”那座石拱桥，现在是宁海古文物的摘星桥，经历风雨八百年之久。贩夫走卒、达官贵人、强盗草寇均在这座桥上走过。这些人当中，就有一老一少两个路人，那老的是个瞎子，小的是个羊倌。山路崎岖，羊倌好心，就扶着瞎子下山。瞎子就问羊倌，干什么来，羊倌说：到山上方村讨回“羊钿”来，瞎子便记在心上。走到一个叫“百步峻”（极陡的山路，约有百来步，故名）的路段，左边为深谷，右边有一块大岩石，中间仅有小块空地。瞎子提议坐下歇一歇，就借机把小羊倌掐死了。瞎子搜遍羊倌的全身，只有几个铜板。原来羊倌说的是“羊钿”，瞎子会意作“银子洋钿”了。瞎子害死小羊倌，便抛尸在百步峻的深谷里。等瞎子刚走了没几步，晴天里突然起了一个霹雳，把瞎子打死了。然后，那块岩石上便隐约露出“头上青天”的字样。

这个故事，在宁海南乡一带口口相传，我是得之父亲口述。转过摘星桥不远，前边就是“头上青天”，下边就是百步峻。半夜的百步峻，左边有涧水哗哗作响，仿佛是小羊倌屈死的冤魂呻吟，而右边黑魆魆的岩石，犹如瞎子狰狞的脸孔，感觉他伸着长长的手指朝我扑来。我挑着两篮，左摇右晃，前扯后拉，很难走快。走得慢了，后边的瞎子似乎追到你的脚后跟，走得快了，一失足就会跌到小羊倌那里去。在新岭这段路夜行，是我年少时代最恐怖的经历，以致多年以后想起，心跳尚要加速。现在我才明白，当年瘆人的传说，对经过此地的人们，都是很好的教育。每个人都有自己的“新岭”，不管你在路上做了什么，走到哪里，举头自有神明在。为了彰显天日昭昭，清乾隆己酉年（1789年）知县郭文志就在此地镌刻了“头上青天”四个大字。这四个大字，今天，仍然赫然在目。

望见跃龙塔，眼泪走嗒嗒

磕磕绊绊，终于走下新岭，可以望见草坦头村隐约的灯火了。到了草坦头村，意味着我从“鬼界”重回人间。在路边稍事歇息，终于可以长舒一口气了。对于我来说，无论是三门海游还是宁海城里，夜行的路都是遥远的。好在从傍晚走起，走到集市，天总是越来越亮的，路也是越走越平，人就轻松起来。大人们见此就说：望见跃龙塔，眼泪走嗒嗒！路还远着呢！我又不免对前路迷茫起来。随着一声吆喝“走哦”，我们又从草坦头村起身，前往大路李，穿过马婆园，经过屠岙胡村，眼看着来路渐渐浮出灰白的踪影，远处的山脊线在黎明中也鲜明起来，终于到了南门外的大桥头了！城里的路灯依然发着昏黄的光晕，早起的赶集者陆陆续续到了菜场，人间的真切场景至此出现。我现在仍记得首次到宁海卖青蟹的匆忙和困窘。也许每斤八角的价格太便宜了，一放下篮子，便有一圈买菜的大妈会集。你一只，我一只，二十斤青蟹很快没有了。大妈们提着蟹，抢着、嚷着，催着我称分量，算价钱。我那时大概是读高一的时节，相当于现在的初三学生，哪里见过如此场面？称重收钱，手忙脚乱，想眼观六路，又顾此失彼。等到买菜大妈们如一波潮水退去，我的篮里只剩下几只绳子松动、缺脚少腿的“倒脚货”（相当于残次品）了。迟来捡便宜的人们，便用脚踢着篮说：“倒脚货，便宜点！”我就四角、五角一斤卖掉了。当同行的大人们开始讨价还价时，我早就两篮空空。回到家里，老父亲一盘点钞票，不对啊！二十斤青蟹，总得有十五六元吧？你怎么只剩下十元多一点点呢？或者是我算错了价钱，或者是有些买菜大妈顺手牵羊了。心惊肉跳，夜行山路五六十里，最后的利润如此菲薄，少年的心里不免有些悲伤。对于城里人的认知便从那时积淀下来，直到自己也做了城里人，才慢慢意识到，占小便宜乃是人的天性，是不能分城里人和乡下人的。

走向天亮

卖青蟹、白蟹、黄鱼等海鲜，多半是大人们的事，我最多是“客串”一下小海鲜买卖。记得一次挑着海蛳到海游老街卖，大概是清明未至，商机不对，卖了一天，两篮海蛳尚未卖完。挑回去？三十几里山路，实在不敢想象。海游岭中间的一块大石头下，还撑着我折来的树枝呢。大人们都这样做，也这样说：这一小截树枝，就是“短柱”（挑担休息时，拄着扁担的棍棒），撑上后，爬山就不累了。我怎么可能挑着二十几斤重的海蛳再次翻山越岭？倒掉它？两天的劳动果实，实在舍不得，尽管只有一两元钱，但那时生产队里的十分工，一天的工钱也只有五毛钱呢。我找到临街的一个老婆婆，请求把这些海蛳寄在她家，明天再来卖。我不知从哪里来的经验，老年女人见到孩子，总是温厚一些。果然，海游老街的那个老婆婆同意了。第二天，再到海游，找到那个老婆婆家，舀了两碗海蛳给她，便在她家门口继续卖我的海蛳。我记不得那天卖完了没有，也记不得卖了多少钱。现在想起那次处理“积压商品”的体验，比卖钱来得更为得意，以致常跟孩子提起当年的“创意”。习惯于开车驱驰的孩子不懂夜行人的辛苦，总是揶揄，说：“又要卖海蛳了吧？”

时代艰辛，全民皆穷。父亲很早知道种些作物，卖后贴补家用。有时候，父亲和老姐们农活忙，我便偶尔到附近的集市上卖些农作物。那时东岙街、沙柳街的集市尚盛，离老家又不太远，虽无须夜行，但也得摸黑起早。我在这两处集市上卖过几次洋葱头之类东西。东岙饭店的油条两分钱一根，满口松脆，煞是诱人；沙柳饭店的阳春面，还是大概一毛（或八分？）钱一碗，虽然只漂浮着几片葱叶，但味道好极了。几十年以后，当我读到日本作家栗良平的《一碗阳春面》时，眼前总是浮出沙柳饭店阳春面的样子来。这样的文章，每每让我落泪。三个人头碰头吃一碗阳春面的情景，让我想到我的少年、我的夜行路、我的赶集“经商”。有时直到散市，我都舍不得贱卖，我知道篮里洋葱头是老父亲和老姐们亲手所种。于是，找到吃过面的沙柳饭店，一次性低价“批发”给饭店，这样会比零星地贱卖要好一些。穷人的孩子早当家，这话于我虽然不适用，但做点力所能及的事情，贴补家用匮乏，或者充作学费，也算是身体力行。

现在想来，一个少年夹在大人中，夜行时进退失据，集市上惊慌失措，生活迫使他过早经历人间艰苦，但少年不识苦滋味，当年夜行于三门或宁海的山间小路，除了紧张和恐慌，恐怕还有一丝兴奋和刺激吧？而且它让我领教了好多同龄人没有体验过的东西，诸如好奇、谨慎、敬畏、勤勉——我的少年夜行，实在是中年奔走的铺垫，如今的人生之路不过是少年夜行的延长。向西北是沙柳、三门、台州，向东北是东岙、宁海、宁波——从少年时代的村前小路、塘坝土路、崎岖山路起步，走过沙石公路、柏油马路和高速铁路；人生之路从暗夜走到天亮再到黄昏，忽如弹指。回首前尘，如今的新岭头和海游岭，应该是“满目青山夕照明”了。

2020年暑假

德令哈之夜

德令哈地处柴达木盆地边缘。于我而言，柴达木是一个地理概念，1978年参加高考的时候，就要熟记它是中国三大内陆盆地之一，位于青海省西北部，青藏高原东北部。四周被昆仑山脉、祁连山脉与阿尔金山脉所环抱。“柴达木”为蒙古语，意为“盐泽”。而德令哈却是一个文学概念，知道德令哈是在海子的诗中。这个出生在安徽省安庆市怀宁县高河镇查湾村的农村孩子，1979年，他才十五岁，就考入北京大学。像所有少年时期就进入城市生活的农村孩子一样，海子一开始就带着生活经验和生命时空给他的局限。他短暂生命的前十五年，是由“村庄”“麦地”“河流”等贫困、单调的农村生活图景组成；后十年则镌刻着鲜明的时代印记：20世纪80年代的理想和浪漫，时尚流行的诗歌与哲学，风气初开的亲情和爱情，敏感诗人的宗教信仰与终极关怀。诗人跟德令哈本无交集，交集是因为一个女子。在北京大学和中国政法大学的日子里，海子的诗歌才华如日中天。诗歌唤醒了爱情，爱情诞生了诗歌。在海子与六个女子的交往中，几乎每一次交往都是一场感情的悲剧，海子很难拥有普通男女的世俗爱情——除了性和爱的相互吸引和融合之外，尘世中的爱情还要走向“油盐酱醋茶”，走向职业、地域和人际关系，还有现世的伦理和价值。这些都是海子不擅长或者不屑的。在六个女子当中，P是最特殊的一个，这个来自德令哈的女子，这个比海子年纪大且已生儿育女的女子，在海子的生活里，一直充当着姐姐的角色。作为“姐姐”，她欣赏海子的诗歌才华，她在海子情感迷乱和痛苦的时候，带去宽慰和指导。作为“弟弟”，海子需要“生活指导”，需要精神依靠，需要感情寄托……“弟弟”深陷在自己的世界里，而“姐姐”

却在现实和理想世界中摇摆，最后，这对“姐弟恋”终因“姐姐”的理智黯然了结。

我们一行人放下行囊，匆匆前往巴音河畔的海子纪念馆。枯水时节，巴音河已经断流。纪念馆濒临巴音河，游人稀少。这个不属于海子故乡的德令哈，当年也许仅仅是海子一个爱屋及乌的符号。如今，P君想来已经人到老年，她还会偶尔忆及当年诗人青春的胸怀否？如今，又有多少人会因为海子的天才诗歌，不顾寂寞的长途，前来“朝圣”？

今夜，在异乡，在无望的德令哈，海子注定是寂寞的。而更加寂寞的是1988年7月25日晚上，海子去西藏，车过德令哈。夜色笼罩，四围静默。诗人只有“戈壁”，只有“两手空空”，只有“泪滴”汇成的“雨水”，德令哈只是“一座荒凉的城”。那些“路过”的和“居住”的人们，都和海子无关；那些“石头”“青稞”“草原”都属于它们自己，和海子无关。在巨大的空旷和黑暗的戈壁里，没有人知道海子还在做最后的“抒情”，包括那位“姐姐”。这显然是海子生命历程中的一个生活片段，但我更愿意把这个片段想象成另一幅文学场景：

1988年暑假，P君一家回德令哈老家。海子为爱驱驰，千里追随，止于荒城。荒城中是梦魂萦绕的“姐姐”情人，戈壁滩上是望门投止的“弟弟”海子；夜幕之下的祁连山脉和昆仑山脉铁壁合围，无人理会和知晓的诗人成为“八百里瀚海”的沧海一粟。正是那种热切欲望中的绝望，身处于千里风沙的渺小，无法突破的时空疏离，以及人生匆匆皆过客的短暂感，催生了那篇《日记》：

> 姐姐，今夜我在德令哈，夜色笼罩
> 姐姐，我今夜只有戈壁
>
> 草原尽头我两手空空
> 悲痛时握不住一颗泪滴
> 姐姐，今夜我在德令哈
> 这是雨水中一座荒凉的城

除了那些路过的和居住的
德令哈……今夜
这是唯一的，最后的，抒情。
这是唯一的，最后的，草原。

我把石头还给石头
让胜利的胜利
今夜青稞只属于她自己
一切都在生长
今夜我只有美丽的戈壁　空空
姐姐，今夜我不关心人类，我只想你

诗歌和爱情从来就不讲逻辑。在海子的认知里，“人类”只是一个语言“所指”的符号，而“姐姐”才是言语“能指”的情人。那个晚上的德令哈，戈壁、草原、石头、青稞、路人、雨水，本来都没有意义，唯一有意义的就是那个肉体和精神双重依靠的“姐姐”，正是这个“姐姐”，德令哈一夜之间就进入了中国当代诗歌史，成为一个地标般的意象符号。

但是，生活是讲究因果逻辑的。在海子车过德令哈的那个晚上二十四年之后，谢冕、吴思敬、叶延滨等在中国当代诗坛响当当的人物，自遥远的外省，乘坐数小时的飞机和近一天的大巴最终抵达德令哈，举行了庄严而隆重的海子诗歌纪念活动。这几乎是一种精神宿命：一座漠外小城与一个女子遇见，一个诗人与一个女子遇见，一座城市于是和一个诗人遇见。

今夜，我们来到海子纪念馆，在纪念馆看守女孩的默默指引下进入大厅。天色已晚，光线朦胧。除了我们，别无游客。我想，平时这个地方，也许也不太有人来吧。20世纪80年代是诗人满街走的年代，那个年代充满理想与激情，洋溢着诗意和情怀。如今，“世人见我恒殊调，闻余大言皆冷笑”，短短二十年，诗人在中国人的群体中，恐怕已是鲜见的“异类”了。

出了纪念馆，前边是海子诗歌的碑林。很多代表作镌刻在花岗岩石碑上，石碑就矗立在一片杨树林里。因为干旱少雨，杨树林并不茂盛，草坪也奄奄一息的样子。这也许很符合海子诗歌的意境吧，海子本来就不属于热闹喧嚣的城市，不适应游客成群结队的喧哗，无须导游无中生有的饶舌。这里更适合一个人的朝圣：怀着对哲学、诗歌和爱情的敬重。我要向海西州政府的主事者致敬，你们虽出于旅游开发的主观愿望，但客观上保存了一个时代对于诗歌、对于诗人的敬意，让尚存一点文心和诗意的游人，多了一个凭吊和低回的场所，多了一些温暖而柔软的感动。也许是出于一脉尚存的敬意吧，当夜，我在微信朋友圈里延续着白天的感动：

> 晚照余晖中我循着指示牌来到巴音河畔，河水枯竭，河床裸露，海子诗歌陈列馆静默在旁。高原的夕阳穿透杨树的金色叶片，洒落在参差的诗歌碑林中。二十五年的生命、青春，还有爱情，从德令哈的那个晚上，来到今天，来到并不属于海子故乡的巴音河畔。

2017年6月

朝圣

完成海西州高级中学送教，从德令哈驱车向西，过饮马峡，越锡铁山，进入柴达木盆地的腹地。游目骋怀，祁连山隐于天际，察尔汗盐湖闪着银光，骆驼刺和沙柳散布于瀚海沙漠，而高速通衢，直达远方。至下午3点，第二个支教地点格尔木到了。

这是5月24日下午5点25分，我在微信朋友圈发布的消息，初来乍到的新鲜、轻松和愉悦溢于言表。

虽是枯水季节，但格尔木是一个绿色城市，号称“半城绿树半城楼”，城市绿化显然经营了多年。是夜，我和昌元兄信步来到格尔木城市广场。这是一个舞蹈的海洋，规模最大的是藏族的锅庄舞，人们围成圆圈，左右翻身，载歌载舞。妖娆摇摆的是恰恰，成双捉对的是水兵，还有大妈们自得其乐的广场舞，更有声乐爱好者自组合唱团，高歌《鸿雁》，深情浑厚，旋律悠长……据说，这样的夜晚，在这个多元民族组成的城市里，是常见的景象。

这种祥和之景，跟五十年前的一个人分不开，那就是慕生忠将军。逮着上课的间隙，我们一行人前去将军楼公园，拜谒这位传奇将军。

将军楼公园占地近十公顷，绿化面积几近一半，据说水体规划有六千平方米。这在西北高原，近乎奢侈。要知道格尔木属高原大陆性气候，多风、干旱，平均年降雨量仅41.5毫米。我们进入公园，发现除了水池干涸之外，满园绿树成荫，花草繁茂。可以想见，格尔木市为了纪念这位将军，感念青藏公路和铁路的修建者，花了多大的成本。

格尔木教研室的敖日根老师既是司机，又兼导游。这位敦厚的蒙古族汉子，似乎对将军楼公园情有独钟，介绍起将军楼、将军树、将军纪念馆，如数家珍。将军楼是一幢用普通灰砖垒成的两层小楼，是当年流行的苏式风格。因为关门，我们只得把目光挤进窗格，通过羊皮袄、风灯、手摇电话机和十字镐，想象五十年前的荒漠风沙和将军风貌。将军当年手植的青杨，几人才能合围，树身上飘动着众多哈达，显然已被市民视为圣物。公园的主体雕塑是为纪念青藏公路和青藏铁路建设的“天路”纪念塔，用不锈钢制成，高度为39.16米，在蓝天下，熠熠生辉，气势恢宏。据说高度寓意着青藏公路和青藏铁路里程之和是3916公里。“天路”的底座，浇筑着青藏公路和铁路的模型，节点和海拔一清二楚。从西宁到拉萨，在这里跬步可及，但几代修路大军，前赴后继，惨淡经营了几十年。听着敖日根老师充满敬意的复述，五十年前的西域大漠和修路场景渐次浮现：

1951年，为了寻找青海到西藏的更短路径，慕生忠根据马步芳时代留下的残缺的地图，寻找“噶尔穆”。千里黄云，瀚海阑干，人困马乏，路究竟在何方？直到一天傍晚，他们的视野里出现了芦苇、黄羊和野马。这里到底是不是“噶尔穆”呢？大家迟疑不定，慕生忠拿过一把铁锹，往帐篷旁一插，说：“这就是噶尔穆了！”于是，这个由六顶帐篷围起来的“噶尔穆”，就是后来进藏大本营——格尔木市的雏形。五十多年过去了，汉、蒙、藏、回等民族在此繁衍生息，格尔木总人口已达三十万，俨然成为青海第二大城市，慕生忠成为名副其实的“格尔木城市之父”。

慕生忠不仅是“格尔木之父”，也是“青藏公路之父”。1954年2月，天寒地冻，滴水成冰，慕生忠将军千里驱驰，来到北京。当这个戴着皮帽、裹着棉衣，一脸高原风尘的汉子，站在交通部国家公路局局长面前时，局长着实被吓了一跳：要在青藏高原修一条公路！这既不是国家安排，也不是西北局的要求，而是慕生忠自己的请求。这个人胆子也太大了！做事也太不靠谱了！公路局长又怎么能答复呢？恰巧彭老总刚从朝鲜战场归来，慕生忠立即登门拜访，并把修筑青藏公路的设想和必要，给老首长做了汇报。在彭德怀的关注之下，周恩来批准了慕生忠的修路报告。自“天地玄黄，宇宙洪荒”开始，这片古老的土地从未有人惊动过。通天河、滔滔河、黑河，听着名字就让人“望河兴叹”，昆仑山、巴颜喀拉山、唐古拉山，历来就是神仙所居。但从1954年5月11日开始，这片神秘的高原却被一群特殊的人主宰了！前前后后两千多名战士和民工，在短短七个月零四天的时间里，付出了和平时期最大的牺牲，贯通了1283公里的西北“天路”，创造了中国公路建设史上的奇迹！1954年12月15日，慕生忠从工地上匆匆下来，还来不及换上军装，就穿着和民工一模一样的老棉袄，满脸沙尘，登上通车仪式的高台，共同宣告川藏线和青藏线的开通。目睹此景，台下的战士和民工，顿时湿了眼眶！

“高路入云端”，青藏公路见证着时代精神，出现在“世界屋脊”上，但这位造路将军，却在人间“消失”了二十年，直到1979年随着彭德怀平反而解放。此时的慕生忠已是六十九岁的老人了，他复出后的第一个要求是去青藏公路。挨了三年，七十二岁的慕生忠将军的愿望终于实现。他来到海拔四千米的昆仑山口。远处群山连绵，银装素裹；近处寒风凛冽，经幡飘飞。劫难渡尽，机会重来！白发苍苍的老将军如昆仑山般静默，只是说：“我死后，你们就把我的骨灰撒在昆仑山上吧。”十二年后，慕生忠将军与世长辞。子女们按照父亲的遗愿，捧着他的骨灰来到了格尔木。那一天，柴达木盆地、昆仑山、唐古拉山鸣笛响彻——青藏线上的司机们自发停车，为老将军鸣笛整整三分钟。

慕生忠将军和青藏公路、格尔木之间似乎有着宿命般的因缘，但格尔木人并没有忘记那些默默无闻的普通军人和筑路民工，正是他们在极为严酷的环境里，奉献了青春、热血和生命。你看，“天路”的前面，表现当年筑路大军艰苦开路的“筑路忠魂”以及军垦拓荒的“铸剑为犁”等几组雕塑，在公园的中心位置岿然矗立。

正当我们瞻仰这些群雕的时候，人群中忽然有了不同寻常的气氛。游客们放慢了脚步，收起了欢笑，纷纷向一位男人簇拥过去。

这是一位很有“高原风格”的男人，瘦削的脸颊，皮肉松弛，棱角分明，颇有点“喀斯特”地貌特征，一张古铜色的脸，一件淡黄色夹克，极像高原上的黄土颜色。他并不顾及人们的诧异目光，只是在“筑路忠魂”这一组雕像前深深地鞠躬。立起时，已是情不能自已，两行清泪，挂上老脸。男儿有泪不轻弹，何况在大庭广众之前？眼前的情景与我们自在的心境大为不谐，究竟是怎么回事呢？是虔诚的致敬还是行为艺术？一问之下，竟然还是浙江老乡！我们一行人便与他攀谈起来。男子显然尚未从激动中平复，一边流泪，一边断断续续地介绍。渐渐地，一名普通老兵的前尘往事又在我们面前展开了：

男子姓赖，浙江龙泉人，是一个参加青藏公路改建的老兵。前不久，老兵所在的连队在成都集结，“一声集结号，我们没死的都去成都集中了”，为的是纪念当年的壮举，也为悼念长眠在这条路上的兄弟。纪念活动结束后，老兵们依依惜别。“这也许是我们有生之年最后一次相见了。”赖姓老兵抹着眼泪说道，“我要趁着这次机会，看看死在青藏线上的战友。”于是他一个人，从成都出发，沿着川藏线到了拉萨，然后又沿着青藏线，到了格尔木。他要到格尔木将军楼公园的“筑路忠魂”前，为死去的战友深深地鞠上一躬。

赖姓老兵说，十五岁那年，一个基建工兵团驻扎在浙江龙泉。他正是整天撒野、不思读书的年龄，老跟着一个四川籍的团长跑，团长也蛮喜欢这个机灵的小鬼，何况这个小鬼还能把四川话的意思大致“翻译”给老乡听呢。就在部队开拔前，团长征询了孩子父母的意见后，连带在龙泉招了少数兵源，就带着孩子北上了。

少年坐上绿皮火车，一路“哐当哐当”到了兰州兵站，配发了厚厚的皮袄皮帽后，列车继续西行，直到西宁。这个从来没有离开过浙江的少年，上车时在龙泉山村，下车时已在几千里外的西北高原了。“瀚海阑干百丈冰”，除了戈壁沙漠、连绵雪山之外，这里举目无亲。一个做梦都还要叫着爹妈的少年，被抛在荒凉的西北高原上，成了一名少年基建兵。那一年，是1974年，正是青藏公路改建的第一年。

老兵说，改建工程极为艰巨，平均海拔高度四千米，地质多样，水文复杂，气候多变。再说当时还缺少大型的工程车等机械，主要还是炮锤、铁钎、十字镐、手推车等原始工具，工程全靠战士们的血肉之躯推进。许多战友熬不过高原反应，经不住身体劳累，躲不过事故灾祸，就葬身在公路的两旁，永远回不了家乡。

不多久，沙丘移动，黄土覆盖，有些战友的忠骨就湮没在黄沙深处，再也找不到了。

“我永远忘不了那个早晨。”老兵说着，眼泪又下来了。他说老乡在前他在后，就近在咫尺。一辆汽车因为打滑失去控制，把他的老乡压到了车底下。好不容易把人弄出来后，这个来自龙泉的老乡睁开眼只看了他最后一眼，就在他怀里闭上了眼睛。“这样的事情，经常在我们团发生。青藏线改建，单单我们团就牺牲了一百二十三人。我们团是在和平年代里失员最多的一个团。”老兵告诉我们说，《人民日报》有过官方统计[①]：当年修建青藏公路时，每修一公里就有三名解放军官兵牺牲。修建川藏公路时，有四千多名解放军官兵献身。说起战友的牺牲，老兵反复强调，第一代修路的慕生忠部队是英雄，我们第二代改建青藏线的部队也是英雄！在枪林弹雨里出生入死的军人是英雄，我们青藏线上的军人一样也是英雄！修路的将军是英雄，我们这些无名的战士和民工也是英雄！

据老兵介绍，除了格尔木等老一辈人，现在很多人不知道第一代修路人的牺牲，更不知道第二代修路大军的牺牲。他说他们有人正筹划拍摄改建青藏线的纪录片。老兵说：“什么是战友？战友就是能够以生命相换的人。我现在活着，是很多战友替我去死了。我怎能不来祭拜他们呢？”说到这里，老兵眼眶又红了。他说，从1974年到1978年，他们所在的团在青藏线修了四年路。近四十年过去了，当年这支改建青藏线的部队，因为人事调动频繁，部队整合过多，老首长相继作古，要找到当时的当事人和历史资料，已经非常困难。当年出生入死的建设者，现在连身份都很不容易被认同啊！如果我们不来祭拜他们，又怎么对得起死去的战友呢？

听到这里，我才真正理解了这位老乡的眼泪，对当时的猜疑深感惭愧。朝夕相处的战友，阴阳两隔，千里之外，没有一个亲人远赴西域前来看望，也没有留下一抔黄土可供怀念祭奠。那些符号化的大理石群雕就是他们曾经的战友吗？为了发掘、寻找当

---

① 老兵所指，大约是2006年7月2日《人民日报》发表的文章，题目是《穿越世界屋脊的辉煌》，该文纪念了川藏线、青藏线修路壮举，中有伤亡数字记录。

年的人事史料，他们走南闯北，求告无门，这样的窘迫和惭愧又能跟谁诉说？随着时光迁延，当年那些鲜活的生命连同自己都将变成尘世里的一粒尘埃，不复再见。今天，在滚滚红尘之中，在坚硬冷漠的世界里，有没有人知道，一个“垂垂老矣”的老兵，一个默默无闻的老兵，孤身只影，从浙江到四川，从四川到西藏，从西藏到青海，沿着川藏线和青藏线，一路行来，这是一段怎样的旅行，一次怎样的朝圣呢？

2017年5月25日上午10点，将军楼公园里明亮的阳光，照着我们一行人湿润的眼眶。我们脸色凝重，与同乡老兵合影留念，握手话别，然后低头长叹。

2017年6月

·悦　读·

课程就是人生

对袁湛江的敬重是随着时间的延续而逐渐加深的，而当我读完这部洋洋洒洒的书稿时，如久行寂寞山谷者闻同道足音，敬重之上愈加惊喜。

敬重袁湛江是因为他在校长群体里，属于人格魅力、管理水平、教学业务俱佳的“三好校长”。平时，我们看惯了或以权术纯熟或以教学优秀而担任一校之长的。像袁湛江这样由群众“民选”，而且一当就是十来年的校长，实在是凤毛麟角。因此，他被教育部连续邀请至北京给中学校长培训上课，被长三角许多教育行政部门邀请去做管理培训的讲座。作为校长，他完全可以代表浙江的最高水平。

跟江苏、山东和北京的特级教师群体不同，浙江的语文特级教师长于实干，勤于实践，颇有孔夫子教导的“讷于言而敏于行”的特点，而袁湛江老师无论在宁波本土的特级教师带徒活动中，还是在长三角十八校的“圆桌论坛”上，都能领衔主持，舌灿莲花。

与管理相比，教学总是“雕虫小技”——也许我的看法不无偏颇，但我始终认为，一个优秀的校长，对于教育的价值远远要超过一个优秀的教师。所以，我对于一些教学水平平平，但管理很见起色的校长，也是心怀敬意的，于是，对于一些矢志于学校管理而稍稍忽略了本身教学业务的校长，也能心生理解。而袁湛江不仅仅是卓越的校长、优秀的教师，也是扎实的课程开发者和实践者，这是今天我读完这本书稿时，所产生的崭新印象。学校发展、教师管理、课程开发、教学表率，一般不能统筹兼顾；管理之善和教学之精，历来难以两全——正如运动场上，单项胜出可能，全能冠军殊难。

袁湛江的口语训练教程，为我们树立了教育的价值高标。也许，这仅仅是一本口语训练的教材而已，但实际上，背后是长达十几年的口语教育的实践。这样的实践给人的启示是多方面的：我们往往对于当代教育沉疴痛心疾首，包括我自己，喜欢做一个痛快淋漓的批判者，而且往往把教育的振兴寄托在体制的变革上，在体制变革迟迟未来的时间里，我们大部分人让牢骚和消沉主宰了我们的人生。但你从袁湛江的口中很少听到对教育的抱怨，他在自己的口语教育的园地里，规划、实施、反省、升华。一个教师，在时下的语境里，能做些什么？能走出多远？袁湛江的教育价值取向，为我们树立了一种榜样，用时下时髦的话说，就是提供了“正能量”。

口语训练为了什么？这同袁湛江对于素质的理解有关。在他看来，口语训练绝不仅仅是言语技巧的训练。古人云：“修辞立其诚。”改善语言，首先是诚意的修为，是素质的涵养，是自我的认同。我们的语文教育，从学前教育到高中教育，一直在进行听、说、读、写的训练，教育对象从一个牙牙学语的幼儿成长为一个风华正茂的青年，我们培养出来的人，本来应该是气宇轩昂的，但实际上，我们的教育，恰恰是无视学生语言的天赋（乔姆斯基认为人类有天生的语言机制），甚至扼杀学生的语言冲动——站立，挺不起胸膛；说话，听不见声音；看人，放不正视线……这不是我们在多数的课堂里看到的景象吗？有时候，我想，先不要说你的语文教学如何如何，先让你的孩子在公众面前能站直了大声地说话吧。做到了这一点，才是真正的素质教育，袁湛江做的，就是这样。

道术兼容，课程、教材、教法三合一，这可能是袁湛江这项实践的特色。我一向认为，学校的课程必须要学科课程、活动课程和隐性课程形成一个三棱锥结构的课程模型，课程的设置才是理想的，才能够让学生受到立体的、全面的教育。现实的情况是，学科课程扎扎实实，活动课程名不副实，隐性课程有名无实。而选修课程除了知识拓展类之外（浙江深化课改的课程分类：把选修课程分为知识拓展类、兴趣特长类、职业技能类、社会实践类），其余三类应该是以实践活动为课程的主要特征，属于活动课程。袁湛江的口语教程，正是属于三棱锥课程模型的其中一个棱面，当我们把这项实践放在课程建设的架构上来审视时，我们才能理解它的价值和意义。教材，是课程开发和实施的关键媒介。而这本教程的最大优势在于课程教材化，教材教学化。这是大多数教材编写者追求但未很好实现的目标，但袁湛江这本教程庶几近之。所谓教材化，体现的是严谨的逻辑性。口语表达的基本元素、口语训练的技术策略、口语训练的主要形式、口语训练指导课堂实录及评价这四个部分，先认识，后方法，再实践，完全符合教的科学；所谓教学化，突出的是适合教学的操作性：每一部分都有案例剖析、问题探究、思路引发、规范指导、训练实战、评价反馈等环节，本身就是一个活动教学的方案。

实践为基，又导向实践是本教程的又一个特点。本教程不是高校科研院所专家的理论研究成果，它不以文献综述研究见长，也不是某些理论研究专家深思熟虑的逻辑推演的结晶，尽管理论成果对于实践的指导意义非凡，但是本书是在多所学校开设“口语训练”校本课程经几轮教学实验的基础上编写而成的，也是袁湛江自己十几年实践探索的提炼和升华。先有实践和尝试，先有反思和调整，先有效率和效果，然后才有这本教程，这是它不同于其他师心自用、向壁虚构的所谓成果的地方，也是它必将有生命力的原因所在。另一方面，这本书并不是想要创造一种理论，而是为广大读者提供口语实践训练的教程——学习活动和教学实践的程序和方法。口语的知识不重要，重要的是口语的实践，本教程不是向学生灌输口语的知识，而是引导学生参与口语实践。实践证明，这样的教程立意是正确的。

凸显实践的价值，并不影响该项成果的学术价值。一本实践性的教程，是否合理和适用，根本上是由学术理据来支撑的。所谓学术理据的来源，一般又可分为两种：一种是引经据典的学术研究，一种是提炼实践的理论升华。这个教程的学术含量来自后者，这也正是它富有创意和活力的原因。把口语表达的基本元素归结为观点、情感、内容、思路、语言、语音、语流、语态、场景、对象，这已经是袁氏的独创性，而他口语训练的技术策略，又总结出倾听、换位、互动、时机、分寸、角度、形象、逻辑、委婉、幽默十种，概念的概括是建立在长期的教学实践基础上的，因此，又保证了科学性。

如果，我们把这项实践放在深化课程改革背景下来考察，那么，它就是一个极好的选修课程开发的样板。与省内外林林总总的那些课程开发的成果相比，这个教程给我们的启发是什么呢？首先，课程开发者必须是这个领域的佼佼者或者爱好者，这样，开发就有专长作为基础，实施就能显示课程魅力。二十年以前，袁湛江就过关斩将，获得过电视节目主持人大奖，后来又是一家广播电台的嘉宾主持。来到浙江以后，又担任了浙江省的普通话测试员。教师就是课程，也许就是在这个意义上说的吧。其次，一门课程是需要长期的积累和完善的，或者说，偶尔为之的兴趣之举，完成任务的应付之举，对付检查的短期之举，都不能叫作一门课程。我们的“选修课程”，包括列入省选修课程目录当中的“精品课程”，有多少是源于教师的特长、经由实践的陶冶、根据不断反思改善而成的呢？我们不说课程本身的价值和意义，单说在目前急功近利的课程改革潮流中，袁湛江这种脚踏实地、十几年如一日的态度和精神，是否是久违了的空谷足音呢？

事因难能，方显可贵；己有不足，见善思齐。积几十年教学资源，我都不可能开出像袁湛江这样的口语课程。我们希望袁湛江能够把这门课程扎根下去，升华上去。案例剖析、问题探究、思路引发等内容再多一些实践训练的环节，规范指导、训练实战等环节，更多一些口语演练的要求，少一些类似文章阅读训练的东西。如果可能，随书配发录音光盘效果更佳。这样，使《说一口漂亮的普通话》真正成为一门口语训练的教程，成为袁湛江一辈子从事教育事业的一门“袁氏课程”。其实，一个教师，在长达几十年的教学生涯中，能够开发出一门（无须多门）这样的选修课程，就已经“功莫大焉”了。

试想，当一届又一届学生离开你的时候，当时光把当年的学生慢慢变老的时候，他们，在一个充满温馨而美好的时刻相聚在一起，慨然赞曰：“啊，你也听过袁老师的口语课啊！”“袁老师的口语课真是令人神往啊！”。这时候，课程是什么呢？那时候，我们可以骄傲地说：课程不但是教师，课程也是人生！

2013年10月

寂寞的深耕

初识赵盛成，还是20世纪90年代。

那时，浙江还是德高望重的卢瑞宝老师做教研员。卢老师好几次在省语文教研会上提道：舟山有个赵盛成，在海岛上搞语文教改，搞出了名堂。

也就是说，赵盛成在浙江省语文教坛上，20世纪就名声初显。在我看来，他已经是属于年龄稍长、资格颇老的"语文人"了。

因着卢老师的表扬，我对赵盛成也就另眼相看。这一看，真也看出他的与众不同来。

在我的印象中，赵盛成是"谔谔之士"。真实、耿介、正直、执拗，面对问题，不会迂回和婉转。有时候，我甚至想，他是不属于当今这个时代的，或者不属于这块土地的。这个身材颀长、一本正经的人，跟他在一起，你不用曲径通幽地揣摩，你不用乔装打扮地修饰，摒弃一切包装和手段，单刀直入，直奔主题，即可看到他身上货真价实的东西。

你说，这样"另类"的人，现在还能到哪里去找呢?

生活上的赵盛成如此，教学也是这样。

认真，是赵盛成教学的基本态度。也许你感觉不到他有多少的聪明机巧，但凡事认真处之，使他成为一个获奖的专业户。宁波市语文学科的读书活动、课例评析、小课题研究，省里的案例和论文评选，屡有斩获，而且基本上都是一等奖。

乐助，是宁波市北仑区语文教师对他的又一概括。北仑区的语文教学，无论是学生的学业成绩，还是教师的业务水平，在宁波都是领先的，有时候，我都想称之为"北仑现象"。接触过的几个优秀的年轻语文教师，都把赵盛成视为"师傅"。作为北仑中学的语文教研组长，他跟特级教师杨林一起尽心尽力，备课组工作和教研组建设很有起色。

精进，是赵盛成教研的一贯态度。百尺竿头更进一步，就是精进，这也是与世情格格不入的。这几年在教研室，我参加了太多的教学观摩、论文评奖、课题评审等工作，尽管我们竭力提倡真实、朴实、扎实的作风，但还是有太多的教师受时代潮流影响，追逐时髦，只重结果，虚张声势，以假乱真，浅尝辄止，像赵盛成这样一直选择一个点，长期钻研的做法，真是难能可贵。

文本研读，最早就是赵盛成尝试研究性学习的一个课题。后来宁波市高中语文学科提倡“阅读与教师专业成长”活动，赵老师还是注重文本阅读，后来新课程来了，有了新的教材，赵老师拿出厚厚的《论语选读》文本研读的成果。现在，放在我面前的书稿，还是文本研读——从现代散文到古代散文，从论语选读到外国文学欣赏，从实用文类到古代诗歌，赵老师把中学语文教材中的几乎所有文类都深耕了一遍。据我所知，前前后后大概有十来年了吧。定点钻探，矢志不渝，先不说钻探出哪些“矿藏”，单是说这样的态度，就足够让我们肃然起敬了。

语文老师最重要的素质是什么？这可能是见仁见智的问题。但我以为，相比于能言善辩、舌吐莲花，相比于登台作课、仪态万方，文本的沉潜涵泳，是头等功夫，是看家本领。在呈现技术相同的情况下，钻之深而见者彰，应该是一种规律，哪有以其昏昏，能使人昭昭的呢？赵老师在源头上下功夫，应该是选准了路径，找对了地方。

为什么本书的章节是这样编排的？以文体分类，纯粹是为了方便吗？在赵老师看来，不同文体的文章，研读的路径是不同的。现代散文讲究“内容属性视角下的个性化表达”，古代散文探索“哲理的内涵与线性的表达”，实用文类强调“一般意义上的解读与特殊视角下的品味”，古代诗歌探索“叙述的元素与解读的视角”，具体到赵老师，《论语选读》尝试“论述语体的故事性表达与故事视角下的拜访式阅读”，《外国小说欣赏》实践“单元的视角与话题的张力”。这样一种研读的姿态，就是正确的。

当然，我说这是一种正确的姿态，并不是说，赵老师所选定的切入点就是文类研读的“不二法门”。每一文类又有不同的文体，每一种文体，又有不同的文体特征，每一篇文章，又有文章的“这一个”。叶圣陶说的“遵路识斯真”，这个“路”既可以理解成文体的特征，也可以理解成文本的特征，甚至可以理解成根据文本特征所选定的研读路径。在这里，找准文类、文体、文本的特征非常重要，而“特征”又可以分为内容要素和形式要素。于是，哪一类文本，从哪个视角切入研读，最后应该研读出哪些内容来，这可能是语文阅读教学的一个重大而科学的难题吧。这本书的价值，恰好提供了一个研究的样本，他向我们做了一个示范，而不是提供一个终极的定论。

在这个众声喧哗的时代里，保持十来年不变的声音非常难；同样，在这个推崇推陈出新的社会里，保持一贯的质朴方正的姿态也非常难。时下，一个有着学术操守的人，置身于一圈热闹的人群中是常常会感到寂寞和孤单的。

我们希望赵盛成一直是这样一个耐得住寂寞的深耕者。

2013年12月

寻常课堂里的“天光云影”

读罢《追寻天光云影》，感慨良多。

我们的语文教坛在某种程度上是一个表演的舞台。有文采精华，明星风范的；有舌灿莲花，声情并茂的；有挥洒书法，堪为书家的；有现场作诗，倚马可待的；有主持节目，机锋了得的；有媒体高手，全副武装的；有天马行空，思维活跃的……更有诗意语文、生态语文、绿色语文、智慧语文、生命语文、活动语文、创新语文、语文味语文、真语文、潮语文……

我们感谢这些个性卓具、风采不凡的演出和奉献，它使我们的语文舞台不断有好戏连台。但时剑波老师很平常，他好像什么也沾不上。他身材不高，不像有些语文名师气宇轩昂；他相貌平平，处于教师群体就“泯然众人矣”。他十几年如一日在学生身上孜孜不倦地倾注心血，他老老实实地在办公室和教室里进行日常教学工作，“你方唱罢我登场”的场合鲜见他的身影。虽然他在浙江高中语文教师群体中已经属于佼佼者，但仍然朴素、低调、寻常，你在他身上感觉不到那些擅长炒作、志在推销的“专家”气味，也没有所谓“名师”的优越和自恋。这是绝大多数语文教师的生存状态，他是千万个语文教师中极其普通的“这一个”。

作为普通的“这一个”，他对学生有责任、有爱心。他首先是属于两个班级的学生的。他极为关注学生的学习，学生也相当在乎他的语文课。他的语文教学成绩在年级段中总是处在前列，学生以成为他的学生为荣。相比于在崇拜偶像的教师中收获“粉丝”，他更在意于学生心头播下“种子”。这种价值观和态度在论文、课题、公开课里可能不明显，但日复一日地渗透在他的职业生涯中。

作为普通的“这一个”，他的成绩，他的威信，来自他对教学的刻意追求。每一次备课，就是一次文本细读；每一次教学，都当公开教学。在研究中教学，在教学中研究，这已经成为他最常见的职业姿态。语文世界“云天浩渺”，文本里头“烟波无限”，书中的语文研究系列文章，就是这种研究姿态的写照。

作为普通的“这一个”，他并没有淹没在庸常的生活中，对生活仍然有诗意的观照，目前已经很稀罕的“文化人”的价值观和趣味在他的职业中未曾泯灭。他的毛笔书法在《语文学习》里上过封面，他的生活随笔不断见诸报刊。时剑波说，书中的这些散文随笔，是他的“心间光影”。

万紫千红，星光灿烂。目前活跃在语文教坛的语文名师中，有着不同的角色类型。有专注于思想启蒙的，那是一群“播火者”，他们的语文教学旨在解构陈腐的语文教条，启蒙民主思想和自由精神；有积极尝试课程建设的，那是一群“拓荒者”，他们的实践超越语文学科，想借此营造教育理想的“乌托邦”；也有沉湎于教学技术的，那是一群“艺术家”，他们像“庖丁解牛”一样在课堂里展示自身的教学才华，让教学成为一件极可欣赏的艺术事件。这些“名师”，在我们这个相对封闭和陈腐的教育园地里，确有存在的价值，从某种程度上说，蔓草榛莽遍地的荒原，太需要“播火者”和“拓荒者”了。但是，对于绝大多数语文教师来说，我们希望看到的“榜样”和“示范”，是可接近的，可学习的，可使用的，可推广的。我们太需要扎实的常态的优秀的课堂了！我们到哪里去找这样扎实的常态的优秀的课堂呢？时剑波就是一个典型，书中的课例就是范例。

常态的课堂不依靠执教者自身的条件。不会写诗、不会唱歌、不会演说，不是节目主持、不是多媒体制作高手，也可以教好语文。不玩花样、不搞形式、不追逐新潮、不故弄玄虚、不巧立名目，也有高效的课堂。文本的理解基于精细的解读，教学的设计基于学生的立场。不奢谈人文，又有人文精神；不沦为应试，又有工具理性；既能提高考试成绩，又能培育语文素养：这是他的最大特点。

扎实的课堂有着科学的教学设计。目标集中明确，环节逻辑严谨，活动有序有效，体验深入真切。多余的讨巧的漫无边际的旁逸斜出、插科打诨很少在他的课堂里出现。他的课堂开始形成自己的理路："定核——理脉——构链"是极好的概括。定核，聚焦教学点；理脉，梳理关系网；构链，形成微序列。他的课堂对教学内容的建构已经形成了模式。

优秀的课堂是文本细读、教学设计、教学策略的例子和范本。你会在其中发现熟悉而又陌生的东西。熟悉的，是你的课堂也经常出现类似的"天光云影"；陌生的，是你曾经开掘过但又没有引出的"源头活水"。

那些常态的扎实的优秀的课堂，只要你是有心人，常行走在普通的学校里，处身于平凡的教师间，你就会在教室这个"半亩方塘"中遇见。那些鲜活的源流，寻常的光影，原来就在你我中间。这就是《追寻天光云影》的价值和意义。

2016年10月

从“微语文”到“大语文”

前天晚上，拿到《微语文》的书稿，我以一种散漫的心态翻看。但是，很快，吕驾宇的叙述让我不敢轻慢，一口气看到晚上十二点，我才看了一半。第二天下午，从丽水到宁波，我接着阅读剩下的一半。汽车在高速公路上奔驰，穿越隧道时，我只能放下书稿，等待天光。与去的时候相比，我突然觉得隧道太多了——刚看几眼书稿，马上就黑暗一片；隧道太长了——好像是很久很久，才发现前头的隐隐亮光；天气太坏了——即使车出山谷，笼罩在书页上的天色越来越暗淡。很久没有这样的心理错觉了！《微语文》就像一个剧本，分明不是，是一个集子，但其中的叙述让我放手不下；又像一本随感录，分明也不是，《微语文》中的叙事占了很大篇幅，但其中的思想光芒，在忽明忽暗的车厢里把我点亮。

流年似水，认识吕驾宇是2001年。

那时我正在寻找省内语文主题活动的案例，相当于现在出现在“课标”里的“语文综合性学习”。经过应慈军老师的推荐，一个名叫“吕驾宇”的青年语文教师进入我的视线：他的“新闻热点追访”语文活动深深地吸引了我。在这些案例里，我看到一个语文老师对于社会的深度关注，对于教育的深刻思考，而所有这些，都是从一种社会现象出发，用新闻追踪的手法，感性地表达出理性的思考。那时的感觉是，这个老师视野开阔，关怀深切，很有人文知识分子的色彩。

白驹过隙，转眼就是十年。

再次见到吕驾宇老师，他已经是一个在理想和现实中优裕自如的人了：作为现实中的人，吕驾宇是浙江省“教坛新秀”；作为语文教师，课堂深受学生欢迎；作为学校行政系统中的一员，烦冗校务，做得周到缜密；作为理想中的人，他似乎具备了一个人文知识分子的基本特征：对阅读的痴迷，对写作的执着，对文学的钟情，对社会的关怀，对思想的追求，对批判和建设的担当……

从语文教师到人文知识分子，要走多长的路？要经过怎样的蜕变？吕驾宇似乎为我们提供了个案。

在所有的学科中，语文可能是最具有时代性和生活化的学科吧，因此，语文教师最需要人文知识分子的素养和情怀。问题是我们周围有着太多的老师，斤斤计较于模拟试卷，喋喋不休于试题分析，一心只读教辅书，两耳不闻苍生事。学生跟了三年，双眼从入学时的灵光乍现到毕业时的暗淡无光；自己教了数年，当初的专业知识和情怀渐渐地老化、僵化、虚化，人就变成了一架应试指导的“机器”，一个毫无人文素养和精神追求的“空心人”，真是两败俱伤！

把语文教好，这是一个语文教师的天职，吕驾宇在这一点上毫不含糊，无论是平时教学，还是公开展示，他都得到了学生的拥戴和同行的认同。这不仅是因为专业技能，更重要的是专业情意，或者说人文关怀。真正热爱自己的学校，真心喜欢自己的学生，真诚地敬重自己的职业——在一个境由心生的所在，一帮正在生长的学生，一场心灵互动的对话。吕驾宇不是没有机会走出校园，那些当年一起指点江山、激扬文字的同伴也都渐行渐远，但吕驾宇仍然脚踏在校园坚实的土地上，思想的触角伸向故乡和远方。

阅读，构成了吕驾宇最基本的生活。阅读，应该是教学的应有之义，可是悖谬的是，最需要阅读的群体，是最没有时间没有心思阅读的，长此以往，我不知道这个群体的整体质量会“滑坡”到什么地步。幸亏总有一些人，在世俗旋涡中艰难地立定脚跟，手不释卷。在吕驾宇看来，书籍是上帝的窗户，阅读，就是守望心灵的家园，会阅读的人是有福的。他多年坚持阅读《南风窗》《南方人物周刊》《杂文选刊》《中国新闻周刊》《三联生活周刊》《天涯》等刊物，时代风云几乎在他的视野里同步变幻，思想的声音在他的文章里回响。此外，马尔克斯、加缪、茨威格、村上春树、余华等人的文字深刻地影响着他的思想。在我看来，新闻阅读，使吕驾宇生活在当下；而文学（包括音乐）阅读，让他的思想游走在过去与未来。思接千载，视通万里，语文课堂和人生都得以丰盈美满。

写作，对于吕驾宇意味着什么呢？他告诉我，有一个阶段（整整四年），坚持每天写作一千字以上。他的各类文章，不断发表在全国各地的报刊上，他还是当地一家报纸的专栏作者，他的“丽水老吕”博客，点击量有四百万之多。从《微语文》看，“沿着大师的方向”是追寻经典和大师的过程，这里有诗人济慈所昭示的生命厚度，有章乃器寂寞而耿介的身影，有扎西拉姆·多多的佛法因缘。“行走在归乡的路上”则是对故乡、故人以及过往的追忆，那些跟灵魂和生命有关的事件，在吕驾宇近似于新闻语体的叙述中，一忽儿沉重，一忽儿迷惘，一忽儿温馨，一忽儿感伤。而“一切情愫都是偶成的”，是记录对文学的别一种感觉，“文章本天成，妙手偶得之”，我不知道吕驾宇对于文学的感觉是否和这两句话搭上边。在我看来，这里边的文章，大都是他对于我们习见的文学品类和现象的不同寻常的解释。这样的解释没有学院气息，自有着元气淋漓的阅读体验。此外，还有很多篇什是研究语文教学的，是评论高考题目的，虽然其中的见解不一定都被大家认同，但是，篇篇别出心裁，绝不人云亦云。我想，作为教师，职业就是一个“言说者”，写作，却使吕驾宇成为一个有思想的言说者，或者说，正是因为这样的写作，吕驾宇才完成了从一个语文教师到人文知识分子的蝶变。

《微语文：一个语文教师的读写手记》打印稿，现在还静静地躺在我的书桌上。这样一本真性情真思想的书，很可能只入“小众”之流，供同道者分享。但我以为，取名为“微语文”，是作者谦虚了，“语文的外延与生活的外延相等”，书稿所涉，真是“大语文”——启蒙去蔽、颠覆解构、创新建设、关怀当下，是语文教师都应该关心的大语文！在体制坚如磐石的今天，在应试历久弥坚的教坛，我们太需要具有大视野、大心胸、大情怀的语文教师把“微语文”升华成“大语文”了，太需要优秀的语文教师升华为人文知识分子了。

四十不惑，吕驾宇正当清醒有为的壮年。

2012年6月

“诗教”的意义

拨除烦冗，静心展读。

从1976年直到今天，中国这近四十年的变化，无论是文化语境、人心世态，还是价值标准，真可谓“沧海桑田”，但四十年来，竺为民老师一直以一个传统知识分子的心态和活法面对着生活的光怪陆离，痴心不改，诗心不改。你看，六百余首诗歌，正沉甸甸地放在我的面前。

我和竺为民老师并无深交，只是几年前到李惠利中学听课调研，在办公室的玻璃台板下看到手抄的几首律诗，语言雅正，格调清新，便打听作者是谁。同办公室的老师告诉我，是他们的诗人竺老师。现在的语文老师还精于此道的，确实不多，我便记住了竺老师的名字。后来竺老师又托人带给我《登高赋》，上天入地，慨当以慷，洋洋洒洒，大有楚辞的风调，我便不免对他敬佩有加。说起来惭愧，本人虽然也算是中文系毕业，但对于诗歌格律真是一窍不通，平时附庸风雅也曾涂鸦几句，纯粹是“张打油”之类。我接到竺老师写序的邀请，随口就谢绝了，倒不是怕麻烦，实在是“关云长面前舞大刀”，怕人笑话。

但竺老师分明是有备而来的，他从语文教学、校本课程等角度阐述了我来做这件事的合理性和必要性，言之殷殷，令人感动。再加上我原有的敬佩，便觉盛情难却，却之不恭，否则，便是不识抬举了。

从1976年的《夜泊姚江》开始，我静静地读来。窗外艳阳高照，教研室寂静无人。我仿佛随着竺老师为我营造的唐诗宋词般的意境，到了另一个世界。在这里，我幸会现代人难得一遇的美感趣味：“红樨馆里新醅暖，烟屿楼头旧梦残。”（《甬上怀古》）

触摸到坚硬世界的柔软怜悯："梦里同行登远道，眼前孤影照重楼"。（《哭朱德信》）还有水泥丛林中的一抹风景："菜花满地蝶蜂迎，亭台隔树听流莺。"（《春游百草园》）还有变乱纷呈中的时事定格："漫卷旌旗催战马，曙色染红江厦。"（《庆宁波解放五十周年》）……这是关于一个人的诗的历史，也是一个城市的历史的诗。

我们确实久违这样的生活方式，这样的语言表达了！

孔子说："诗，可以兴，可以观，可以群，可以怨。"（《论语·阳货》）寄情遣兴、了解社会、联络感情、抒发不平，皆有诗歌。诗歌在传统文人生活中的地位是非常重要的。所以，林语堂在《吾国吾民》中说："它教导中国人一种泛神论与自然相融合……中国人倘没有他们的诗……还能生存迄于今日否?"但不知何时起，平平仄仄的吟唱成为遥远的绝响，"乃凝于神"的静默时刻在现代社会中不复再现。不仅如此，在这个号称"诗的国度"的中国，在这个有着唐风宋韵的民族，在所谓知书识礼的文人群体中，你如果表现出对于诗的爱好，那就会格格不入，"时人见我恒殊调，见余大言皆冷笑"。但你却在那里"文章合为时而著，歌诗合为事而作"，为一点真性情，几丝小感触，"吟安一个字，捻断数茎须"，这不是迂腐可笑又是什么?

但竺老师是不管这些的，他就像一个玩兴持久的孩子，几十年如一日，不顾流俗，以古典的诗意情怀、纯真的书生意气和人文的审美眼光打量着这个世界，观照着自己的生活，正如荷尔德林所言，"诗意地栖居在大地上"。对于诗，我真不敢置喙妄评，但对于现在还能写诗还能写古体诗的人，我深为感佩。在这个机械和物质的世界里，还有什么比"缘景明情""有感而发"的击节吟唱更为动人的呢?

同声相应，同气相求。作为在中国文化典籍里浸淫日久的语文教师，本应形成"诗言志，歌咏言"的习惯，有着吟风弄月、往来酬唱的风雅。可惜的是，我们功力不够、语境不好、心绪不宁、兴趣不浓，无论是唐诗宋词的典型场景还是凝神观照的诗意情怀都已经离我们远去，像竺老师这样的语文教师是日见稀缺了。正因为如此，这个顽固的痴心的"不合时宜"的竺老师，这样追逐着那些渐行渐远的古代诗人们缥缈的身影，就更显难得了。

承毛建平校长的青睐，诗集作为学校的选修课程资源出版，真是适得其所。我想，它一定会发挥“诗教”的作用。这种作用倒不是说学生读了该诗集后，也像竺老师那样平平仄仄地写起诗歌来了，而是让学生保持对于数千年绵亘不绝的汉语精华的亲近和敬爱，养成对于周遭世界的审美移情和温柔怜悯，培植对于自身得失荣辱处变不惊的蕴藉和风流，这也许正是“诗教”的意义所在，也是诗集的价值所在吧。

2012年8月

你的内心，我无法抵达

办公室的绿植在立春之后，蓬勃，发亮。窗外阳光晃眼，不断有飞鸟飞向远方。远方，一个可以跟上帝对话的人，留下《时间简史》，飞翔到更远的远方。

在《时间简史》里，我们只是一个大可忽略不计的点逗，但把这个点逗洇染开来，却是每个人丰富多彩的一生。人生的荒诞在此，人生的意义也在此。

要想明白人生的意义，乃需时间。走过童话烂漫的少年，有过诗歌般空灵的青春，接着便是小说一样跌宕的壮年，再到散文般从容的中年。然后在一个夕阳在山或朝日初升的时刻，我们突然看清了过往。我和方梁，正处在人生“回头看”的时光里。

当然，方梁比我回头早，看得更清。

作为教育同人，我们对教育有着共同的关切，感同身受，对许多问题的理解，观点甚合。他为此带领宁波市政治学科的年轻才俊，把一门宣教价值多于真理探究的学科，教得风生水起。我曾经拜读过他的《高中政治教学的个性化追求》《只要心儿长出翅膀：高中思想政治课“症结”课例的解读与研制》《让学生有尊严地学习》等书籍，让我这样一个对中国政治教育充满“傲慢与偏见”的人，意识到自己被偏见遮蔽着的浅薄与无知。这里有让人肃然起敬的教育情怀和专业成果，但方梁只是淡淡地说“这些都很枯燥，只是谋生手段”。老实说，要我对自己曾经花过心血的那些专业上的努力一笑置之，目前还真做不到，这就是“执念”和“超脱”的区别，就是“必然王国”与“自由王国”的级差。

有一次，有个同乡把一张《发现东岙》的光盘给我。这是浙江电视台的制作。东岙，这个再熟悉不过的海边村镇，我有四年时间，穿行于它弯曲窄小的墙弄，从历史悠久的周家道地经过，到清清寺和山马坪读书。它有什么可供“发现”呢？但东岙对于方梁而言，显然是历史博物馆、文化大本营和精神的逋逃薮。这让我想起刘亮程的“黄沙梁”、史铁生的“地坛”以及韩少功的“马桥”。“没有天堂，只有故土”，刘亮程这句话道尽了他们的一生：满怀豪情和梦想从青少年时代起航，经过了波涛汹涌的中年，然后在夕阳西下的时刻，倦航的船最终在故乡埠头靠港。中国人没有宗教，不仅是无处安放肉身，更无法寄托灵魂，于是故乡就成了我们的宗教。方梁对这点有更深更早的体悟，所以，他比我更早“回头是岸”。

对于东岙历史的整理和寻找，可能是方梁对故乡最早的礼拜和致敬。坍圮的东岙塘坝，一脸沧桑的方梁，还有浙江电视台的当家花旦亚妮，话题是东岙的前世今生。这一颇具穿越色彩的场景经过现代媒体传播以后，东岙湮没的历史和独特的文化重新复活。东岙溪开始清澈、文化地标巍然而立、古村落入籍、东岙糅飘香，这一切恐怕都和方梁的乡土情结有关。在“船埠头”系列里，除了让人低回不已的海边人家的悲欢之外，方梁罗列了十大保护项目，向政府有司谏言抢救性开发和保护。对家乡的现实关怀，是方梁超越一般文人怀乡的地方。

但方梁毕竟不是振兴家乡的实业家，乃是思想、情感和文采兼备的“乡土写作”者，这是我拜读了《山会记住许多事》以后的结论。这让我在方梁邀约我作序的时候，变得推三阻四，与平时的我大异其趣。本当义不容辞，无奈才有不逮，这是我真实的内心感受。平日，拜读他的专业著作，聆听他的教育话题，接触他的生活日常，会觉得方梁是一个平凡又卓越的教师，一个洗尽铅华、素面朝天的老乡，一个在注重的包装年代里难得的素人，但拜读了这本集子后，作为一个教散文写作和欣赏的教师，我实在汗颜。无论是思想颖悟，还是情感抒发，无论是文体创造，还是言语经营，时时让我击节赞叹。我相信这是专业感觉，并非溢美之言。在这本集子里，随处可见这样的文字：

> 我知道它终究是要离开的。不是现在，就是将来，不是

> 它放弃，就是我离去。人是活不过一块石头的，也活不过很多东西，那些几百年、上千年留存下来的，有多少人曾经拥有，但他们又在哪里？拥有改变不了暂时和相对的属性，当你为拥有庆幸的时候，其实也正在失去。

对主与客、得和失、现在和将来、时间和人生等人生终极性问题，他借着珍爱的物事，道出通透而深刻的认识。我想，这不是因为他曾经教哲学，而是因为对人生的大彻大悟，是故乡风物给了他宗教般的启迪。如刘亮程一般的“乡村哲学家”，方梁庶几近之。

但方梁绝不板起故弄玄虚的脸孔，在朋辈小聚的滔滔不绝中，他总是平静地抽着烟，很少见他为某个话题形诸声色。人生满是爱恨情仇，方梁的人生恐怕已是波澜不惊了吧，但这个集子改变了我的看法。方梁的血脉从东岙流出，他的记忆就是东岙的记忆。他的乡情、亲情、友情在这块土地上暗流汹涌：

> 此后我每次回家，父亲大多一个人坐在长车门的石条上，看着路边的人走来走去。我知道父亲不是在等我，他不知道我们何时回来。以前回家，我们都会早一天告诉父亲，父亲于是整晚睡不着觉，一大早就等在路口，一次次返来复去。父亲这样让我们很有压力，说过几次也没效果，我们只好约定回家不再告诉父亲。我们总是匆忙地去匆忙地回，父亲从来不说什么，都说自己过得很好，然后拔一点蔬菜让我们带走。而我们每一次看到的父亲，就像腐根的老树，比上次又枯了一截。

至情言语亦无声，密集的生活细节经由朴质的语句叙述。不是人到中年，没有故园情结，你还真体会不到其中不动声色的哀伤。父亲“走着走着就剩下一人”，看长车门前人来人往，哪一个是自家的儿郎？一大早在路口回还往复，儿孙们的回乡路为何如此漫长？孩子眼中的青菜，在故园的土地上如此丰腴，如此鲜活，但长车门前的父亲，却像一棵老树，渐渐腐根，渐渐枯萎。这样的文字，唤醒了我类似的生命体验，让我泪目。诗人说：“为什么我的眼里常含泪水？因为我对这土地爱得深沉。”我想，方梁在夜深人静的时刻，或者搦管书写的时候，那些发生在故土上的前尘往事，是否也曾让他泪眼暗弹？

在米兰·昆德拉看来，生命中有太多事，看似轻如鸿毛，却有难以承受之重。方梁的生命中有难以承受之重：先天不足，四次大手术贯穿着他的青年、中年和老年，但方梁超越了这些苦难，反而获得观照世事的通达。在此书的不少篇章里，他用调侃、诙谐的笔墨，消解了人与事的苦涩与沉重，变得笑看花落，云淡风轻。在《也生丁酉》的结尾里，方梁写道：

> 在书中，我还发现自己摆了个大大的乌龙：《丁酉降》开篇第一句“我出生在丁酉年十月，身份证上的出生日期为1957年10月23日”；而我身份证上写着1957年9月9日。虽然他为了多点油腥，我为了贪图好记有一两天出入，但月份摆着，证据确凿。平白叫了几十年的邦德兄，这笔账怎么算？

林邦德是出自宁海的书家，《丁酉降》是他的一本自传风格的散文随笔集，书名极好，有“天降大任于斯人”的庄重。方梁读后起了共鸣，便有了《也生丁酉》。我以为，六十甲子一轮回，尤其是有恙在身的人，这样的共鸣不免有几分沉重的，但方梁却像一个天真的小学生，发现了多年的“乌龙”，准备向“邦德兄”算账。在我看来，这种一脸认真的戏谑和煞有介事的轻松，只有在参透生命之后才会有。

难能可贵的是，如此洞明的思想和富有张力的情感，并不是借用典故和辞藻堆砌出来的。方梁没有像我这种语文老师的“职业病”，但这并不妨碍方梁对于文体的创造和语言的创新。在“山屋”系列里，方梁尝试以现代小说的叙事艺术来写散文，搬迁有点虚幻，穿越带点荒诞，其他几篇在叙述艺术上也均有所超越。即使记录访古游踪，也有在过去、现在和将来之间穿越的意味：

> 山屋挂在山坡上，高高低低，错落无序；有瓦片盖的，也有茅草铺的，墙都是石头墙，斑驳而裸露；照例有几棵风水树，高处长着，郁郁葱葱地伸向半空。没有炊烟，没有狗

吠，寂静得就像已穿越到了另一个时空。

山屋是那么真切，瓦片、茅草、石头墙，富有质感地存在着，还有高处生长着的风水树。但在我们的眼中，又那么地不真实，山屋是挂在山坡上，树蓊蓊郁郁到天空里，周围悄无声息，犹如羲皇时代一样静默。在这样一个所在，人是会恍惚的：不知今夕何夕，也不知此身何处。这本是极富现代性的意境，但方梁却用鲁迅描写故乡那样古老的文字来营造，语言的张力和魅力也就此产生。

但是，与人生的丰富多彩相比，语言的表现力还是有限的，与心灵世界的无际无涯相比，这个物质的世界，又不免被三维时空所拘。“草色烟光残照里，无言谁会凭栏意。”每个人都是一座载沉载浮的冰山，有多少人生的喜乐或遗憾只能在水面之下沉潜啊。正如这本集子的名称，山会记住很多事，但山也遗忘很多事，隐藏很多事。人生的侥幸在这里，人生的局限也在这里。

当我要结束这篇文字的时候，我已经置身在异地的夜空之下。春夜的天空，如此深邃而浩瀚。我想起小时候的夏日星空，想起我和方梁们共享的童谣：天上一颗星，地下一个人。后来，我知道了夜空中密密匝匝的星辰，其实都隔着无数光年，有着互不相干的轨道。我们所见到的光芒，已经属于无数光年之前。方梁兄的文字，正是夏夜中的某点星光，我只能遥看和欣赏，又怎么能乘着你的光芒，抵达你的内心呢？

2020年寒假

做什么，像什么

教书久了，难免为职业所化，言谈举止，一副“冬烘先生”的样子，人们就善意名曰“教书先生”。举凡“教书先生”，不管生活还是工作，总是书生气有余，而趣味性不足，但老包却是另类。老包拉了一个微信群，名曰“唱歌去”，群里都是些喜欢自娱自乐的“教书先生”，好像以女性为多，我们当然要不失时机地调侃一番，但未尝没有艳羡之意。今年暑假，偶尔坐老包的车，看到一册厚厚的歌本。有歌词有简谱，有“阳春白雪”，亦有“下里巴人”。我这才知道，老包的唱歌群，并非一时兴起的赶时髦，是一个充满生活情趣的朋友圈。

多年以前，因为生活的交集，和老包也偶尔啸聚K厅，为歌轻狂。老包的代表作是“妹妹你大胆地往前走”“正打中你的头”之类。他用不是唱而是吼的腔调，把红高粱的蛮劲和粗犷发挥得淋漓尽致。在我听来，这是包建新的红高粱，而不是张艺谋的红高粱。因为未对老包的“歌唱艺术”加以溢美，老包也许一直有个期待。现在，遇到老包，聊起以往盛事，老包会对我说：“我现在比过去唱得好多了！”士别三日当刮目相看，老包对生活有激情，对艺术有感觉，再加身体又好，所以我是相信老包的自我评价的。唱歌这活，真是要身体好，虽然不能丹田发声，但也要中气十足，而我早已过了“激情燃烧的岁月”，又被生活和工作弄得“暮色苍黄”，很怕进歌厅了，但老包仍然乐此不疲。

老包的可贵在于，对有感觉的东西，他会有持久的兴趣。他爱唱歌，所以有“唱歌去”群；他热爱教学，故有名师工作室。这就让他成为一个浙江少有的既有生活情趣又有教研建树的语文特级教师。嘱咐我为他的作文教学项目作序时，他正在驾车，我坐在后座翻他的歌本。这似乎是一种隐喻——老包的作文探索，是根植于鲜活的生活现场的，是富有情趣的。

评论老包的“歌唱艺术”，我是有信心的，恐怕现在也是。为老包工作室的作文教学成果作序，实在缺乏底气，这倒不是谦虚，是因为太了解老包。老包在浙江，是既有实力又相当聪敏的人物。那时，我也未到回浦中学，老包已是临海市语文高复界的名师，蜚声台州。复习班提高分数是硬道理，能在复习班上经久不衰，确属“实力派”。我到回浦后，常就语文教学和老包交流一些迂阔之论，发现两个老男人的语文教学“三观”颇为接近。也看老包的“杜十娘怒沉百宝箱”，也听老包“铮铮然有京都声”的《琵琶行》，也读老包撰写的语文活动课的案例。好多我以为要“如琢如磨”好长时间的稿子，老包下笔千言，倚马可待。所以，老包又是“性灵派”。为这样的“两栖”人物作序，还真有点惴惴不安。但老包不依不饶，来信讨稿，毫无虚言，还限以时日，一副理所当然的样子。

本人生性鲁钝，又胆小怕事。偶然任事，总是举轻若重；受人之托，不敢虚与委蛇。老包之序，并非当务之急，但我答应了，只能老老实实看稿子。花了几个晚上浏览书稿后，眼界为之一开。

有鲜活的道理，这是我的第一感觉。所谓“道理”，就是它的理论价值。老包是讲道理的人。不管是教学还是生活，每逢疑虑，他总是微皱眉头问曰：“为什么是这样的？道理在哪里？”工作室的作文实验，建立在对作文能力的本体认识之上。老包对写作教学有两个重要的认识：第一，他认为写作能力包括语言组织能力、思维能力、情感能力、生活摄取能力，是先天地存在于人这个生命体中。教师的责任，不是在零起点上教会学生写作，而是培育这些固有的能力，让它潜滋暗长。第二，他认为写作能力的提升，是一种“场效应”，不是线性和逻辑的。根据这两点认识，他做结论道：写作不单单是技巧和方法的教学，更是生活的感悟和生命的培育。因此，为了厚植写作的能量，他要编写“一主多副”的选修教材，“一主”是写作教材《“生命作文”培育》，“多副”是“伴你同行”系列辅助教材。这就超越了纯粹技巧方法指导的泥潭，从而让他的实验具有“作文”和“人文”一起成长的价值。

扎实的可资借鉴的范式，这是我的第二个感觉。所谓“借鉴”，就是它的实用性。语文教学遗憾多多，我承认自己未曾泯灭理想，同时又有很强的实用主义情结。我始终认为中小学教师不是理论研究者，而是实践工作者。你的实践能否解决问题，能否复制推广，这是决定你的实践有无价值的根本。否则，舌灿莲花，天花乱坠，都没有用。所以，我对这类书籍的期待就是，拿出令人信服、可资借鉴的干货来。令人信服就是有道理，可资借鉴就是可操作。本书无论是论述类案例还是叙述类案例，在这两点上都有干货。基于论述的本质，于是，说服、理序、分析、证明作为关键能力点加以训练；基于叙述的本质，于是，性灵、感“物”、细节、描写作为关键能力点加以培育。老包这一群人对于写作能力训练，都是散点布置，不求系统的，这就因了老包的理论。那么，有没有可以上手的策略呢？论述文写作的阅读助产、群文介入、角色代入、明确对象、拆词组词、看透对手等，都是耳目一新的操作法。叙述类文章的重构、移情、合作等策略，都是从课堂实践中总结出来。操作性强，就是它最大的特点。可资借鉴，还表现在案例的体例上。“教学实录”呈现真实的完整的过程；“执教者感言”说出教学的感觉和反思，尤其是教学思路的图示，给学习者形象的提示，又是内在规律的外化；“观教者说”从第三者角度，评析这堂课的得失，供读者参考；最后的“习作”，则是训练的成果和例文，直接供读者使用。这样的布局，只有深谙实践规律的人，对教师的诉求感同身受，才能做到。

老包的“鲜活”和“扎实”源自对作文教学的本质有深刻的体认，正像他的生活情趣建立在他对生命的感受上一样。曾记得老包有几次短暂的“改头换面”。我在回浦的时候，老包还是一副教书先生的标准样子。后来老包到浙师大去了，在浙师大美女硕士生和浙江省语文教师崇拜者的目光沐浴下，老包肩垂长巾，头戴鸭舌帽，从里到外，洋溢着文雅的教授范儿，自信满满而毫不做作。最近遇到老包，风格大变——一身银色的西装，留着很酷的发型，在我等目光呆滞的教书先生中，侃侃而谈，泰然自若。我曾扪心自问，我会像老包那样顶着圆圆的一圈头发出行吗？回答是不行。我缺乏老包这样强大的内心和对新潮的自如把握。当年丰子恺于上海十里洋场中，“粉墨登场”，就是绝好的角儿；风流倜傥，又是公子哥儿的标榜。老包也一样，学什么像什么，而且尽可能做得最好。这只有极具天赋而且生命力强大、情趣鲜活的人，才能做得到。当年执教复习班，驰名台州；后来转向教学，又是实至名归的特级教师；经营着名师工作室，带领一班年轻才俊，作文实验搞得有模有样。老包曾跟我说，接下来要研究中学生生涯规划了。我隐约觉得兹事体大。懵懵懂懂地读了十几年书，最后不知何去何从，这是多数中学生的状态，应该尽快改观。据我所知，在这个领域，老包开始从台州起步，走出浙江省，走向全国，俨然是一个成长生涯规划师了。

写到这儿，我才恍然：老包最近的“改头换面”，原来就是一个前卫的规划师的范儿啊。

2018年9月

以文学之名

在这个斯文扫地的环境里，仍然还有人对文字情有独钟，真让人感怀。

说这个时代斯文扫地，并不是什么故作惊人之语。除了专门从事文学创作的作家之外，你若有一点闲情逸致，延续着大学中文系养成的那点文字癖好，不管你在怎样的环境中，你是会被同侪视作异类的。甚至在驱遣文字为本职的语文教师当中，舞文弄墨，吟风弄月，都会被看作是不务正业的酸腐之举。

在最需要语言审美感受的行当中，恰恰冷落语言的审美表达，这就是我们这个行业的悖谬之处。我们会用几十年光阴肢解那些美的语言，但我们不会写一篇可以称之为美的文章。百分之九十的语文教师对写一篇美文没有兴趣，可能也没有这个能力，却要求百分之一百的学生，写出文质兼美的小散文来。这就是我们这个行当的笑话。

因此，当有人一边平平仄仄地鉴赏古典诗歌，一边也能击节吟诵书写出古体诗词时，当有人一边阐发“文以气为主”，一边“之乎者也”地写出古色古香的文言文时，当有人一边教导学生老师进行现代文阅读，一边自己下笔就是一篇文质兼胜的美文时，我就犹如久行空谷，忽闻足音那样欢喜，尤其是这些文章，不为评职评优，不为沽名钓誉的时候，我甚至要肃然起敬了。阅读了陈菊飞老师的《守望》就有这样的感觉。

和所有珍惜生活、热爱文字的人一样，在《守望》里，我看到了感受生活、提炼生活、净化生活三重境界。

以一颗柔软的心去感受生活，这是《守望》的“底色”，也是这个时代稀罕的一种生活姿态。在日渐物质化的今天，人心越来越冷酷坚硬麻木。我们闪烁的目光已经不会为一棵小花的温柔和圣洁所停留了，但在《偷花贼》《我的绿色伙伴》里，我们看到了类似于17世纪日本俳句诗人写芭蕉的情绪。对于作者同龄人而言，集子里叙述的往事，不全是月白风清的，有贫乏甚至有几分苦涩，但作者都能以和解的态度、感恩的心情，和它们对话，从而获得某种启迪。

以文学之美，去提炼生活，这是《守望》的“亮色”。不要以为这是生活的实录，作者以一个语文专业人士的眼睛和笔触，对曾经的过往，做了文学化的处理，于是，原本鸡毛蒜皮的生活庸常，也变得曲折有致，富有文学情调。《与老鼠作战的日子》里的兴师动众，《唱歌，想说爱你不容易》中循循善诱的启发式描述，都得了夸张、摇曳、变异、聚焦等文学手法的真谛，幽默感和审美性也如“风行水上，自然成文”。

以超功利的心态去净化生活，这是《守望》的“本色”。功利，是远离美好和温情的。在这个诱惑多多的物质世界里，总有一些东西，沉浸在人性最深处，待时光慢慢地酿造，最后变成人人怀念的东西。父亲为我流了三次泪的亲情，先生挤公交车的爱情，和女儿过招的舐犊之情，老先生的亦师亦友的感情，都是人间无价之宝。雕花老屋里的那些失落乡愁，有一种爱就放手的理性，八哥和婚姻的类比，时光请慢些走的感叹，都是对生活的净化和淬炼的结果。余光中说，散文贵在感性和知性兼备，一颗敏感的心灵，一种文学的情调，再加一种超越功利世界的理性。《守望》里的好多篇什是做到了。

在《守望》即将付梓的时候，承蒙陈菊飞老师的信任嘱我写序。我真诚地推辞几回，不是故作姿态，倒是真觉得自己在这个领地里，缺乏审美力。但是，陈老师毫不气馁，我也不能不识抬举了，于是，认真地从第一篇读到第四十一篇，写下这些文字，也算是学习心得吧。

2019年2月

赤子、书生和农夫

人际交往，场合决定关系。华庭宴聚，觥筹交错，这是朋友欢聚；茶馆闻香，禅房独坐，这是高人静修；幽室密约，低声私语，这是情人幽会。

我和载国总在教研场合相遇。

浙江语文教育界不如江苏、山东活跃。浙江教师有思想，有作为，但不太发声。公众场合，主持人邀请听众互动，浙江教师多数内敛含蓄，礼让再三，宁波尤其如此，可能是受“闷声大发”地方文化的浸染。但载国的表现与众不同，无论是同侪沙龙，还是教研会议，载国总是率尔而出，滔滔不绝。

口若悬河、力排众议者，确实有知无不言的率直，但亦有博人眼球的嫌疑。你不要以为载国是想“占C位”“出风头”，他是心无挂碍，直奔问题，有感而发，有时候甚至不太考虑听众的立场。钱理群先生发明“精致的利己主义者”一词，堪为卓绝。那种人往往当面一套，背后一套，赞美于何时，针砭在何处，绝不含糊，恰到好处；看菜吃饭，量体裁衣，到什么山上唱什么歌。势利放逐情义，行为突破底线。教师，“人类灵魂工程师”，是最应该讲价值操守的群体，目前好像也染上了这种“文化病毒”，但载国似乎是一个先天“免疫者”。

“世人见我恒殊调”，载国确是与众不同。在专业场合，他可以“虽千万人吾往矣”，于人际方面，他却相形见绌，吃不准，看不透，想不通。我总见到他瞪着一双黑白分明的眼睛，微驼着背，间或搓手，或恍然或迷茫地说：“是这样的啊？是这样的啊？”

这次叫我写序，也是如此。一条短信，书稿就过来了，连电话都省略。我想，载国专注于事，难免在人情世故上稍显笨拙。

本不想跟他聊专业之外的事情，但转念一想，他名为工作室学科带头人，虽然学科带头人和工作室负责人之间，算不上什么正儿八经的师徒关系，但人之弊在好为人师，我就在微信群里跟他说了自己出书，跑到杭州请人作序的事。并告诫他，人情世故，人情世故，要懂人情，但不能世故，也想借此与诸位学棣共勉。

载国出书，不是头一遭。最初的《讲台边的风景》是高三班主任的工作博客，我看到书稿，怂恿他出版。有王胜战校长加持，书稿作为高三班主任的博客文集出版。后来他又给我寄来《王阳明诗文赏读》，也是学校出资刊行。这本《由理解到创造》，校长再度答应出资。载国的优遇，令我感慨，于是我提醒他，你遇到了“贵人”！王胜战校长不啻是载国的“贵人”，他曾几次言之殷殷，希望我多多培养余姚中学语文组老师，凡有需求，他“一路绿灯”！

只有久历沧桑，才知道环境可贵。毕淑敏说“幸福是需要提醒的”，载国是处在幸福之中的。我特地电话提醒要感恩生命中的贵人，他在电话那端感激之情溢于言表：“是这样啊！是这样啊！我心里知道的，我只是，我只是……”

张口结舌和滔滔不绝都是载国的表达状态。人际交往，朴素守拙，犹怀赤子之心；专业研讨，口若悬河，秉持书生意气。书生意气和赤子之心，在他的生活状态中恰好构成复调。

魏书生有言曰“多琢磨事，少琢磨人”。对人性善恶、人情冷暖、人际亲疏，载国不太花时间去钻研，唯精唯一，乃凝于神，全在专业之中。朱熹说：“人之操履无若诚实。”曾几何时，我们的文化基因变异了，弄虚作假、机巧势利，已是人之常情。载国仍然是木讷朴拙，一派天真。载国虽然是语文组组长，我估计是大家差遣他的多，他占人家的便宜少。为什么？因为载国厚道、单纯、真诚、善良，这就是载国的赤子之心。

说起书生意气呢，首先，阅读之于载国，就是一种生活方式。他说“阅读，是人生的缩影，会有美丽的邂逅，也会有擦肩而过的遗憾”。载国的阅读是有经历，有积累，有体悟的。

从杭州湾南岸的小曹娥开始，他读王小波、李敖、柏杨和米兰·昆德拉，到高风中学后，他的阅读的姿态更加丰富了，他和语文组同侪走读宁波当地文化，深入阅读鲁迅全集，重读苏东坡全集，并且把阅读视角扩展到日韩作家如川端康成、村上春树、金河仁等。

到余姚中学后，他的阅读，明显是“领风气之先”。首先是以教师阅读引领学生阅读，“引领”的成果是《陪你开卷》的出版。然后是从教学阅读走向课程建设。为了阳明学选修课，他买了两套《王阳明全集》，一套放在办公室读，一套放在家里读。《传习录》大多是王阳明和弟子的对话，文字并不艰深。但师徒对话的内容大多是《四书》以及朱熹、二程等人对《四书》的理解，人们误读的成分非常之多。为了读懂他们的对话，他读了钱穆、陈荣捷、秦家懿、陈来、吴光、钱明、陈立胜等阳明学专家的著作。后来出版的《王阳明诗文赏读》，对载国来说，确实是呕心沥血之作。最后，学校阅读带动社会阅读。他在余姚市牵头成立“青羽”读书会，组织了很多高水平的读书沙龙活动，替文献名邦添加“为往圣继绝学”的薪火。而让我最感动的一场读书活动，是海子逝世三十周年的诗歌朗诵会，在余姚西西弗书店举行，一个全敞开的公共空间内坐着数十名诗歌爱好者，外围还围了数圈“不明真相”的商场店员和顾客。载国和几位诗人担当访谈嘉宾，一位又一位诗歌爱好者登台朗诵海子的诗作，电视台和网络平台对活动进行了直播。

问渠那得清如许，为有源头活水来。阅读的活水一定会化为课堂里的天光云影。他在班级里组建读写共同体，全班四十名同学按照“组内异质，组间同质”的原则分成八个小组，每个小组五名成员，各推选一名组长和一名副组长。“读写共同体”的核心是小组合作，展开专题阅读。高一上学期，他在任教的班级内开展“鲁迅作品专题阅读”活动，要求学生在一个月时间内读完鲁迅的《呐喊》《彷徨》和《野草》。载国认为，在薄薄的两册《呐喊》与《彷徨》中，鲁迅向我们展现了中国社会的三种不同形态：前礼法社会、礼法社会和后礼法社会。他还以《古文观止》《堂吉诃德》《乡土中国》为例展开整本书阅读活动。

这样的阅读经历和积累，使载国对阅读有了自己的体悟。譬如对于阅读力，他有独特的理解：阅读力一是阅读习惯与阅读专注力，二是对阅读内容的理解力与感悟力，三是对阅读内容的鉴赏力与批判力，四是基于转述、评议与独创的表达力。譬如他提出整本书阅读的五个维度：一是社会认知维度，二是知识拓展维度，三是思维改良维度，四是审美熏陶维度，五是人性反思维度。再譬如他认为如果没有学术中心点而一味拓展阅读的视野，博学是松松垮垮毫无意义的，但如果只关注自己的研究领域，而没有广阔的视野与其他领域的理论的启迪，自己的领域也很难会有真正意义的突破……

朱永新教授在谈到教师阅读时曾不无遗憾地指出："我们绝大多数的学校不是在从事教育，而是在从事训练，因为它根本没有阅读生活，根本没有人的心灵成长的舞台。"学校要成为心灵成长的舞台，教师首先应该是书生，书生就是读书种子。语文教师的工作是把学生变成一颗颗莲子，然后期待它们在尘世中开出妙蒂莲花。

叔湘先生在20世纪80年代初指出：语文教育类似农业而非工业。那么，语文教师就是一介农夫。在满屏都是"高富帅""白富美"的今天，载国简直就是一个农民。不但人像农夫，手中"农活"也拾掇得井井有条，望着他经营的田园，令人感到风光旖旎，一派丰收在望的样子，这也就是我对《由理解到创造》的观感吧。

2020年暑假

·言　说·

输在何处

黄梅时节家家雨，青草池塘处处蛙。
有约不来过夜半，闲敲棋子落灯花。

在萧山江南中学的大礼堂里，一班满脸辉光的孩子，齐声朗诵赵师秀的《约客》，声如天籁。台下听课的老师，表情怡然，如沐春风。

这是许多年前，浙江省教研室语文学科在萧山开展的小学、初中和高中“同课异构”教研活动。小学的那堂课，无一语涉及诗学名词，但意境、美感、体验尽在其中。活动结束后，有几个小学语文教师笑着对我说：“褚老师，高中语文不要教了吧？”语气里充满自豪。

我向来不满足于自己的语文课堂，而且不乏反思精神。我坦率地承认：“向你们学习！因为高中要教的内容，你们小学都教好了，而且教得比高中更符合语文特点，更符合学生心理，更符合教学规律。”那个时候，包括我在内的高中语文教师是尴尬的，在我旁边的部分小学教师，则自信满满。

自从萧山回来后，我一直有一个念头，想再开展一次小、初、高“同课异构”活动，倒不是想“扳回一城”，“以雪前耻”。我只是想通过课堂实验，探讨一下不同的学习对象，面对同一篇课文，在教学内容的取舍和教学方法的选择上，应该有什么不同。我跟励汾水、王雷英等老师聚会的时候，又兴致勃勃地提出这样的设想，但是愿景很美好，事务总很繁忙。过了好几年，北仑区终于搭台唱戏：小学、初中、高中“同课异构”《定风波》，由教研室贺飞君老师和泰河中学李华斌校长共同策划。北仑区的语文教师、鄞州区的部分小学语文教师、宁波市的全体高中语文教研员参加了活动。结果，连我们的高中语文教研员也是众口一词：又是小学的语文课堂更好！王梁贤老师利用一张人文地景图，使得苏东坡“也无风雨也无晴”的来龙去脉，清楚明白，“谁怕”的处变不惊和从容豁达，跃然纸上。

两个案例，不同的课文，一致的结果，让我想到一些深层次的东西。于是，在宁波市一次小学语文教学研讨会上，应金晓润老师之约，我跟老师们分享了上面两个案例，并且提出这样的思考：

> 语文，对人的一辈子究竟意味着什么？我们的周围，几位教育行政领导，都不是语文专业毕业，但他们的素养和水平有口皆碑，为什么？语文水平高！再看我们的同行，凡是评上特级教师的非语文学科教师，没有一个语文水平不过关的。语文，确实是一个人安身立命的基础。
>
> 这个基础什么时候奠定最好？当然是小学阶段！初中也还行，高中的语文教学基本上“异化”为“应试教学”了，也就是说只会提高语文应试水平，而真正的语文灵性，可能是越磨越钝了。所以，语文课程一直位列“主课”，其实还不如“副科”物理、化学、生物。
>
> 语文教学，究竟有着怎样的规律？我不敢说真理在握，但是，根据经验和常识，我们大概会认同这样的认识：语文教学要注重积累和内化（感悟），注重想象与移情，注重活动与体验，注重形象和审美。这样的教学，高中课堂很难见到了，但是，我所观摩过的小学课堂，还有这样的特点。所以，你们这几天的教研，其实在挽救日渐没落的语文教学！

活动结束后，我继续“面壁思过”：与小学语文教学相比，高中语文教学究竟怎样？输在何处？我们当然可以评价小学课堂“小儿科”“低幼化”，自诩高中课堂“高大上”“有深度”，但是，语文是什么？除了工具理性之外，更本质的不是人文、美感、情趣吗？不是感悟、想象、移情、体验吗？这些让人心柔软的场景，是什么时候开始与高中课堂睽隔的？本来最为直指人心的学科，为什么被学生们嫌弃？说到底，直接原因恐怕是屈服于“应试”的实用主义和醉心于“学术”的教条主义。高中三年，高三就是做试卷，高一高二虽说是新授课，但课课练、单元考、学期考、学考、选考，考得死去活来。如果剥离掉应试教学的内容和时间，高中的语文教学还剩下什么？即使剩下的一点可怜的新课教学时间，教师又把一篇篇活色生香的文章，搬到教学的手术台上，做“唯理性主义”的大卸八块，还美其名曰：有学术追求！有学理依据！

也难怪乎，高三学生考后点燃书籍“纸船明烛照天烧”，撕碎试卷化作“千树万树梨花开”。高考结束，很多学校都会出现类似场景。有些学者解读为心理舒压，但我更愿意看作是孩子们对应试教育的厌弃和痛恨！一个人，要对自己的过往有多痛恨，要对接受的教育有多绝望，才能把浸透自己心血、伴随自己生命成长的书籍和试卷，统统一烧了之？我的孩子刚进高一的时候，谈起“革命理想”也不甚远大，就是想当个物理教师，搞搞家教，赚点小钱。经过三年训练以后，根据他自己说，刷题要刷到“条件反射”为止。填报志愿的时候，说什么也不想当教师！这种对教育、对学校的疏离和放逐，是很多孩子的“共情”。

我们只要看看，从小学到初中再到高中，我们那些孩子，表情是越来越清明还是越来越呆滞，眼睛是越来越明亮还是越来越迷茫，说话是越来越文雅还是越来越木讷，脊背是越来越挺拔还是越来越佝偻。这些是外在的变化，如果揆诸内在，孩子珍惜生命的理念如何？对于美的感知力怎样？对未知的领域有悬念和探索的兴趣吗？对诗和远方还有想象力吗？这些内在的一辈子有用的人文素养的培育，虽然不全是语文课的责任，但是，语文课不是人文学科吗？为孩子一生的幸福铺垫，不正是我们语文课首要的任务吗？

输掉了语文，也就输掉了人生！

2017年8月

“反潮流”

四十年前，“反潮流”很时髦，小学生的日记和信件掀起的政治巨浪把教育裹挟上歧路；四十年后，“反潮流”很必要，因为语文教育已经被时代潮流“劫持”上了邪路。

城市化进程迅速改变着中国，以农耕文明为基础的中国语文逐渐遗失了“今生今世的证据”。孔子说读诗可以“多识于鸟兽草木之名”，一部《诗经》就是一个自然合唱团，但现在的孩子生活里，还有这些鸟兽草木虫鱼吗？唐诗宋词里，长亭杨柳象征离情别意，月亮鸿雁传递思乡之情，梧桐芭蕉包含凄苦愁思，梅兰竹菊具有高尚品格，芙蓉连理象征美好爱情，柳营羌笛就是报国情怀……曾几何时，传统农业社会的场景越来越少见了，我们的生活只剩下水泥钢筋丛林，我们怎么会有“闲敲棋子落灯花”的闲适和细腻呢？当孩子的生活经历和知识视野中只有题目和游戏的时候，他怎么能够理解“万类霜天竞自由”的辽阔和豪迈呢？而且，当不知“过春风十里，尽荠麦青青”为何情景的80后、90后都做了教师时，他们还能真切自如地带领学生进入古典诗意的文化场景吗？

积极地“反潮流”吧！走出学校，到公园去，到乡下去，到山上去，到海边去，到那些尚有农耕文明符号的地方去。教育不是从一所学校到另一所学校的过程，教育是和周围世界对话的过程，在对话中获取认识自我和认知世界的能力，实现人的最大发展。天地为师，草木劝人。台湾著名教育家和数学家黄武雄说得好，“学校在窗外”！

应试教育从整体上异化了教育，教育从来也没有像今天那样走向反面：不是让人受益匪浅而是害人匪浅！我们的阅读教学还是老师滔滔不绝地在做机械分解，我们的必修课教学急吼吼地在赶进度，我们的复习教学死板板地在做题目。我们把三年的教学时间压缩到一年半，然后就是模拟卷的“狂轰滥炸”。普天之下，不是这样的语文课还剩几堂？我们的教学还有积累、情景、想象、浸润、感染吗？我们的孩子还会默会、吟诵、联想、顿悟、感动吗？本来孩子们身上的语言基因因为文化血脉还能“一息尚存”，但在应试教育打压下，那点仅存在血脉里的语言基因也就变异、退化了！

积极地“反潮流”吧！想方设法压缩老师在一篇课文里的讲析时间，留点时间让学生自己与语言文字亲密接触吧：即使从头到尾高声朗诵几遍课文也比教师喋喋不休的机械分析要好啊！想方设法增加学生阅读的数量并提高质量吧：没有量的积累哪有质的飞越？囫囵吞枣地自主阅读十篇也比听老师零敲碎打地“精讲”一篇效果要好啊！想方设法开拓语文学习资源、提供语文选修课程“菜单”吧：语文学习的外延与生活的外延相等，孩子们的个性特长和兴趣选择千人千面，合格加特长总比截长补短整齐划一要好啊！

功利主义从来也没有像今天那样成为主流价值，为了目的，不择手段；为了结果，不要过程；为了业绩，不讲常识；为了眼前，不顾未来。学校是为了求得“人的全面发展”的，现在沦为提高考试分数的工厂，教师本是孩子成长过程中的人生导师，现在异化成制造“考试机器”的“机械手”。延续多年的晨读居然可以改成第一节课，中午的课间活动居然可以改为作业课，晚自修管理人员居然可以查禁课外书……叫人读书的地方居然如此反对学生读书！本应烂漫生长的年华竟然禁止课间体能活动！应试如此惨烈，教师无暇读书；资讯如此混乱，教师无法选择；课业压力山大，教师无心读书……教人读书的人居然自己不想也不能读书！学校教育的荒谬和语文教学的危机无以复加！

积极地“反潮流”吧！语文教师不仅要敢于把四十五分钟时间挤出来还给学生，还要敢于课外争时间、抢地盘，增加学生的阅读量，还要善于掌握语文学习环境优化的主动权和发言权，还要惯于在速读时代里保持慢阅读，在浅读潮流中坚持深阅读，在垃圾资讯泛滥中选择经典阅读。沧海横流，立定脚跟，才是中流砥柱；秉持初心，方显师者本色；独善其身，无愧读书种子！

原载《语文教学通讯》2014年第25期卷首语

尊重常识，回归原点

让我们先来看《三字经》里的几句话：

> 人之初，性本善……三才者，天地人。三光者，日月星……曰春夏，曰秋冬。此四时，运不穷。曰南北，曰西东。此四方，应乎中……

《三字经》是什么书？它告诉我们的是什么？大家都知道《三字经》不是高深的哲学著作，而是童稚启蒙读物，表达的不是什么深奥的哲理，而是常识。那么，什么是常识呢？我以为常识就是被不同地域、不同时代的人们普遍地认同的知识，具有普适性；它是人类生存知识和经验的积淀，具有概括性；最逼近事物的真相，最接近客观的规律，具有真理性。

我们再来看一首印度教育诗：

> 把一个信仰播种下去，收获到的将是一个行动；把一个行动播种下去，收获到的将是一个习惯；把一个习惯播种下去，收获到的将是一个性格；把一个性格播种下去，收获到的将是一个命运。

这首印度教育诗揭示了什么？我以为它揭示了信仰和命运之间的内在联系：信仰是行为的原动力，持续多次的行为会形成习惯，习惯成自然，那就是性格了，而性格决定了人的命运。这种事物的内在联系也就是规律。规律是客观的，它不以人的意志为转移；规律是揭示因果的，任何事物的发生都是有前因后果的。规律又具有约束性，它是准则，是原则，是用来遵守的。人类和客观规律之间的关系是顺之者昌，逆之者亡。

中国的《三字经》和印度的教育诗，都是人生的最初读本，它记录了自然的常识，也揭示了人生的规律。常识和规律具有相同的性质。任何领域都有常识，也有规律。教育也不例外。但是，恰恰是最讲常识和规律的地方，也有意外的事情发生。我们来看一则报道：

> 刚升入南京大学附中高一的同学可以松口气了，因为今年学校课改给他们创造了条件，开始试行“教学案一体化”。课堂上不必做笔记，思考、讨论的时间多了，枯燥的学习变得轻松有趣了。(《南京晨报》2004年9月14日)

所谓“教学案一体化”大概是教案、学案印在一起的东西。有了这种东西，学生上课就不用记笔记了吗？围绕课堂教学的常识，我们来追问几个问题：

——“教学案一体化”后，师生除了完成“教学案”之外，还要不要其他的教学活动？

——课堂里的教学活动有没有生成性的内容？

——对于生成性的教学活动，学生要不要记录？

答案当然是肯定的！于是，我们只能得出这样的结论：不顾常识的教学是不符教学规律的教学。如果这仅仅是记者的炒作，尚可以理解，如果真作为新教法推广，那是一定要被规律所惩罚的。

前几年，我在《新民晚报》上看到一则报道：不久前，济南市一所学校规定该校教师“不许以任何方式批评学生”，此事经媒体报道后在上海市的中小学中产生了广泛的反响。批评该不该保留、又该如何进行，成为老师、家长和学生共同讨论的话题。

教育部近日印发《中小学班主任工作规定》，其中明确指出：“班主任在日常教育教学管理中，有采取适当方式对学生进行批评教育的权利。”这说明，在新课程某些理念的影响之下，出现了教师特别是班主任教师不敢管学生、不敢批评教育学生的现象。针对这种现象，我们需要重温教育常识：何谓教育？

——词源学理解：教是教导，育是孕育。

——社会学理解：人的成长是社会规范和自我选择不断调和

的过程。

——教育学理解：表扬是肯定性评价，批评是否定性评价，两者相辅相成，缺一不可。教师放弃批评，就是放弃教书育人的职责。我又想，近几年学生的抗挫折能力大幅下降，跟这种不全面的教育是否有关？

扩而大之，再看看课改新现象。华东师范大学人文学院教授巢宗祺戏言课改第一批试点的省市：广东“风风火火”积极推进，少了稳妥；海南“隔岸观火”观望模仿，少了主动；山东“后院起火”策划欠周，意见较大；宁夏“黑灯瞎火”缺少引领，穿新鞋，走老路；江浙“不温不火”稳步推进，打了折扣。

为什么会产生这样的现象？不能批评这些省市，而要从课程方案本身找根源。一种课程要实施，必须要有基本条件，这也是常识：

——课改需要成熟的课程标准和学科指导意见，但我们的学科指导意见还是部分专家的急就章。

——课改需要适切的教材及教辅资料。但我们的模块教材和延续上百年的学年学期制不相协调。

——课改缺少专职和专业的学科教师。这是新课程最匪夷所思的事情，就是没有专业教师可以开课。

——课改需要相应的课程软硬件配置。理科实验室、艺术教室、综合实践活动室、选修课教室具备吗？通用技术教室，三年内达到每六个班级配有一个专用教室的标准，能达到吗？显然无法回答。

这几个基本条件都没有达到，或者没有很好达到，新课程引起非议和混乱是必然的。可见，要达到新课程的目标——为了中华民族的伟大复兴，为了每一个孩子的发展——真是任重道远。

怎么办？我的想法是尊重规律，回到原点。

郑板桥有《竹石》诗曰：咬定青山不放松，立根原在破岩中。千磨万击还坚劲，任尔东西南北风。这青山、这破岩就是原点，就是规律。随便东西南北风如何刮，我们就是要立定脚跟。

譬如教学，是师生的双边活动，师生应该各自做好分内的事情——教师教师教之师，要成为教之师，就要建造好专业的金字塔：底座是专业知识、中间是课堂艺术、顶端是研究水平。学生学生学之生，就要做好五环节：预习、听讲、记录、讨论、练习。譬如教育，是教导和孕育的过程，教导要规范，规范就是规定你怎么做，然后让你入这个范，你入了范，就说明你符合标准。孕育讲爱心；只要尊重人格，出于爱心，表扬是教育，批评也是教育，所谓“适当的批评”，尺度我以为有两条：于自己出于爱心，对学生尊重人格。再譬如课程，据说原义就是跑道。“跑”是教育和历练的过程，“道”就是为这个过程准备的软硬条件。跑道跑道，首先要有道，学校才能跑，没有跑道，或者跑道不好，学校当然乱跑。所以，新课程首先是好好铺路，然后才能好好上路。

2009年5月

城市之光

很庆幸，我们当中还生活着这样一些人，他们只是中国一千多万教师中的几个。每个人都有普通或者不普通的经历，每个人都感受着这个时代带给教师的迷茫和痛苦，但是，他们又不是普通的教师。譬如郭初阳，他的教学改革引起境内外媒体的关注，香港凤凰台《盗火者》有他的系列采访，他的“越读馆”挑战教育僵化的体制，直接古代书院私塾教育的传统，我们在其中还可以寻觅到民国时期乡村教育的实验精神。最初认识蔡朝阳，是20世纪末浙江省初中教研活动中的一场对话争鸣，他对理论批判的激情曾经冲击着我们日渐麻木的神经，《寻找有意义的教育》里边多了对现行教育的理性思考和深刻批判。更加务实的如宁波的张全民，在教学的空隙，一直行走在大地上，寻找那些行将消亡的人文景观。他不是一个人面对夕阳做凭吊，而是把学生发动起来，让那些古老大地上的证据，镌刻进学生的生命年轮，明白我们从哪里来，将到哪里去。于是有了建筑与文化的课程，有了《看不见的乡愁》。今天，这三位都在宁波“城市之光”的现场，我想到的是——

“城市之光”的阅读沙龙对我们来说意味着什么？

这三位老师的所思所想，所作所为，显然已经超越了一个普通教师的境界。对当下教育的深刻忧虑，对教育改革的大胆探索，对社会乱象的犀利批判，对文化建设的勇敢担当，所有这些，都是一个人文知识分子的情怀、胸襟和责任。

在“商场越建越大、书店越来越少，电视里的娱乐节目层出不穷、生活里的文化活动越来越少”的当下，在美轮美奂的万达广场，居然还有一点“城市之光”，在灯红酒绿里发出自己的光芒，还能举办并没有什么利益的阅读沙龙，这是我们宁波的荣幸，也是宁波的骄傲。我以为，宁波的品味，不在于建了几个万达广场，而在于有多少盏“城市之光”，有多少像今晚一样的阅读沙龙。

今天来参加活动的读者，对我们来说意味着什么？

尽管在校学生越来越多，但是真正的读书人越来越少，这是不争的事实。你们是这越来越少的人中仍然坚持进书店的少部分人之一，更可贵的是，你们进书店不是为了给自己或者子女买教辅资料，而是为了聆听一场于考试并无多少作用的讲座，一次于工资收益并无瓜葛的阅读沙龙活动。今天，万达广场的人流量也许数以万计，但在这个书店里的人，只有寥寥百来人，但恰恰是你们这一群人，在这个城市里代表着对于精神世界有着独特追求的人，因为你们的存在，城市才能够熠熠生辉，从这种意义上说，你们才是真正的城市之光！

2015年9月

寻找参照物

说起民族精神，我想起了苏轼的诗句：

横看成岭侧成峰，
远近高低各不同。
不识庐山真面目，
只缘身在此山中。

——什么是民族精神？如果把“庐山”比作“民族精神”，那么，不同民族的“精神”有不同的语言表现。草原游牧民族逐水草而居，所以有“敕勒川，阴山下，天似穹庐，笼盖四野”的吟唱；中原聚居民族安土重迁，所以文学史上“乡土”母题经久不衰。不同时期的民族精神有不同内涵。在内忧外患之时，抗战时期重庆大剧院的《屈原》才能火爆，而在多元文化融合的今天，《色·戒》也才能进入人们的视野。不同的国家观念对民族精神有不同的看法。在都德的《最后一课》里，我们感觉到语言就是民族，就是国家的另一种表达，而在全球化潮流迅猛的今天，有人却认为“民族精神”是一个难以定义的概念。

——什么是语文教育中的民族精神？既然难以界定“民族精神”的外延，也难以穷尽“民族精神”的内涵，那么，我们只能在语文教育这个领域里，就中华民族共同的心理倾向，如人格特征和行为习惯、语言特点和思维方式、情感倾向和审美趣味等，做一个有限的认识。同政治意识形态相比，这些，可能是更为本质的“精神”。譬如都说中国是一个“诗国”，因为中国没有成熟的宗教，所以，诗就成了士大夫文人的精神寄托。又因为中国人好以形象来思维，所以诗歌成了对世界的隐喻。即使在诗歌说理渐见端倪的宋代，苏东坡仍然要借助于“庐山”来表达距离、角度对于认识事物的影响。可见，有怎样的民族心理倾向，就有怎样的民族文学表现；可见，从民族心理倾向出发去理解语文教育中的“民族精神”，比仅仅从“意识形态”高度去理解语文教育中的“民族精神”可能更加到位。

从苏东坡的诗歌里，我们知道认识一个事物，固然要深入其中，但有时做有距离的观照，反而能认清事物的真相。譬如如何认识汉语文教育中的民族精神？或者如何从语言文字中破译汉民族的心理密码？我们可以来比较几首小诗。

王维的诗《辛夷坞》：

> 木末芙蓉花，山中发红萼。
> 涧户寂无人，纷纷开且落。

诗人描写辛夷花花瓣初开，像芙蓉一样美丽，然而它生长在绝无人迹的山涧旁，没有人知道它的存在，只好自开自落。诗人的心境，也是如此。置身寂静的山涧，面对花开花落，他似乎已忘掉自身的存在，而与这自开自落的辛夷花融合为一了。无独有偶，日本的佛学巨子铃木大拙在《禅与心理分析》中，提到17世纪日本诗人松尾芭蕉，曾做过类似的观察：

> 当我细细观照时，
> 只见那荠花开放，
> 在篱墙脚边！

可以想见，当松尾芭蕉在那偏僻的乡村小道上，发现了这一株几乎被人忽视的野花绽开在篱笆旁边时，内心何等感动，他感到这朵小花开得如此纯朴，如此谦恭，但又是那么温柔，洋溢着圣洁的光辉。正是荠花的谦卑和含蓄，唤起松尾芭蕉由衷的赞叹，让他在每一片花瓣上都读出生命或存在的奥秘。铃木大拙先生也曾举过类似的例子，日本女诗人千代尼也有一首俳句：

> 啊，牵牛花，
> 把小桶缠住了，

（我）去提水。

那是六月的一个早晨，女诗人前去打水。一夜之间，井边的水桶被牵牛花的藤蔓缠绕着，牵牛花的蓝朵，就在古井和木桶间开放。这是多么打动人心的一幕啊！然而她只是说了一句："啊，牵牛花"。但诗人的心被打开了，她因此体会到了花的一切意趣。西方诗人也是如此，我们来看英国诗人丁尼生的一首诗：

长在颓垣破墙上的小花，我把你从隙缝中拔下；
——把你连根带花置于我的掌中。
小小的花啊，如果我能知道你是什么，
连根带花，一切一切，我就能知道上帝和人到底是什么。

丁尼生说过："如想认识神，可从一朵小花开始。"他认为认识了一朵小花的奇妙，就认识了造化神的伟大。所以他把小花"连根带花"拔下，置于自己手中看着，这也是专心致志的观察，很可能他同松尾芭蕉在路边发现一株荠花时有着近似的情感，可丁尼生的观察，更富于认知的理性和推演的逻辑。看着拔下来的花，他站在花的对立面追问：我了解你吗？你为何有如此的花瓣，这样的叶脉？你的花叶茎根为何这般和谐？于是诗人想到了生命、人生，想到了造化、上帝。这是典型的西方式的智慧：人站在自然的对立面，用理性审视一切，而在人之上，又有神来审视人的理性。

就在上面几首短诗中，我们可以读到共通的东西：诗人面对自然，都会进入一种物我融合、神遇物化的意境。正如叔本华在《作为意志和表象的世界》中所说："每当我们达到纯粹客观的静观心境，从而能够唤起一种幻觉，仿佛只有物而没有我存在的时候，物与我就完全融为一体。"这就是"宁静的观照"。他们都会在自然界那些卑微的花朵中产生感应、感动和感悟，感应"人化的自然"，感动生命的伟大，感悟存在的神秘。

但是，我们也能在几首诗中领略东西方民族在"观照"和"表现"上的不同风格：

王维注重整体感知，追寻一种天人合一的意境，他被寂静的辛夷坞、生动的辛夷花构成的整个氛围所包围，这与中华民族习惯于整体思维有关。松尾芭蕉和千代尼注重细部观照，他们的目光和感动集中在荠花和牵牛花上，松尾芭蕉和千代尼颇具佛心，所以善于在细微处发现伟大，在谦卑中感受圣洁。同为东方民族，他们对于事物的感知方式是一样的：带着一种善感的心灵，一种怜悯的情怀，一种整体的观照，去感受生命，去顿悟存在。丁尼生也被小花吸引，但是，他不管是辛夷还是荠花还是牵牛花，对他而言，这是一个“类”，千姿百态、各具名称的花朵，在他的目光中被概念化了：统称“小花”。他要破解的是“花”这一种类的本质，其背后的神秘，他首先不是被卷曲的嫩枝、微张的花瓣这些各具形态、各有色彩的外在形式所感动。于是，他采用了东方民族绝不采用甚至坚决反对的方式：以结束“小花”的生命和形态的完整的极端方式——连根带叶地拔下！置它于手掌心，细细观察。这不是怜悯，不是欣赏，而是近似于自然科学的逻辑分析和理性反思：“观”花叶之微小，“察”造物之伟大。

毛泽东说，有比较才有鉴别。语文教育与民族精神教育也是如此。同言语形式一样，民族精神的理解，也要寻找参照物，在比较中认清语文教育和民族精神的本质，从而站在现代立场上，做出更好的传承。

2009年12月

隐形的翅膀

“不畏浮云遮望眼，只缘身在最高层”，说的是登高望远，游目骋怀，境界阔达。每年暑假，我们都会安排培训游学，登上象牙塔高处，瞭望世界。十几年下来，几乎跑遍了国内著名的高校。当然，到外国的象牙塔是需要一定的级别的，我辈无缘登临。

常有领导说培训是最大的福利，好像培训是锦上添花的意思，其实应该理解成雪中送炭，是必需品。时代发展至今，资讯已成云海，知识改称为“信息云”和“大数据”了，我们凭着马齿徒长积淀的人生经验，会被“划划一族”（划屏）所不齿，据说在新新人类面前，我们就是古老生物。如果不加快知识的更新迭代，就会被后浪拍死在沙滩上。特别是教研员角色，平时发发通知，搞搞活动，评评奖次，岗位决定地位，职业就是专业。听惯了好话，看多了鲜花，不思进取，师心自用，跟别人的落差，就会被遮蔽，真的便以为“走遍天下，不如宁波江夏”了。

印光大师云：“人有小智，未闻大道，每执己见，以为最妙。坐井观天，所见者小，若登高山，前见自了。”于是，去异地寻求别样的人们，听取高论，就成了我们每年暑假的选修课。四十年前，我从宁波师专的教学点出来，自感出身低微，先天不足，所以对于“清北”这类学府，不胜羡慕仰望。有一年在清华大学的培训会上，我曾有过几段抒情：

◎让我们在远处眺望！

苏轼说过“横看成岭侧成峰，远近高低各不同，不识庐山真面目,只缘身在此山中”。教研员作为学科研究的专业人员，整天在学科的大山深处跋涉，我们常有山重水复疑无路的困惑。但是，当我们跳出学科，从更高远、更广阔的背景中，鸟瞰我们的学科时，我们可能会把学科这座大山看得更加分明。前四期，清华的导师们给我们讲授了他们卓有研究的课程。这些课程虽然不是直接的学科专业课程，但是对于我们建构学科的知识背景框架是非常重要的。如果说，我们只关注了一棵树，你们则给了我一片森林！

◎要把心智的杯子空出来！

有一个流传很广的故事，有各种版本，雷同的情节是：南隐是日本明治时代著名的禅师，一个年轻人来南隐禅师处问禅。南隐禅师以茶相待，他将水注入年轻人的杯中。杯子满了，南隐禅师好像没有发觉，继续往杯子里注水。那年轻人提醒南隐禅师说："杯子满了。"南隐禅师泼掉杯子里的茶水说："到我这里来问禅，你得先把自己的杯子空出来啊。"教研员很容易成为那个学禅的年轻人，因为我们都有十几年、几十年的专业修炼，自以为真理在握，但有时候真正的规律和道理容易被习见和偏见所遮蔽。所以，到清华的课堂里来，我们要把心智的杯子空出来。

◎如切如磋，如琢如磨！

据说周平王的卿士武和，是一个美男子，辞令文章好，管理才能好，是个典型的"三好生"。《诗经·淇奥》使用"如切如磋，如琢如磨"来赞美他。原意是，武和这个人啊，国之大器，玲珑剔透，真是一个难得的君子啊！后来引申为学问上的互相研究和探讨。我们虽然不能穿越到周平王时代，但是，我们可以把这次研训作为一个"如切如磋，如琢如磨"的过程。我们把心智的杯子空出来，并不意味着放逐自我。高校的教授专注于理论的贡献，而我们，有着丰富的实践经验，任何一个实践案例，都有着理论的含金量，希望我们能够和导师积极互动，真正做到教学相长！

现在看来，这些话是作为教研室的代表说的，当然有一点勖勉和叮咛的意思在里头，但未尝不是发诸肺腑。本人从小不自信，自卑心与生俱来，所以也特别珍惜这样继续教育的机会。当年读到《古诗十九首》“昼短苦夜长，何不秉烛游”之句，丝毫没有及时行乐的想法，倒是联想起“师旷老而学，犹秉烛夜行”的典故。如今年届退休，老而好学，虽精力、记忆都大不如前，但人行暗夜，有“秉烛之明”总比暗中摸索要好。

张韶涵唱的《隐形的翅膀》，有一段歌词很好：

> 不去想他们拥有美丽的太阳
> 我看见每天的夕阳也会有变化
> 我知道我一直有双隐形的翅膀
> 带我飞给我希望

其实每个人都有一双翅膀，天生就要飞翔。但翅膀会被雨水打湿，会被猎手折断，也会因为自我松懈而下垂。有组织性、有功利心的培训，固然让我们的翅膀更强劲有力，但是飞翔于智慧天空，原是人类永远的梦想。没有培训之类的继续教育，人们也不会放弃对新知的追求。飞得更高、更远，见到更多、更新，永远是人类飞翔的不竭动力。因此，在那次清华培训会发言的最后，我借用《隐形的翅膀》借题发挥：

> 如果说在校生是美丽的太阳，我们，这些曾经历过大学时光，现在正在过着专业生活的教研员，已经开始从朝阳变为夕阳了。正像张韶涵唱的那样，我们也有一双隐形的翅膀。清华，是我们从年轻时代就向往的地方。书生老去，机会方来！感谢清华，我们这些沉重的翅膀也要开始飞翔了！

2017年暑假

钟山问道

昨天晚上途经高速公路，看到“龙场”二字，不禁心中一动。这不就是王阳明到过的地方吗？那是明武宗正德元年，因反对宦官刘瑾，王阳明被廷杖四十，谪贬至贵州龙场当驿丞。在龙场这个偏僻又艰苦的环境里，王阳明回首前尘往事，反省人生遭际，在一个寂寥的夜里，忽然有了顿悟：“圣人之道，吾性自足，向之求理于事物者，误也。”他认为心是感应万事万物的根本，所谓“良知”原在自己心中。龙场，就这样嵌入中国知识分子的心中；那个夜晚，在几千年漫漫长夜中，因此敞亮；那次反思，在中国文化史上，就叫“龙场悟道”。

王阳明的老家，就是现在的浙江省余姚市。作为王阳明的老乡，在离那个晚上五百年后的一个夏天，我曾追随着古圣先贤的足迹，带着一批宁波名师和特级教师，到黔东南州和黔西南州支教，感受到贵州的多彩的风景和淳朴的民风。在支教的日日夜夜里，我们穿行于高山巨谷之中，时常用手机记下感动的细节。那些真诚的打油诗最后收在《何处是家园》的散文随笔集中。我记得结束在黔东南州的支教，前往黔西南州，丹寨民族中学肖校长亲自到三都县迎接，把我们“截留”到学校里，用过午饭后，又亲自驱车，送我们至麻江县边境，临行惜别，宾主依依，地主之谊，令人感佩。于是我在手机里写了这样几句顺口溜：

起程返贵阳，途遇肖校长。
引领自三都，陪护达麻江。
双手有温情，四目噙泪光。
开窗再相问：几时到丹寨？

转眼就是十四年过去了，肖校长不知何方任职，但十四年前的热忱未曾降温。与王阳明相比，五百年天翻地覆，沧海桑田，现代科技拉近了贵州和东部的距离，但我仍然坐了两小时的飞机，再转三小时的汽车，经过龙场，来到此次支教的目的地六盘水市钟山区。当看到“高中教育园区”，听了按照“中国好课堂”标准打造的课堂后，当初仅有的长三角地区的一点自信，很快就没有了。现在我要真诚地说，我们到钟山不是来送教或者支教的，而是来“问道”或者“悟道”的。

虽然，我们有“高教园区”，但有“高中教育园区”吗？没有，那些鳞次栉比的巴洛克风格的建筑，让你怀疑时空穿越。

虽然，我们有教研活动，但有“裸眼3D”签到方式吗？有如此好的数字化表现形式吗？没有。更没有体验过休息期间，还能用手机“拔河”。

虽然，我们有常态课堂，但有这种标准的“中国好课堂”吗？没有，更没有如此淳朴的，不断“聚焦”“倾听”的孩子们。

除了送教及支教之外，我们还被礼聘为专家，观摩了钟山区的课堂。我在双方互评中，表达了对贵州课堂的良好印象：

> 第一堂课《小狗包弟》有四点值得学习：第一，学生活动的形式。整齐划一，而且训练有素。当我刚听到“聚焦”“倾听”时，不免有些违和感。这不是操练吗？但转念一想，怎样集中大家的注意力？怎样让发言者更加重视自己的发言？这不失为一种好的方法。第二，学习的内容。几块黑板上的六个问题，全来自学生，都是现场生成。什么叫以学生为本的课堂，这就是。第三，学习的状态。集体在场，充满自信。我也到过一些实施“先学后教、以学定教”模式的学校，我也曾经拍下录像回放，有些学校的小组合作学习，居然有三分之二的学生是不在场的，但今天每一个孩子都在场，都投入。第四，学习的质量。既符合应试目标，又关注核心素养，甚至还有社会关怀。大家都耳闻目睹，我不再举例。
>
> 第二堂课《囚绿记》有两点让我感到别开生面。散文是什么？散文教学的关键在哪里？王荣生老师表达过大致的意

思：散文就是作者人生经验的个性化表达。散文教学要重视作者经验和学生经验的对接。我一直在想，作者经验如何才能跟学生的经验“对接”呢？今天，我得到的启示是，理解和表达就是“对接”。而且，散文的理解是有不同的方式的，诗、画、舞、歌、演讲，都可以是表达自己理解的方式。第一，没有听课之前，我万万想不到对于《囚绿记》的理解，是可以这样表达的，我为郑老师富有创意的设计点赞，虽然这样的形式还需要接受散文教学“脱离文本向外走”的考问。第二，我为孩子们精心的准备、认真的表现而感动。为了这堂课，孩子们是要付出极大心思的；孩子们的集体荣誉感是强烈的，孩子们的文学感受力是敏锐的。当然，这样的课要我来推广，我还要给自己一个提醒：我要考虑到投入与产出的关系。我要花费多长的时间才能准备这样的课堂？但定位为成果的展示课，我想，这也是可以的。

作为送教名师之一，浙江的谢澹老师带来了她的作文指导课。那时，谢澹是浙江绍兴的名师，当然，她的课已经远远超越了像我这样的特级教师。作为一次作文指导，这是一堂高效的常态课。高效，主要是因为她抓住了过程指导。她铺设了几级台阶：第一级台阶以三幅图像作为案例，概括出策略；第二级台阶用两句名言，让学生来试用这样的策略；第三级台阶用高考模拟作文题，来实践这样的策略，目标是让学生的观点做到准确；第四级台阶的目标是让学生的观点更加深入；第五级台阶让学生的思想更加深广，想到教育为什么的问题。这就是典型的写作过程指导。那堂课给组织者冯恩洪校长留下深刻印象。自此，每年暑假，冯恩洪校长的“中国好课堂”项目，都会邀请她到贵州送教，当然，如今谢澹老师已经是浙江省非常优秀的特级教师了。

王阳明的“龙场悟道”，也许是他“格竹”失败之后的顿悟，但以往总是被批为唯心主义。今天看来，“吾性自足”“心外无物”，可能是对这个世界的终极认识。“薛定谔的猫”是量子力学著名的实验，证明没有意识的介入，我们对于箱子里猫的判断，都是虚妄的。意识是什么？就是心，就是感、知、情、意，如果没有它们，就没有知行合一。有了这颗心，就有了五百年前的开悟和播道，就有了五百年后的名师支教，就有了今天的钟山问道。

2017年11月

·校　园·

沙柳的锦瑟

双鬓繁霜，一脸倦容，李商隐显然已近“知天命”之年了。他面对着一张花饰精致、色如锦缎的瑟发呆，眼前仿佛出现心爱侍女锦瑟的模样。只见锦瑟慢慢举起手，纤纤玉指轻快地拂过垂直而繁密的丝弦。轻拢慢捻抹复挑，锦瑟连续响起“适”“怨”“清”“和”的变奏。一曲终了，余音绕梁。诗人轻叹一声：锦瑟无端五十弦，一弦一柱思华年。转眼就是五十年了！

流年如弦历历在，往事似音不复见，这种惝恍迷离之感，我在“知天命”之后也经常产生，尤其是到了沙柳这个地方。

天台山脉逶迤南下，清溪水源远流长。沙柳就处在三门湾旗门港的山水之间。1981年的沙柳镇，还是宁海县最南面的一个公社，翻过一个岭头，就是三门县。那年我师专毕业，分到沙柳中学，这个处于两个地区边缘的小镇，就成了我人生的起点站。

今年暑假里一个很好的艳阳天。儿子新婚燕尔，我提议和他们一起到乡下走走。象山、宁海、三门、临海……三门湾沿岸是我们曾经驻足的地方。我企图用足印串联起今生今世的证据，带领他俩走进父辈的过往。儿子欣然允诺，儿媳怡然相从。

沙柳中学早已搬迁，我工作过的地方，已经改造成崭新的沙柳中心小学。橙红色的塑胶跑道代替了沙砾地面；黑瓦青砖、木质楼梯的教学楼不见了，橘色的办公楼上国旗飘扬；原先低矮简陋、鸡鸭成群的食堂地面上，四层教学楼焕然一新；楼梯吱呀作响、墙上刷满语录的教师宿舍已经被花园替代。只有夏日骄阳，恒久不变，它洒下来的光，落在古老的樟树上，鲜明发亮。古樟脚下，那口终年不涸的水井，冬暖夏凉，如今只留一洞窈然，为了安全，还覆以井盖。儿子饶有兴趣地说起，他第一次来沙柳镇，曾到我当年的寝室里去踏看，那走廊过道上，还写着“最高指示”：学制要缩短，教育要革命，资产阶级统治学校的现象，再也不能继续下去了……他提议再去“瞻仰”我住过的宿舍，我告诉他，我最初栖息的房子，早就化作草坪绿植。

是的，古旧的楼房，腐蚀的地板，斑驳的标语，曾经的校园，都会被时间风化，但记忆，就好像镌刻在沙柳小学那棵老樟树的年轮里，历时愈久，便愈加鲜明。

庄生晓梦迷蝴蝶，望帝春心托杜鹃

> “昔者庄周梦为蝴蝶，栩栩然蝴蝶也。……俄然觉，则蘧蘧然周也。不知周之梦为蝴蝶与，蝴蝶之梦为周与？”这是物我之变与到主客同化。杜宇号为望帝，死后化身杜鹃，每年春天，啼鸣不止，若合符节，这是季节变换但执念不变。时刻变化着的人事物理中，也有着亘古如昨的东西，一如眼前几十年不变的清溪，潺潺向东，又何曾一刻消停？

那时麻将刚刚兴起。课余饭后，节假双休，我们都会打上几圈，怡情养性，消遣光阴。直到现在，我一直对几十年前的同事牌友，敬佩万分。他们可以做到不看我的牌，就知道我会打出“白板”，最后等着我那张“白板”“单吊”和牌；他们会做到留着完全无用的“九万”，让我六九万和张的一色牌“黄”掉；他们会在我开始“听张”的时候，就知道我“听”哪几张牌。在我的心目中，他们是魔术师，是心算师，还是国学大师：什么摘下家，吃上家，碰对家，中国式的智慧运筹于十三张牌中，炉火纯青。我在他们的心目中，不是“千年徒弟”，就是“麻将屁儿”。屡败屡战，通宵达旦，直至减了腰围。经过体力极限消耗、自尊心被降维打击后，我终于悟出：世事我曾抗争，成败不必在我。

除了麻将，还有《少林寺》、邓丽君。李连杰单腿独立的醉拳劲道，胡坚强虎视眈眈的南拳虎爪，计春华狡狯毒辣的反臂鹰爪，于承惠的寒霜长剑，再加上《何日君再来》犹如耳语，《美酒加咖啡》颓唐小资，《夜来香》哀转久绝。一文一武，一张一弛，一动一静，一刚一柔，极大地满足了荷尔蒙升腾而书卷气十足的我。

除了读书不辍，朝歌夜弦，我也订阅杂志，《语文学习》和《武林》跟我多年。《语文学习》里有钱梦龙的《愚公移山》，《武林》里有金庸的《神雕侠侣》，还有刚劲实用的“军体拳”。那时年少轻狂，有力无处使，每天上单杠，抓吊环，含胸拔背蹲马步，双手抓砖练冲拳。功夫不负有心人，也能做到“鲤鱼打挺”一跃起，谭腿劈掌拳带风。俗话说“艺高人胆大”，我是“艺”不高而“心大”。一天下午体育课，看到几个社会少年在操场上抢夺篮球，捣乱体育课，小同学敢怒不敢言。我刚好路过，劝阻不听，便夺过篮球。少年们不依不饶，上来抢夺，我便一个耳光过去，也不知打着谁了，只见这群少年骂骂咧咧，悻悻然离开。

老到的同事便提醒我注意，沙柳民风强悍，小心报复。到了晚上，果然，宿舍楼下汇集了几十个人，叫嚣不止。那时也是血气方刚，想要一人做事一人当，便毅然决然下楼，留校的老师也闻声下楼“保驾护航”。其中一个身材高大者，捉对和我厮杀。他直拳取我面门，我是着实挨了两拳。我连出几拳，不是鞭长莫及，就是被他跳跃避开。我只好迂回步法，在他的侧面擂回两拳。而几个白天“吃亏”的少年躲在我身后，捉便宜踢了几下，在我的裤腿上留下鞋印。打架是闪电式的，马上被留校的教师和沙柳的朋友拉开了。那是我第一次以少敌众的“实战”，应该算是以失败告终。那时身体壮实，第二天照样在走廊里练踢腿。一个姓王的老师见状，打趣说：对手人高手臂长啊，你打了几拳都够不着他，我当时就叫你踢腿！踢腿！你不听啊！你如果踢腿的话，刚好能够踢倒他啊！

学校的老师，很是齐心，他们第二天就停课，几个本地老师到公社请愿，中心学校校长也向当地派出所施加压力，说是褚老师为了维持体育课秩序，本无大错，校外人员晚上赶到学校殴打老师，性质恶劣，如果不严肃处理，就全体罢课。当地政府和派出所只好责令对方具结悔过，在街上张贴了事。

今年暑假，沙柳朋友邀我到他家吃饭，遇到了一个中年村干部，戴着斗笠，胖乎乎的样子，遇到我轻轻地喃了一声“褚老师”，便沉默寡言。我一直想不起来他的名字，印象中也没有这个学生。事后，沙柳朋友笑着告诉我，这就是当年和你打架的小年轻。我顺便问起当年“参战”的战友，朋友说，有些老了，有些走了！

“劫波渡尽兄弟在，相逢一笑泯恩仇。”当初“参战”的人们，当然不是“兄弟”是“对手”，但也不是敌人。彼此年轻气盛，以拳头论理，现在想来也可理解。时光是个强大的东西，带走了朋辈，催老了人生，消弭了意气；纵使相逢应不识，更遑论快意恩仇了。

至于对邓丽君的迷恋，源于青春期的审美体验。我在散文《永远的黑胶巨星》里写道：

> 纯情似水的杏眼，端庄匀称的脸相，温婉亲切的笑容，清新贤淑的仪态，散发着典型的东方之美：善良而真诚，圆润而和谐，中庸而平和，内敛而含蓄，娇媚而温柔……

听惯了“美酒飘香歌声飞”的雄浑阳刚，邓丽君的“靡靡之音”无孔不入，它渗入你内心最柔软最隐秘的地方，诱发你最纯真最怅惘的感喟和哀伤。

那时，只要是邓丽君的歌，我是逢歌必学的。为此，我花了五十多元，购买一个“燕舞牌”收录两用机。那时月工资还只有四十元呢，也算是“孤注一掷”，颇有点玩物丧志的味道。现在“千金要买自中意”的习惯，可能源于此时。为了得到更多的邓丽君歌带，1982年的暑假，约几个同事，趿着一双拖鞋，到泽国、去柳市、下温州，淘来了好多录音带。80年代初，邓丽君已经渐有退意。她不知道自己的魅力，让一个二十出头的大陆年轻人，带着整个月的工资，在温州的大街小巷里，闻声而至，寻愁觅恨。有时候爱屋及乌，把那个随时编词、张口即唱的张帝，也买了过来。于是，一连几个月，宿舍楼东边的一个房间里，经常会飘出《月儿像柠檬》的歌声，从舒缓的抒情，到急迫的呼唤，回环往复，哀转久绝。

可以说，对音乐的认识，启蒙于邓丽君。后来因为调动，“燕舞牌”折价卖给了同事，那些曾经响彻我青春岁月的磁带，渐渐失散，最后彻底不见。倒是那套美国进口的音响，是二十五年前花五千元买的，那时的五千元相当于现在数万元吧。在路桥朋友的音响器材店里，他为我仔细地调了音，现在听来，还是高低音分明，很是过瘾。如今，我的汽车里，还珍藏邓丽君全套CD碟片，但发声的黑胶唱片巨星，早在1995年5月8日，在泰国清迈的一个宾馆里，驾鹤而去，魂归九天。

沧海月明珠有泪，蓝田日暖玉生烟

> 月华皎洁，碧波荡漾，南海中的鲛人边织绡，边思念着远方的爱人，不禁黯然泪垂，那眼泪滴在刚刚织就的鲛绡上，便化作颗颗晶莹剔透的明珠。而远在西陲的蓝田，温暖的日光穿过金光灿烂的树叶，洒在抱玉怀珠的土地上，氤氲之气便冉冉上升，远看却在，近看似无……

那些被真情浇灌的明珠，今天在哪里？那些未被琢磨的璞玉，埋没在哪块大地之下？如今还能散发出氤氲之气吗？

教室就在一排小瓦房里，窗外青草摇曳，墙角小花嫣然。一个人字架顶起屋顶，两堵蛎灰墙隔出教室。教室里只有油漆剥落的黑板，草绳缠绕的课桌，没有投影设备。一本书、一支粉笔、一张小黑板，是我们教书的全部行当。“斯是陋室，惟吾德馨”，我们的备、教、改、辅、考，却极为认真。那时的乡村学校，实习时对我们的要求相当规范，再说我们是科班出身的大学生，天之骄子，自我期许也高。每每备课，搜肠刮肚，旁征博引，不敢稍有差池。当时宁海县教研室的语文教研员，是张崇老师，一个极为严格、极有专业公信力的教师。他对这一批分配到全县各地的师专生，一路听过来。那天他来到我的课堂里，我并未做过什么特别的准备，事先也不知道他来听课。我忘记了当时上了什么课，只记得张崇老师听了我和王光永老师的课后，对我说，如果你的课和王老师的课加起来除以二就好了！当时我对于课堂的感觉，懵里懵懂，等我能真正理解“加起来除以二就好”的微言大义，张崇老师已经作古了。

还有一天，我正在上课，窗外慢慢升起一个人头，在窗棂间忽隐忽现。等到下课，那人走过来招呼，才知是我的老乡王三平，当时他是正规的宁波师专本部毕业，分在桑洲中学。1978年复习迎考的时候，我曾住在他家很久。那时，他有一节写作课，被张崇老师推崇，我便知他的教学在我之上。我连忙问候，请到办公室喝茶，问起他的“偷听印象”。他谦虚地说：我粗枝大叶，不像你讲得细。这时候，我已经知道，他在善意批评我的课堂不灵动，欠开阔，太斤斤计较于字词句了。许多年以后，我们在宁波相遇，他开着刚刚上市的奥迪Q7，来到我的培训会场，我拿过他的钥匙，第一次享受了驾驶大型SUV的乐趣。这时候，他已经不谈课堂教学这种“雕虫小技”了。世事难料，人情纷纭，又过了若干年，我为了他的教职，曾跟他有过短暂的联系，如今不知三平老兄在何方。

那时候，整个学校，正式大学生就我一人。学校凡有教研活动，我就是“顶家旦”（主要角色），学校招待客人，我是乐此不疲。于是《论雷峰塔倒掉》的法海和白娘子、《愚公移山》里的那个“始龀”的孩子，《小桔灯》里比画着“那时我们都好了”的小姑娘，都曾来到我的课堂。有些孩子，受到我的“蛊惑”，居然也喜欢起语文来。周瑞园同学，是身材颀长、脸孔白净的一个小男生，周记总是有漫长而细腻的叙事，直至毕业后，他还会发给我小说，我也着实将其推荐给当时县里的文豪刘克英先生，刘克英先生本着呵护后进的好意，给我回了长长的信札。但是，周瑞园同学终究没能考上高一级的学校，生活的尘埃覆盖了他的文学种子。据说后来他成了一个手艺人，不知在何方书写生活的故事。周衍达同学则是身材不高但思想很有高度的男生，他的作文、周记，谈笑风生，颇能雄辩，但日常交际，又谨言慎行，一双眼睛，总闪烁着聪明狡狯的光芒。这样的男生，形象思维和逻辑思维俱佳，应该有更好的发展，但是，时运不佳，他仍然没能得到文曲星的垂青。三十年后，我偶尔接到他的一个电话，才知道，他现在混迹在宁波的人流里，随着命运之流载沉载浮。唯一还跟文字打交道的，是叶爱明同学，我在一篇《沙柳尽含烟》的散文里，颇为详细地描述了我和她的故事。她小学时天资绝好，语文成绩一枝独秀，初中即发表作品，高中未进重点，大学遥不可及，如今在当地派出所里做一个临时文员。岁月静好，生活安稳，据说快要退休了。

此情可待成追忆，只是当时已惘然

> 还是那个李商隐，还是那个凝神谛听的片刻。只见他双眉微蹙，双眼空蒙，前尘回首，怅触万端：那些逝去的人事光影，哪里是到现在才成为追忆啊，在当年行乐之时，我就已经觉得世事无常，盛筵必散了。人生登场，必有下场之时，生命的热闹里，早已含着萧索。那些触动人心的人事好像还在眼前，转瞬间就惘然不见了！

相较于如今这个时代的滥情，那些曾经的情感微澜，虽然幽微短暂，却也真诚纯粹，属于珍稀级别了。

20世纪80年代，社会结构二元，农业户口和居民户口还是壁垒森严，待遇各别。考上大学，国家分配，吃上皇粮，从此告别“草鞋”，穿上“皮鞋”。但具有居民户口身份的人群中，教师的地位并不高。“七讨饭八教书”，虽然不是社会共识，但偶尔还会在人们的词库里冒出。在千军万马中挤过独木桥的我们，非常珍惜那张“干部履历表”。

说实在的，我的心理发育要早于生理发育。少年时期的孤独和贫瘠让我很早就感知到人情冷暖和世态炎凉。两年大学专科，我在同学们的心目中，仍然是“宁海小鬼”。那时男同学的目光聚焦于班级仅有的几个女同学身上，而我的同桌，就是一个女生，可我整整两年，目不斜视，手不逾矩，以至于若干年以后的同学聚会，她居然把我认作是同学的司机。

在食堂的精肉炖蛋和青菜汤的营养之下，胡子渐长，喉结凸出，声音开始变得雄浑起来，大学就宣告毕业了。那一年，我到沙柳中学，年龄刚二十岁。当时，那个早我一年分到学校的年轻人，课余时间，总喜欢跑到沙柳供销社的柜台外，今天买一本笔记本，明天买一支圆珠笔。我就纳闷：怎么笔记本和圆珠笔消耗得这么快呢？人到中年的王老师哑然失笑：你啊！消息落后了，供销社卖文具的那个姑娘，是居民户口啊！原来如此啊！于是，我抽个空，也去“瞻仰”那个居民户口的销售员，只见她长得颇具唐风，身材丰满，面如满月。那时候，我对女性的好感并未觉醒，审美水平还有待于提高，总之，“瞻仰”之后并未受到什么感化。而那个勤于消费的同事，也许是经济拮据，也许是审美自觉，以后反正也不太上供销社了。

除了工作，还有习武，除了习武，还有歌唱，岁月就如沂水春风那样静好。直到有一天，葛圣标同学，带着他的女朋友来到沙柳中学看我时，我才意识到，人生还需要有一个女朋友的。在这个方面，我是一个两栖动物。生活让我过早懂得人世间的现实主义，找对象要门当户对，要讲究条件对等，要找个居民户口；邓丽君的曼妙歌声，又使我相信爱情的浪漫主义，无故寻愁觅恨，有时似傻如狂。而现实主义和浪漫主义要在择偶中结合，你就会觉得，川端康成说的美是难的，真是至理名言。

对我的生活开始关照的人还是出现了。那时，老家来了一个新疆姑娘，身材高挑，唇红齿白。老家有好事的同伴，想挽留她，便有意无意地介绍我们认识。那姑娘喇叭裤拖地，开口京腔京韵，与村里人颇有些格格不入，遇到一个可以用普通话交流的人，话匣子也就打开了。我知道她来自新疆生产建设兵团，知道她高中毕业，知道她不可能在这里找工作。我们谁也没有点破好事同伴的美意。她将要回到西北的时候，提议到我工作的地方看一下，我欣然答应，陪她在校园里逛了一圈，又逛了一圈，还逛了一圈。然后，她说：“我要回去了。”“好吧，那我送送你。”我就陪着她，有一搭没一搭地聊到沙柳岭头，渐渐能望见武岙村落里的炊烟了。她说“你回去吧”，我说“好的，你走好”。于是，一个朝东，一个朝西，就此别过，此后再无音信。如今，连她的名字都忘记了。

因为单身，礼拜天也就蜗居在校。那时，校园是开放的。因为邓丽君的缘故，我对音乐似乎特别敏感。学校有一架老旧的风琴，塘岸头村来的金老师，是一个有着抗美援朝经历的老师，能够弹得几曲老歌。那时，我在邓丽君那里学来《北国之春》，也在那架风琴上俯仰有仪，踩出断断续续的单音。有一天，二楼的办公室里突然传来流畅的琴音，甚至弹得比金老师都要好。在那时的我听来，不但有主旋律，还有伴奏音！我闻声上楼，隔窗相望，只见一个姑娘，面容姣好，眉眼清秀，在熟练地按着琴键，浑身上下散发着书卷气息。站在窗外继续聆听，不礼貌；想要推门进去观摩，没胆量。于是，我只好聆听着自己的心跳和袅绕的琴音，走下楼梯。操场上，我慢慢踱步，遇到一个经常黏着我的小男生。我说："你在这里干什么？"他说："等我姐姐，我的姐姐在楼上弹风琴。"于是，我俩就在操场上腻着，小男生等着他的姐姐，我等着弹风琴的小姑娘。不一会小姑娘走近身边，对我微微一笑，便牵着她的弟弟，步履轻盈地离开。虽是惊鸿一瞥，但巧笑倩兮的样子，从此印在心里。后来，我从那个小男生嘴里，陆陆续续知道他的姐姐在外地一所历史悠久的师范学校读书，姐姐很优秀，是他的骄傲，她的家就在街上，父母都是供销社职工，家底殷实。于是，现实主义的我很快打败浪漫主义的我，翩翩联想慢慢收拢翅膀。四十年后，当年我很看好的小男生，远在某个城市谋生，而他的姐姐，在另一个城市里做了一个著名小学的校长。当初稚嫩的琴声曾经激荡过一颗同样稚嫩的心灵，她从前不知道，现在就更不知道了。

温情还在持续，只是机缘不巧罢了。四年时间，学校有几个老师，先后在我这个乡下人身上停留过关注的目光。G老师是当地稍有名气的数学老师，轻步缓履，好像从不见她着急过，只是不苟言笑，一脸正气，望之俨然。有一阶段，突然对我有了兴趣，脸带微笑，问长问短。后来知道G老师家有一个女儿，并且和她的女儿在一个场合"偶遇"。当然，"邂逅"之后，再无消息。

H老师是我小学时候的老师，数学课教得远近闻名，且是垂钓高手。他有两个女儿，其中大女儿还是我的小学同学。记得小时候曾向她借过铅笔，不料她拿铅笔削尖的一头朝向我，笔尖刚好刺中我的手掌。直到在沙柳教书，我的左掌皮肤之下，还留有铅笔尖的黑痕，而她的父亲也成了我的沙柳同事。因为是学生，我时时执弟子礼。H老师嘘寒问暖，不但关心我的专业，也时时向我传达大女儿的信息。那时，我的情商经过邓丽君的启蒙，约略能够读懂H老师的潜台词。但不知道为什么，我们这对小学同学，并未见面，二十年前的借铅笔的缘分也没有再度延续。

C老师戴着厚厚的近视眼镜，有事没事总在办公室里练着毛笔字。他说话慢条斯理，为人温文尔雅。遇到我，笑容可掬，金牙闪烁：“小褚啊，晚上到我家吃饭！”在沙柳，我常与同校的年轻教师以及街上的几个朋友厮混，到他们家里吃饭，也吃成了“家常便饭”，但C老师的邀请，有点不寻常，我恭敬如仪，在C老师家里吃了晚饭。晚饭的滋味茫然无知，但借此知道了他有一个女儿在师范学校读书。也许有C老师晚饭时的铺垫和鼓励，我鼓了好长一段时间的勇气，默念了好多遍“下定决心，不怕牺牲，排除万难，去争取胜利”的“最高指示”，终于邀约他的女儿到清溪大坝上散步。那天傍晚，晚风轻拂，溪水潺湲，对岸的溪椤树郁郁葱葱。虽然没有柠檬月亮，也不太有闲人散步，本应该是约会的好辰光。我提议沿大坝走几步，她说：“不用了吧，就在这里坐一会儿好了。”于是，我们坐在大坝凸向溪水的一侧，背朝大路，面临溪水。她不说话，我亦无言，就这样听了半个小时的溪水之声。我说：“我们回去吧。”她说：“好的。”她颀长的身影朝清溪的上游飘去，最后隐没在日渐浓重的暮色里，我则踽踽独行于学校和大坝之间的小路上，黯然而归。

时间过得很快，故事悲欢延续。就在将要离开沙柳的日子里，同事施老师跟三门中学的吴老师牵线搭桥，我在三门百货大楼二楼的过道里，走了一个来回，匆忙中瞥了一眼办公桌后面的几个城里姑娘。几年后，其中一个变成了新娘，几十年后，当初的两位红娘月老，完成了人间好事，也相继驾鹤西去了。

许多年以后，我的散文集《何处是家园》出版。那里有好多欲说还休的故事，被我的徒弟破解。她在序言里写道：

> 欲见回肠，断尽金炉小篆香。有多少隐约的欲望与悸动永远不能被提起？又有多少泪和痛只能化作春秋笔法浅浅带过，却又欲盖弥彰？心海是最深沉浩瀚的水域，面对文字反射出来的点点星光，我只能在幻境里像某个诗人一样，“抽掉口袋里最后一根香烟，再一次起身离开”。

2020年1月

怒放的生命

舞 雩

两千年前。鲁国。一个普通的教室里，四五个人围着一个导师模样的人在聊职业生涯规划。一个边听课边弹琴的白面书生居然说："莫春者，春服既成，冠者五六人，童子六七人，浴乎沂，风乎舞雩，咏而归。"意思是说，我没有什么大志向，只要在吹面不寒杨柳风的春光里，大家换上轻便的春衫，带着五六个中学生，六七个小学生，到沂水之滨玩玩水，洗去一年的坏运气，爬到舞雩台上吹吹风，然后唱着歌回家。这与公西华的外交家、子路的军事家、冉求的国家总理等宏伟志向相比，这位年纪稍长的白面书生也太没有出息了！可是，周游列国而王道不售的导师听了以后，不禁眼眶湿润，击节叹赏："吾与点也！"

这位导师，就是万世师表的孔子，我的两千年前的祖师爷。我对孔子的喟然一叹，曾作过多重解读：这是孔子稍显落寞的喟叹啊！是孔子"闻弦歌而知雅意"的意会啊！是孔子对曾皙倚重政治教化的赞美啊！是孔子对"礼乐仁和"的大同世界的神往啊！可那时，我还年轻，教室里都是怒放的生命。"沂水春风"引起我深刻的共鸣：我们也应该去"浴乎沂，风乎舞雩，咏而归"！

对于20世纪90年代的三门中学来说，小西湖就是我们心目中的"舞雩台"。

小西湖是珠游溪上游的一段，位于珠岙镇石马、樟树下和下洋村之间，长约两公里。海游镇青年男女要徜徉山水，交流友谊，往往选择一处风景宜人的地方。那段流域，正是"野芳发而幽香，佳木秀而繁阴"的所在，"小西湖"之名，便不胫而走。听说我被古老的孔夫子感化，也要带他们去“风乎舞雩”的时候，高一（6）班的同学们很快就达成一致目标：到小西湖去！

小西湖茂林修竹，溪水潺湲。这里的乔木夭矫，灌木成群，大片竹林，随三月春风，俯仰于渌水之滨。而水流溅溅，颜色多变：浅处在鹅卵石间流动着碎银，深处则蕴蓄一方绿色宝石。那些亲水的游戏都是女学生的杰作吧，而草坪上的“风车类盘”（侧身翻），则是男生们所擅长的。这些生命，理应在春天的自然里，如春笋一般拔节！像茅草一样疯长！小西湖确实有大片茅草。长成的如碧玉飘带，随风作舞；刚破土的，嫩芽尖尖，甜美可食。《诗经》里说“自牧归荑，洵美且异。匪女之为美，美人之贻”。从野外回来的少女，带给恋人以春天大地的馈赠——荑，这茅草的嫩芽，闪耀着白玉般的奇异光泽，它如此美好，全因为是自己喜欢的少女所赠啊！我估计当年没有男女同学在小西湖草坪上拔茅相赠的，如果有，那时就懂得流传三千年的美好经典，今天，也应该成为文学大师了！如果是今天，我会拿这“有炜”之“彤管”作为教具，在小西湖的草坪上阐释先秦那个美好纯洁的爱情故事，以启蒙这些少男少女的善感之心。可惜那时，我没有文学感悟，他们也缺乏爱情体验。我们所能做的，就是男同学在一片草坪斜坡上掏土作灶，女同学在灌木丛中抱茅燃火。几千年以前被作为爱情信物的茅草，化作炉膛里的烟熏火燎。在这片山光水色的所在，六班的少男少女们，合作完成了半生不熟的“野炊”。记得当时我已经有了一个“虎丘牌”相机，给这次“舞雩”之旅，留下了难得的定格。

现在想来，我不知道当初他们是如何准备这一场“说走就走的旅行”的。反正由各色牌子的自行车组成的车队载着自愿搭配而成的高矮参差的同学，带着锅碗瓢盆，飘着一路欢笑，便向着小西湖逶迤而去。我清楚地记着，我骑的是一辆“春叶”自行车，去的时候载着一名身量“燕瘦”的朱姓女生，我轻快地踩着踏脚“加油”，下坡时“空挡滑行”，然后需要的时候轻点“刹车”。回的时候，载的是我们班可爱的戴同学，她的“环肥”级身段，压得我的那辆“春叶”除了铃不响，其他部位都响。不管我如何“舍得给油”，那辆小破车终于跑不过班级里的那些“轻骑”，他们在我身边“幸灾乐祸”（其实这帮小子是拈轻怕重），呼啸而去。老褚只好颤颤巍巍地握着“方向盘”，承载着心很轻松、身很沉重的戴同学，不让她感觉到被同学遗忘的冷落。三十年过去了，不知当年的那位同学，曾经感悟到我彼时的苦心和苦力否？

舞 狮

这是不同于任何一次舞狮的狮舞。

夜色深沉，熄灯铃响过，瑞云山脚下的宿舍楼里，高一（6）班的一个寝室，肾上腺激素和性腺激素在少年的身体里激荡，特殊的舞狮节目又开始上演。

这是一群天赋超常而玩劲十足的少年。小李照例是发起人，他扯起一床棉被，攥住棉被的两个角，小林心领神会，翻身下床，反手攥住棉被的另一头，两个人就钻在那条印有凤凰穷牡丹图案的棉被下，形成农村常见的舞狮的架势。旁边的少年摇身一变，就是打击乐手。脸盆、茶杯、筷子、汤匙都是现成的乐器。两个舞狮高手，押着那些打击乐的节奏，弯腰缩背，左跳右蹿，俯仰生姿。那些手中没有家什的室友，自然就成了骚动不安的观众和导演，寝室里顿时充满了快活的空气。

捣鼓一阵后，他们便觉得应该来一点花样，把一个场面演绎成一个事件。腾跃的“狮子”，骚动的少年，潜伏在身体深处的“力比多”，被大红的喜庆的棉被点燃，于是，他们要“娶亲”了！

娶亲最关键的要推选出新郎，还要寻找新娘。这种只有示众作用而没有实际好处的“新郎”可不是人人想做的，一般都由老实本分的室友充当，“小牛”便是不二人选。也不等“小牛”做好“新郎”的心理准备，大家簇拥着“新郎”，迎亲的队伍便向另一个寝室出发。那个时候，男女生寝室分在不同的宿舍楼，要在女生宿舍里找一个“新娘”，这是他们想也不敢想的，如果真是这样，也轮不到“小牛”做“新郎”了。于是，迎亲的队伍蹿进隔壁的寝室来“抢亲”了。这完全是“拉郎配”的过程，另一个寝室里的另一个老实人——身量瘦小而性格内敛的小翟，不幸成了羞涩的“新娘”。

把两个“新人”推搡到一起“拜堂”，两个寝室的少年们，大呼小叫，整个楼层，锣鼓喧天。少年们沉浸在娶亲的喜乐里，忘乎所以。这样的“庆典”，当然要惊动下寝室查夜的政教人员。舞狮者、迎宾乐队、“新郎”、“新娘”全被捕获！老褚只好去领回迎亲队伍，并训导这次“婚礼”的策划者。

现在想起来，这是一次多么难得的生活模拟啊！

舞狮，在乡间并不多见，只有年关，三门湾沿岸（宁海、象山、三门）才有几支舞狮队走村串户。村中锣鼓响，孩子双脚痒！舞狮当然是孩子们的节日，中间常有舞枪弄棒的乡村武术的表演。闹猛、阳刚、喜庆，正好符合男孩子的梦想。

乡村习俗的渐染，就把六班的这些孩子们熏陶成天才的模仿家和表演家。舞狮“娶亲”的一切要素和条件，都可以在简陋的寝室里找到浑然一致的对接。三十年后，作为一个教育者反思，当年“舞狮娶亲”事件，其实是核心素养最好的展示：动机、情景、创意、胆魄，想象力、现场感、组织力、协调性，这些都是今天新课程改革竭力倡导的东西啊！

可惜的是，在一个不恰当的时间里，我和政教处都把难得的萌芽拗断了。

舞　会

那时学校虽然没有社会实践活动、研学旅行、研究性学习等名堂，但学校的课外活动并不缺乏。那些在课堂里未能吸引异性眼光的同学，最为期待此类活动。譬如球场上的“三大步上篮”与女生的尖叫，学校礼堂里的“霹雳舞”和异性艳羡的目光，运动场的百米冲刺和女生递上来的一瓶可乐……

除了学校规定的文化活动，班级往往还可以自主策划。那时候学校对于班级的管制，不如今天严格。学生在课堂里未能展示的才华，便像野草一样在管理的空隙里潜滋暗长。

主题班会是每周都会有一节的，主角当然是六班的孩子们。而每年的节日，如元旦文艺会演，除了参加学校的节目之外，那些玩有余力的同学，便要求举办班级的新年晚会。

与各位班主任相比，我可能更理解六班同学的心思，也更加信任他们的能力，于是就放手让他们决定辞旧迎新的方式。

应该是高二年级最后一次迎新晚会吧，教室已经从东边的“红楼”搬到实验楼的西面一楼。据说，我也曾凑热闹献歌一曲——多年以后，当年的老学生还记得我的“代表作”。我在这种场合，不缺席，也不会越位。不缺席，利于把握大方向；不越位，便于学生个性张扬。大致了解节目内容，感受到“正能量”的氛围后，我便离开了热闹的新年晚会现场。

老褚一离开，教室里立马轻松起来。据说上台表演的同学，身心合一，淋漓尽致。四围观看的同学，也是拍桌打凳，兴致勃勃。幸福的时光总是特别短暂，三节晚自修的时间一会儿已经用完，而同学们的意兴尚未阑珊。即使有人意识到晚自修已经结束，但没有人愿意提醒班干部和组织者。

时间一到，教室都统一要熄灯查夜了，但孩子们是有备而来，他们早已做好“不法”的准备：桌角上点亮了蜡烛，录音机开启了舞曲。一时间，窗外路灯昏暗，室里烛影摇红，玻璃纸彩带发出陆离的幻影。被作业压得有点心累，对心仪的同学有点意思，单调的日子需要变奏……沉睡的青春力量在那个晚上被唤醒了。“烛光舞会”是一个很浪漫的词语，平日只见诸琼瑶的作品，今晚，他们不由自主地把它变成了现实。

感谢政教主任的“火眼金睛”，他从西操场旁边摇晃的烛光里，觉察到“男女之大防”行将失守，便气急败坏地跑来“告状”：“熄灯时间到了，你们班还在那里黑灯瞎火，男女跳贴面舞。上次是娶亲，这次是跳舞，下次不知道搞出什么花样来，你快去看看！”

我安慰着政教主任，告诉他六班的学生不是“舞林高手”，不可能跳“贴面舞”。我邀请他跟我一起到班级把“跳贴面舞”的抓出来，政教主任不停摇手，表示不干涉班主任的权力。其实，我知道政教处的思路，历来是防患于未然。那时候“交际舞”刚刚在这个小城兴起，那些整天埋头在高可盈尺的复习资料里的学生，哪里会跳舞呢？即使能够跳舞，也不敢在群众眼光下，在亮着烛光的教室里，跳所谓的“贴面舞”。当然，我算是开明的班主任，也还是不支持夜色深沉中的“烛光舞会”的。

那时我住在“五四院”，穿过上操场，走过实验楼那棵巨荫浓密的连理树，流行舞曲从西操场一角，隐隐传来。教室里果然点着几支蜡烛，手提录音机正放着熟悉的流行舞曲。还有几对同学，确实踏着生涩的双脚在“邯郸学步”。其余，基本上只是在旁观，鼓掌。我走进教室，大声地批评：都什么时间啦！还在跳！像什么！

我的呵斥，犹如坚硬的石头，击碎了那个轻歌曼舞、人心柔软的夜晚。几对舞伴的动作立刻僵持，一秒钟之内，又作鸟兽散。不知哪个机灵鬼，连忙关掉录音机里的舞曲。大家面面相觑，教室里凝固着惶惶不安的氛围。几个出场的舞伴，惊魂不定，望着我，满脸羞愧。

我确实生气了，这可能是我陪伴六班这三年里唯一记着的生气时刻。

这样的时刻，在拂去三十年尘埃后，让我渐渐看清了事件的真相：一个只有责任感而缺乏宽容和思想的班主任，是如何伤害那些怒放的生命的。那个夜晚，那群少年，那些轻松的音乐，那种诗意的心情，一个难得的“烛光舞会”，这是多么生活化的课程啊！自己编导，自告奋勇，自主活动，这样“三自”活动，不正是社会化的教育情景吗？但是，这一切，被我粗暴地终止了。

那个美好的夜晚，这些勇敢的“舞者”，他们以青春的姿态迎接新年，有什么错呢？他们为什么要在我咄咄逼人的目光中羞愧呢？三十年后，当年的六班同学还记得那场迎新舞会吗？能谅解老褚当年的专制否？

2020年1月

我的地盘我做主

左右微微摇晃着，慢腾腾地站起来。点名让说话，“口欲张而嗫嚅”；上台去展示，“足欲行而趑趄”。好不容易开口了，声如蚊蚋，气若游丝；叫他抬头看人，目光闪烁，不敢平视。

这是我到部分学校听课时常见的景象。每当此时，我总是痛心疾首：天真烂漫、百无禁忌的少年，怎么到现在就不敢挺直腰杆，不敢与人平视，不敢开口说话了？日复一日，我们的学校是在“教育”还是在“扼杀”？课后评议，我总是一本正经：先不要评这堂课怎么样。作为教师，首先要考虑，如何让孩子们坐得正，站得直，与人对话，眼目平视，开口说话，让人听清。也就是说，首先要让孩子们作为一个有尊严的人存在于我们的课堂，而不是畏畏缩缩、唯唯诺诺的受虐对象。

这样的课堂经验，源远流长，要回溯到1981年。

那年，我刚刚从宁波师专毕业，走上讲台。农村的孩子在散放状态下，饱含生命活力，千姿百态，但是一到集体场合，需要公共交际时，本来怒放的生命状态，立马萎缩。1985年调到县中以后，学校的生源有城镇的，也有农村的，但情况也好不到哪里去。我来自农村，幼年失恃，少年时代与胆怯、孤独、软弱为伴。少年的生活经历，让我走上岗位后，对自身的弱点，有深刻反思；对学生们的表现，有深切的理解。尤其是担任班主任后，我的第一个念头就是：要让这些学生开口说话！

开口说话，本是人的天赋；大庭广众之中，能够大声说话，更是胆魄！

那时，一节课四十五分钟，我抽出五分钟，每次让两个学生上台演讲。也难怪，这些孩子很多从未有过上台说话的经验，初上讲台，姿态万千，有的抬头与天花板对话；有的低头喃喃自语，跟桌面对话；有的双目微闭，气沉丹田，半晌无语，如老僧入定；有的脸色红润，额头冒汗，颤抖着双手照本宣科……

上台，面对公众，开口说话，这不仅仅是语文口语能力的训练，更是心理素质的培育，精神状态的重塑。万事开头难，我必须坚持。按照学号轮，每次两人上台，能说会道的和张口结舌的，机会均等。这些孩子都是通过初升高全县统考招进来的，本身素质还是不错的。轮流上台一两次后，台风表现大为不同。口讷无言的，能发出声音；能发出声音的，可以讲成段的话；那些胆大一些的，开始配合动作表情，绘声绘色了。

要知道这样的课前演讲，从1984年调到三中开始，一直断断续续坚持到2001年。其间试过很多方式：时文朗读、诗歌鉴赏、故事讲述、时事评论、校园纪事、方法交流，直到后来开发口语专题课程，编印《花开之声》课前演讲作品集。

凡是我的学生，不管是哪一届，都觉得当年的课前小演讲，对于自己人生具有潜移默化的作用。用我们现在的话来讲，我们开发的“口语课程”，让学生看到更好的自己——信心、潜能、继续发展的可能性！

课前小演讲锻炼出同学们的自信和才能，各种才艺素质也如“锥处囊中，其末立见”。吴同学不但会拳术小套路，还能自己教同学们唱歌。那时中午正式上课之前，有二十分钟的午间活动，或写字或读报或唱歌。午间活动，我去或不去，随我自由。读报，要同学自己排好人选和内容。唱歌，吴同学自告奋勇，曾经“客串”过一段时间的声乐老师。尽管他不会简谱，更不会五线谱，他用口口相传的古老教法，同学们也只是鹦鹉学舌，最后学会了好几支流行歌曲。如今，这个吴同学，已经是省城里一所著名的幼儿师范学校的领导了。

班级里还有一群文艺的“天才”。一次元旦的文艺会演，六班的同学通过一个大杂院的故事，把20世纪八九十年代的变革，做了切片式的展示。编剧兼导演是杨同学，他向来对社会潮流很是敏感，文采又好，作文总是很有创意。几个角色分配也恰如其分，李同学扮演一个老教授，很注重家庭教育，那个不听话的儿子由谢同学扮演，正在接受教授的“家教”。另一个叶姓的女同学长得漂亮，就成了出入大杂院的摩登女郎，时髦女遇到老教授，不免有观念冲突。那时，商品经济大潮风起云涌，两个高个子男生殷同学和楼同学，摇身一变成为走家串户的个体户，到小院子推销来自澳大利亚的羊毛衫。

我到现在还不知道这出话剧的题目是什么，剧中人估计也不记得了。从编剧、演员物色、排练、服装道具的准备，都是他们独立完成的。从上台伊始的面红耳赤到众目睽睽中的闪耀登场，他们的身体高度和心理高度一样成长了。当初他们开始策划该剧的时候，没想过在学业上形成一个作品，并不想将来与升学产生什么关联，更不想将来的职业与戏剧表演有关，纯粹是为了挑战自己，展示当下的自我。实际上，当年的“老教授”成了省内著名的呼吸科专家，“编导”成为一个房地产公司的老总，那个“摩登女郎”，成为公检法系统一个女法官，那个心不在焉的“儿子”，成为县内最大的一家上市公司的董事长，那个卖澳大利亚羊毛衫的小伙子，已经成为市证券公司的合规管理者，在人生的舞台上，他们扮演的角色，比当年精彩许多。只是另一个买羊毛衫的小伙子，那个在球场上奋不顾身加入打群架的高个子，三十年来，一如黄鹤，不复再见。

舞台小社会，社会大舞台。与演戏相比，他们的生活技能和生存智慧，远远超过舞台上的稚嫩表演。那时食堂是蒸饭制，每个人一个饭盒，然后到食堂买一样小菜。怎样才能花钱少而吃到的菜品丰富呢？现在的孩子们大多想不到，居然自己的菜是可以与众人分享的。他们“发明”自助搭伙制：三五个人，每人买一样菜，然后拼在一起吃，每人就可以吃到三五样菜。这期间，有花钱的丰俭，有菜价的贵贱，有口味的偏好，能够维持一个互助合作的就餐模式，就是一个很不错的小型经济合作实验，前提就是信任和友谊。

信任和友谊有时候还体现在一些始料未及的事情上。那个时代的偶像都是武打明星，大众审美不像现在走中间路线。看过武打片，班级里的小子们便跃跃欲试。林同学突然对拳击发生痴迷，左右腾挪，前后跳跃，什么直拳、勾拳，比画得煞有介事。陈同学也意兴盎然，捉对演练。本来都是“半桶水”，出拳不知远近，躲闪进退失据。林同学一记直拳过去，陈同学始料未及，只好倒地，而且脸上也挂彩了。林同学连忙扶起陈同学，直奔县医院而去，围观的同学，也都陆陆续续赶到医院，医院的走廊里顿时挤着好多的学生仔。没有人招呼，也没有人派遣，只是同学的自发行为。

把学生当成人，他就是独立的大写的人，把学生当成小孩，他就永远长不大。记得当时林同学的父亲在上海跑远洋货轮，恰好林同学要搬家。现在一个电话，搬家公司就上门，那时尚未有此种业务，这个业务就落在林同学的同学身上。林同学也是跟几个接近的同学试探性地招呼了一声，不料好几个男生就自告奋勇地充当搬运工了。搬家实在是一个不太好做的活，特别是大件，几个人不仅要有力气，更要有配合。可就是这一帮孩子，把林同学的老家搬到新家里来了。几十年后，当年这些提着家具一角缓缓移动的小伙子们，有的成为北京公司的老总，指挥着大型电厂设备的安装，有的成为海运的大亨，遥控着世界各个港口的集装箱。莫非当年的搬家，就是若干年后成为行业大咖的预演？

近几年不断地听到匪夷所思的事情，譬如大学生不会剥鸡蛋，不会挂蚊帐，不会洗衣服，于是产生了“陪读”人群。不懂合作分享，不会协调人际，彼此壁垒森严，于是就有“感谢三年不杀之恩”的笑话。时光倒流三十年，他们怎么会想到，将来自己的孩子们，会遇到这些根本不成问题的问题呢？

大胆，就有机会；独立，才能自强；自信，就是动力；行动，必有结果！我的地盘我做主，三十年过去了，当年六班的班风，永远不会过时。

2020年1月

雄起，男子汉！

在我的认知里，只知道中国近代有“女子中学”——民国以降，有识之士为呼应“妇女解放运动”而创办的。想不到一百年过去了，负有“妇女解放”使命的男孩，居然本身需要“解放”：“阴盛阳衰”蔚为大观，“伪娘”成为时尚。教育界的有识之士又一次忧心忡忡。男孩究竟是什么时候开始“女性化”的？是否需要像当年创办“女子中学”那样，创办“男子中学”？

但，四十年前的男孩子并不是这样的。

掰手腕

四十年前，打拳的李连杰、耍棍的胡坚强、使剑的于承惠都是我们的“时代偶像”。三十年前，我接手三中高一（6）班的班主任。班级里的那些孩子，黝黑的脸上洋溢着阳光，清澈的眼睛闪烁着虹霓。还有几个会点“三脚猫”功夫（略懂武术），坐如钟，站如松，行如风，身子骨健康硬朗。

那时候，同事叫我还是“小褚”。与学生的年龄相近，情趣相投。《武林》和《语文学习》是我必订的两本杂志。在《语文学习》里模仿特级教师的课例，按照《武林》比画南拳北腿的套路。年轻气盛，对班级里的那几只“三脚猫”，颇有几分惺惺相惜。当然，我和五、六两班的孩子，首先是在教学上建立信任的。然后，我的业余爱好被他们知悉，我的价值判断，开始影响这班孩子。有一阵子，当时班级的男生以掰手腕为乐。往往是一局未了，上课铃响。等下课铃响，又捋袖揎拳，接着较劲。角力的双方，脸颊绯红，嘴角歪斜，刚刚发育的肱二头肌鼓鼓绽起。眼看着一方被慢慢压下，却不料僵持一会，被压下的一方又东山再起。彼此拉锯，间或僵持。男生围着起哄喝彩，女生远地里默默关注。呐喊声、拍桌声，响成一片。有时用力不均，翻倒了条凳，挪移了书桌，还分不出胜负。角力游戏一直持续了很长一段时间，才慢慢地退出六班的课余时间，转折契机是小Y与小J的比试。

小Y和小J身高类似，重量等级接近，腕力不分伯仲。几经交手，互有胜负。那一天，两人又故技重演。只见他们屏住气，竭尽力，相向紧握的手掌在中间线相持好久，也不见摇晃。围观的同学喊了无数声“加油”后，一对手掌终于微微晃动起来，只听“噗”的一声微响，小J突然咧着嘴，皱着眉，收回手臂。一节课工夫，小臂便红肿起来。围观的同学连忙陪去医务室，校医一摸，说是小臂的一根尺骨断了。自此以后，小J的胳膊上便挎着一根绷带，活像《红灯记》里拿枪自伤的王连举。我拍着他的肩膀，安慰他年轻人骨骼会长得很快，提醒他掰手腕也要量力而行。小Y呢，当然挨了我的批评。作为男孩子，他有以实力决定结果的坚决，从不轻言放弃的坚持，我其实是蛮欣赏的。这种源自内心的价值判断，表露在我的批评语气中。他们狡猾得很，听出了我的态度，批评也就变得乏力。小Y自然带着胜者的轻松，小J挎着那条绷带，在同学们敬佩的眼光中，也自豪了一个月之久。

不过，自此以后，班级里的掰手腕游戏，渐渐式微了。而少年，永远有使不完的劲道，压不住的荷尔蒙。什么单腿碰撞（一腿搁在另一膝盖上，然后单脚跳着与对方相撞，以搁起的那条腿落地者为负），什么排队挤人（一排男生挤靠在墙壁上，两端发力向里挤，被挤出者即淘汰）。各种角力游戏，在六班轮番上演。也许你会觉得单调无聊，但在我看来，这实在是因地制宜又便于操作、因循天性又锻炼体能的课余活动——“恶作剧”中有创意，有谐趣，有团队的归属感！

更重要的是，男孩子就应该“野”一些！

球场过招

右手五指分开，左手抓球高举，双腿夸张叉开，身体腾空舒展，在空中飞了一会儿，完成一次漂亮的扣篮。乔丹在其职业生涯的第三赛季中，又一次以经典的“飞翔”动作，得到“篮球飞人”的美誉。“武术热”过后，乔丹成为我的偶像。

许多年以后，当儿子和他的同龄人津津乐道美国职业球队明星的绰号、穿着，甚至不良的嗜好时，我试图插嘴表示对NBA的关切。他撇着嘴，瞟一眼我那被生活消磨得懦弱的身形，“嘿”了一声：“你也知道乔丹?”

“当然！我也是飞人的粉丝啊！”我说，我虽然不能像你们那样，对球队明星的奇闻逸事如数家珍，但我知道体育之美是什么。线条、肌肉、力量、速度、爆发力；坚毅、勇敢、顽强、向极限挑战；还有冲突、协调、攻防，以及千变万化的过程和难以预料的结果……所有这一切，不借助于外在的技术，完全凭人本身的体能和原始的潜力，与几千年前的古希腊人比赛所持的标准一样！你们有些人，虽然拥趸明星成“粉丝”，但是脸有菜色如豆芽，衣带飘飘像“伪娘”。你看篮球运动中的“猛龙”过江，“公牛”发飙，“黄蜂”飞舞，还有“活塞”运动，“雷霆”万钧，“火箭”冲天……比的都是谁更高、更强、更快、更远！

儿子看我驼着个背，戴着个老花眼镜，在那里滔滔不绝，便问：你会打球吗？我说，别看我现在快走也会气喘吁吁，当年不但会打球，还怂恿打架呢！于是，我便趁机向他炫耀三十年前班级里的“球场过招”。

课余时间上球场，这是我们20世纪80年代男教师雷打不动的生活习惯。由于三年困难时期限制了我的身高，所以多数时间是在球场的边沿上等待候补，但这并不妨碍我把未竟的“事业”转嫁到学生身上。做班主任期间，我对课余时间抱着篮球上球场的同学总是睁只眼，闭只眼。经过操场时，偶尔也会插进去表演一记跳投。而学校组织的班际篮球赛，当然早早叮嘱他们自行组队，加紧训练。

球赛如期举行，操场人头攒动。高老师鸣哨开球，六班和四班勇者相遇。少年气盛，争抢激烈，得分拉锯式攀升。C同学、W同学都是敦实的身子，也是汗流浃背，身材颀长的插班生Y同学满脸绯红，在球场上鹤立鸡群。下半场开始后，场面更为胶着，两班的少年们不免有些焦灼：脸部肌肉开始扭曲，动作力度不免加大，肢体冲撞接二连三，场上的火药味蔓延开来了。

场外指导叫停，我也不失时机地“煽风点火”：两强相遇勇者胜！也许受了我的蛊惑，也许少年壮志大爆发，反正一上场，两班就擦枪走火了。W同学抢球时撞了四班的L同学，而L同学正是火暴脾气，两个人便放下篮球，老拳相向。已经打了大半场了，这些少年们的拳头并不会有太大的力量。W同学挨了两记，脸留拳印，但身体纹丝不动；L同学被回敬了几下，着处红艳，也不退让。我旁观着事件的进程和变化，并未进场“干预”和“指导”。我就想看看，六班的男孩们面临这种时刻表现如何。两个人你来我往，在操场上拉开架势。站位稍远的Y同学看到W同学和L同学交手，立马冲上去开打，六班的其他队员也都摩拳擦掌，跻身进去，伺机而动，四班也有同学出手了。不过是几秒钟的时间，比赛变成了群架。我和裁判高老师见势不妙，立马冲进场去，把这两个“小牛”队拉开。

比赛无法进行，两个“小牛”队只好鸣金收兵。我现在不记得当时学校是怎么处理这件事的，但记得我对“参战队员”有毫不吝啬的表彰，私下里还对W同学的“拳术”有过“评价”和“切磋”。虽然场上短短几秒钟，L同学好像占据主动，但事后教体育的高老师以专业的口气跟我说，实力还是W同学强，六班同学又齐心，幸亏我们及时制止，否则L同学要吃“苦头”了。

不过，少年血气，汹涌得快，消失得也快。事实是，过不了多久，当事双方都握手言和、不计前嫌了。男同学为班级荣誉，没有个人私仇，加诸勇力，流几滴血，出一身汗，本身就是男子气概、骑士之风。我甚至觉得，一个男人，从小到大，没有打过架，没有出过格，也算是遗憾的人生。

2012年3月31日，上海市第八中学，“上海市男子高中基地实验班”正式挂牌。据媒体介绍，为解决学校“阴盛阳衰”“男孩女性化”等问题，华东师范大学与上海市黄浦区人民政府不久前签订了教育战略合作框架协议，决定在高中学段建立“市八男子中学办学创新可行性研究专项课题”。合作框架的签约和实验基地的挂牌，意味着创办“男子中学”的必要性和可行性进入了实验阶段。

面对许多不同的声音，上海市第八中学的领导申明，他们在“摸着石头过河”。我想，那颗“石头”，我在三十年前就已经摸着了，那就是，男孩子，必须雄起！

2020年2月

“马斯洛”叙事

题记：故乡安置不了肉身，所以有了漂泊；异乡安置不了灵魂，所以有了归乡。

温暖而寂寞的旅程

20世纪80年代读大学，大胡子弗洛伊德风靡一时，好像不谈“力比多”，就很落伍。我也未能免俗，捧着《梦的解释》装时髦，但实际上我对大鼻子马斯洛更有共情感。十八岁出门远行，当同学开口闭口“潜意识”的时候，马斯洛《人性能达到的境界》这类很酷的书名，特别能吸引我的目光。在这个与我“浑身不搭界”的老头子身上，我竟然找到了“搭界”的东西。

马斯洛童年没有母爱。我呢，“恋母情结”尚未好好表现，母亲就离世了。作为犹太人，马斯洛住在非犹太人街区，就读的学校也没几个犹太人，自小形单影只。“没妈的孩子像根草”，我这根“草”，整天在楼上远眺海面发呆，或在山脚遥望着飞鸟遐想，也是茕茕孑立。孤独，使少年马斯洛害羞、敏感并且神经质；我也是一见女孩就脸红、一遇生人就口拙的小男生。马斯洛五岁起就是一个读书迷，书籍是他的“避难所”；我当然没有他那么幸运，他去世的那年，《毛主席语录》我还只能连蒙带猜，但自此有了亲近文字的习惯。马斯洛天赋极高，学习成绩优秀；我中人之资，因为喜欢阅读和想象，也常被老师表扬。马斯洛成年甚至成名后仍然害怕当众发言；我大学期间遇到女同学，都要“分道扬镳”或者“退避三舍”。就算现在，在教研室会议上讲话，也时常忐忑不安，语调失常。当然，不同的是，在直立行走的动物世界里，只要提到需要理论，没人能够绕得过这个大鼻子老头，而我仅仅是直立行走的动物当中极普通的一个。

同病相怜到附庸风雅，不免常以他的理论观照人生。“人猿相揖别”，归属感是人作为社会性动物的本质吧？没有归属感，人就是断线的风筝，就是失水的浮萍，就是离群的孤雁。于我而言，归属感可能是大半辈子都没能好好解决的问题。如果二十岁左右，故乡的概念还没有形成，那么，人到中年，他乡的感觉就日甚一日了。

回宁海的念头，源自大学同学的聚会。那是20世纪90年代中期，聚会在葛圣标同学的招待所里举行。时隔十五年，当年的“愣头青”脸多皱纹，中年的“老油条”白发苍然，久未见面，乍见之下，倍感亲切。三门和宁海，比邻而居，我居然感到异乡的遥远。那时，我已经是浙江省“教坛新秀”，方格纸上的文章好几篇变成了铅字，公开课也开过不少。我把那些荣誉证书、论文的复印件，还有一份自荐信，寄给当时的县教研员陈振强老师，希望他向教育局推荐。陈振强是我认识的第二位宁海县的语文教研员，此前我曾托过他帮我推销《古代汉语基础》，那时彼此并不很熟悉，但陈老师古道热肠，帮我张罗，故此留下豪爽仗义的印象。同时还给宁海县教育局的叶家根老师写了一封信，表达回归之意。叶老师是我初中时的历史老师，是“文革”后恢复高校招生制度的第一届大学生，此时正在宁海县教育局任副局长。叶老师很及时回信，比较宁海和三门的教育情况，帮我分析利弊，建议我还是留在三门为好，因为两地教育发展有落差，你在三门如日中天，到宁海就没有这样的地位，从个人发展角度，三门更加有机会。字字真诚，句句在理。一段时间后，陈老师也传消息回来，他习惯于快人快语：“我侬到局里领导那里推荐过嘞，领导说三门还有什么好老师啊！我侬没有办法啰！”叶老师的信件发诸肺腑，我捧读多遍，陈老师的快语也有道理，第一次回乡的念头就此打消。

不过思归之心犹如种子，一旦种下，就要顽强发芽。那时，民办教育方兴未艾，万里国际学校的招聘信息大气磅礴，格局高远，引人注目。我被招惹得跃跃欲试，便给桂维成老师写了一封信，探听虚实。桂老师回信及时，笔迹飘逸流丽，介绍客观实在。还约我到清水浦校园实地考察，走访教师。当时袁湛江老师还在语文组，好像兼任学校政教处干部，我跟他也有所接触。一个单位的好差，总会在办事规矩和人员素质中露出蛛丝马迹，回去我就参加了万里学校的招聘考试，笔试居然名列前茅。面试官是效实中学的老校长朱敦礼先生，他看了我的资讯和成绩，意味深长地问："你这样的条件为什么不去效实中学?"我吃了一惊，一个万里中学的面试官，怎么会提出去不去效实中学的问题呢？多年后我才知道，朱老先生是一个极具"效实情结"的校长。面试当然没问题，过几天，时任中学校长的刘晓旭先生打来电话，表示热烈欢迎，并嘱咐我把身材高矮、双脚大小的数字告诉他，学校要为每一个教职工定制衣服和皮鞋。那时，我已经不是当年的毛头小伙，考虑到拖家带口，便提及家属的安排和教师编制问题。刘校长说，家属工作，不能马上答应安排；教师编制，挂在省机械工业厅下属的单位里；孩子可在小学部就读，费用还是要交一点。我一直对于身份认同和家属工作很是在意，这也是马斯洛最低层次的需要吧。考虑再三，最后还是只有心动没有行动。

20世纪90年代，镇海中学已经闻名基础教育界。我在三门中学任副校长时，负责校史馆建设，跑了省内好多重点中学。镇海中学接待我的办公室主任，带我参观了镇海中学的校史馆，同时拜访了著名的语文特级教师朱道初老师。那时候，浙江的一些语文特级教师以"实而活"的特色，在长三角独树一帜，名声卓著。我拜读过他们的文章或教例，便和朱老师多聊了几句语文教学。朱老师有悄然的惊喜。当然，我也接收到朱老师欣赏的目光。当时的镇海中学在我心目中，不啻是黉宫代表，学界翘楚。回来思忖良久，就给朱老师写了一封自荐信，希望能够被推荐到校长那里。我知道此举唐突，但也知道朱老师这样的语文教师，带有古代文人本色，对于年轻后进的托付，不会束之高阁。果然，朱老师跟我说起当时学校没有跟我主动联系的原因，说是学校讨论过，我提出的家属问题没办法解决。我很理解，毕竟还是自己的分量不够。

此后偶尔回宁波，总有学生的劝说，同学的招呼，还有兄弟姐妹的期待，教学界的老朋友也时有往来酬唱，于是回甬的心思便不绝如缕。有一年，宁波市教育局教研室向全省招聘高中语文教研员，时任教研室副主任的顾存根老师跟我联系，问我有没有意向投考。省内外开会，我们时常相遇，顾老师从不把我当成外地人，我也偶尔接过省教研员卢瑞宝老师的任务，开几节公开课，顾老师因此熟悉我的课堂教学。因着顾老师的电话，我连忙跑到宁波市教研室了解情况。那时的教研室还借在一个小学校办公，顾老师告诉我地点和时间，考试记得在当时的园丁宾馆举行。当天晚上，因为复习睡得晚了，第二天一觉醒来，居然笔试的时间已经到了。那边监考老师急着寻人，我这边急匆匆跑进考场，时间已经过去大概半个小时。等到考试结束铃响，还有个大题目完全留白，我只好掷笔兴叹。面试时，盛华明、顾存根、沈永廷三位老师一字儿排开，轮流问些语文教学的问题。那时，我对语文教学也能“横看成岭侧成峰”——从各个角度认知了，面试也没有什么压力，回答时便有点滔滔不绝、侃侃而谈的味道。三位老师彼此确认过眼神，面露轻松之色，我不知这种眼神底下的意思，也不好多问。成绩出乎意料——几天后，顾老师打电话来，说是面试成绩排在第一，笔试成绩倒数第一，最后确定人选的时候，领导为难了。原来顾老师是看中了我，他说，要录取就录取你，不录取，其他人也不要了，宁愿以后再物色。果然，宁波市教研室的高中语文教研员，自此没有物色，直到我再次回归。这当然是后话。

那个时候社会风气正统，我自信专业实力足以驱动我回乡的步伐，故不愿在专业之外动脑筋、下功夫，这是我的理想主义。我必须联动家庭一起考虑，一气呵成，不能有两地分居的“后遗症”，这是我的现实主义。所谓“理想是丰满的，现实是骨感的”，正是形容我的回乡步伐。自此以后，家山遥远，台州就成为第二故乡。

风云际会浅水游

20世纪90年代，商品经济大潮浊浪排空，体制内部人心思变。台州市教育界几个平时熟悉的年轻人暗通声气，也准备离开体制，投身民办教育事业。玉环的郑老师、仙居的郭老师、临海的单老师、回浦的李老师，拉上我，相约到路桥区鸿宇中学的基建场地去参观考察。

偌大的工地上，董事长戴着黄色的安全帽，指点着规划图，向我们描绘学校未来愿景。他眯着眼睛，略带嘶哑的嗓音滔滔不绝，有时又眼神炯炯，用重音强调鸿宇的优势。“现在就要在教育界物色一批有胆略、有眼光、有实力的人，来共创辉煌。你们就是这样的人，我们要以最好的待遇来迎接你们！”一席话，说得我们热血沸腾，跃跃欲试。人在情景中，激情满怀；回家一冷静，觉得兹事体大，不可便宜从事。玉环的郑老师“觉得还有更好的选择”，仙居的郭老师“胳膊拗不过老婆的大腿”，临海的单老师在最后的关头，“还要跟夫人商量一下”。剩下我和回浦的李老师，冒冒失失，懵里懵懂，在临海华侨大酒店，签下人生最大一次转身的合约。

可以想象这份合约的冲击波。向学校领导提出调动的意向，学校领导表示理解，但要县教育局同意。县教育局表示挽留，但要县委组织部同意。县委组织部为了稳定三门的师资队伍，当然不同意。那时的我胆小如鼠又气壮如牛，患得患失又铤而走险，潜意识里还是马斯洛在作怪。现在想来，县里的态度是正确的，我的态度是轻率的。如今我仍然为三门教育默默奉献，好像就在弥补当初的冒失。1997年8月，我们举家到了路桥。初来乍到，当初在工地上的豪情很快没用了，作为执行校长，马上有一堆问题，需要解决，才能开学：班子组成，岗位不全，经验不足，缺乏联动，只好临时拉人。后勤人员没有到位，教科书的整理、搬运、发放，只好发动教职工自己来做。招生宣传并未停止，学生陆续加入，教务处排班先留出弹性空间。孩子带着不良习惯进学校，政教处临时强化惩戒功能。学校基建尚未完工，部分围墙以竹栅栏代替，中层干部白天上课晚上变成巡逻队……

有点捉襟见肘，不免顾此失彼，我的实际工作就是“救火队长”。大概经过半个学期的辛苦经营、弥补缺漏，学校秩序才告正常：晨操早读，红旗飘扬，铃声响亮；一日三餐，老师值班，“虎视眈眈”，食堂渐渐有序；晚自修从“嘈嘈切切错杂弹”到“盈盈一水间，脉脉不得语”；熄灯后的“卧谈会”也越来越短。备课组、教研组活动、年级组会议、学校办公会议、董事长校长联席会议慢慢有了章法；学校的各种规章制度逐步完善，中层的分管条块逐渐清晰……

学校的“着火点”消除后，不料“后院冒烟”——儿子年幼，不习惯寄宿，每次离开妈妈时的哭泣和惊惶总是令妻子黯然神伤，妻子要带儿子回三门。怎么办？男人的眼中见不得女人和孩子的泪眼，还是回去吧。

兵来将挡，水来土掩；节奏紧张，生活丰富。一个学期终于过去，寒假如期而至。因为各种原因，办公室主任和教务主任也准备回临海了，我挽留不住，只好提供方便。那天夜色苍茫，路灯昏暗。两个老师的办公室，早已收拾干净。寝室的行装也已经打点就绪，接应的车辆候在校外。学校保安管理严格，我假装有事商量，引开门卫，接应的车辆乘虚而入。三下五除二，两个老师的行李装车出发。等到李老师打电话说已经出校了，我和保安队长才一起朝门口走去。路上，横着一筒包扎完好的草席，保安队长感到纳闷：哪个学生的草席落在这里？他弯腰拿起，夹在胳膊下，准备带到门卫处通知学生来领。只有我知道，草席的主人刚刚“逃离”学校，这是一领永远也无人认领的草席。

第二学期在人心浮动中开始。几个骨干教师背地里跟我透露暑期走人的打算，而无可选择的教职工，则向我表达对学校前途的隐忧。我除了以自己的留任来抚慰人心之外，也想努力凝聚散漫的人心。我向董事长建议专门开个中层会议，鼓鼓劲，打打气，摸摸底，但董事长显然比我更熟谙人性的弱点，他觉得没有必要大惊小怪。我只好把自己的想法，写成《论民办学校教师心态调整》，洋洋万言，供他参考。

报告写好，交给文印室打印。同校的华老师读到草稿，觉得不妥，叫我不要对外传播。我正儿八经地递交给董事长，他读了以后，觉得没有什么不妥。我就一式两份，一份给他参考，一份投到《台州社会科学》，当月发表。华老师也算是我比较敬重的人，有思想，有见地，深得董事长的青睐，后来，做了学校的学术委主任。再后来，华老师把自己在某报连载的《西行游记》赠送于我。再后来，不知为什么离开学校了，我可以体会华老师离开鸿宇的心情，不免物伤其类。过了几年，我突然接到他的电话，邀我到深圳共创大业，说是董事长理解教育，可以共事。我婉言谢绝，并祝他好运，此后就杳如黄鹤。

我相信董事长是读了那篇报告的，他后来的确在提高学校知名度、凝聚教师人心方面动了脑筋。譬如邀请台州市领导来学校考察等。

不久，学校准备引进CIS（Corporate Identity System）视觉形象识别系统。这个系统包含三部分，MI（Mind Identity，理念识别）就是CIS的核心思想，属于品牌创建者的理念，董事长的理念还在深思熟虑中，MI只好暂时付诸阙如。BI（Behavior Identity，行为识别）属于行为识别，所有鸿宇人，言谈举止，音容笑貌，都要带着鸿宇特征，我以为只有英国伊顿公学才能做到。目前唯一可做的，是纯粹的视觉识别VI（Visual Identity，视觉识别）。为了这个VI，我和叶群立老师“吟安一个字，拈断数茎须”，讨论多次，几易其稿。学校的标志、校服、校旗、办公用品、校园环境装饰正式有了鸿宇的款式。那标志是一只展翅冲天的鸿雁，简化为“鸿宇”两个拼音首字母，兼顾到形象、意涵、校名和董事长的名字，可谓用心良苦。

提升学校品位，除了政治加持和形象设计外，课程建设也在“摸着石头过河”。那时教材面目老旧，有些教师上课缺乏创意，生源又差，很多学生对“抱着教材满堂灌”不感兴趣。于是我发动各科老师，开设生动活泼的微型课程。我负责策划学校总体课程框架，各教研组落实相关系列课程。记得当时初步形成了“弘扬人文，传承文明：文化积累系列”“声声入耳，事事关心：信息处理系列”“学会生存，学会关心：社交模拟系列”“头脑旋风，思维灵光：创意想象系列”“深入社会，关注人生：社会实践系列”“崇尚科学，保护家园：自然探索系列”六个系列的课程。每次活动之前，美术老师在食堂门口的公告栏，挂出图文并茂的海报，因为内容耳目一新，颇受学生欢迎。不过仅此一年，我离开后，鸿宇系列微型课程就无疾而终。那个每次能够把课程广告做得华丽美观的美术教师，不久也离开鸿宇，不知去向。

时间过得飞快，学年晚宴如期而至。部分另觅高枝的人说是“最后的晚餐”，多数前途未卜的人，不免黯然。我说着邓丽君的歌词“来！来！来，喝了这杯再说吧”，席间觥筹交错，很快有人脚步踉跄。饭后，我们来到楼上的多功能厅，载歌载舞。董事长提议我们合唱《把根留住》，我们有的把“多少脸孔，茫然随波逐流，他们在追寻什么”唱成一路高音，有的把本是高音的“让血脉再相连”处理成低音，当唱到“擦干心中的血和泪痕，留住我们的根”的时候，很多人的眼眶，在霓虹灯的照射下，湿漉漉地闪光。教计算机的贾老师，一曲歌罢人未醒，兀自独舞在中央。只见他手舞之，足蹈之，不停地跳着我从未见过的“胡旋舞”。当我们把他劝到卡座的时候，我看到他通红的脸上，留着两道湿湿的泪痕。二十三年后，贾老师心怀悲悯，已然是宁波一个虔诚的佛教居士。

直到最后一天，我把准备离开的打算告诉几个知心的朋友。他们的惊诧只是一闪而过，支持我去“寻异地，找别样的人们”。晚上，我们到操场上散步。新铺的塑胶跑道在月光下变成淡红，晚风中飘来丝丝塑胶的味道。网球场高耸的围栏，让人想起电影里集中营的电网。月光悄无声息，远处偶尔有汽车的鸣笛。我们在那里臧否人事，推究得失，为自己的前途考量。想起学校第一次拍集体照的时候，摄影师要我题几个字，我想起了香港漫画家马荣成的一首诗：“金鳞岂是池中物，一遇风云便化龙。九霄龙吟惊天变，风云际会浅水游。”那时信心满满，意气风发，我便取了“风云际会”四字，作为题照。中文系毕业的董事长，也喜欢这四个字的豪迈和霸气。岂料短短一年工夫，这首诗的最后一句，竟然一语成谶。就这样，我们一边走一边聊一边想着心事，一直走到脚酸，就干脆席地而坐，仰望着那么遥远、那么深邃、那么湛蓝的天空，直到静影素辉，在我们身上洒下湿漉漉的月光。

那晚，我们在路桥的月光下长吁短叹，马斯洛已经在美国加利福尼亚州门洛帕克市的一块墓地里躺了二十八年。他逝世那年，《纽约时报》评论说：“正是由于马斯洛的存在，做人才被看成是一件有希望的好事情。在这个纷乱动荡的世界里，他看到了光明与前途，他把这一切与我们一起分享。”的确，如果说弗洛伊德为我们提供了心理学病态的一面，而马斯洛则将健康的那一面告诉了我们。那年8月，我带着一家大小，在郑校长的接引下，住进了回浦中学为我临时租住的大房子里。当年，马斯洛考察过四十八位成功人士，发现真正达到自我实现的人，一般都处于中年以后。这对当时的我真是极大的安慰，我的人生还可以改写，新的生活还等着创造呢。

2020年2月

回浦潮

临海是个山城，民国时期就是台州府治所在，管辖范围远及宁海。清朝末季，教育救亡图存成为社会共识，地方名士兴办教育，蔚然成风。中华民国元年，光复会会员陆翰文从上海回到临海，接任临海私立高等小学校校董，因临海在汉代曾名“回浦县”，遂以“回浦”为校名。《回浦潮》就是陆先生创办的校刊，后来跟鲁迅吵架的徐懋庸也来接办过几期。那时，夏丏尊、朱自清等人都曾来临海驻足，朱自清还写了《台州的冬天》，描述临海冬天的寒冷以及家人围着火炉吃豆腐的温情。

台州府故地人文底蕴深厚，临海小城吴方言细声柔语，街上行人徐步缓行，彬彬有礼。我去的那年，回浦中学还在老城区。我在《像树那样生长》中曾写到它：

> 春天尚未来临，广玉兰早早在枝头展开硕大的花朵；夏天一过，桂花就在整个校园暗香浮动；到了秋天，梧桐树一枚落叶，会突然降临到你的窗前，让你在备课的间隙发呆；而冬天，一冠白雪会无声地从樟树上滑下，砸成满地琼花碎玉……

回浦中学是百年老校，隐隐然有文气。学校一帮哥们儿鞍前马后帮着张罗，生活很快就安定下来。学校有两个外语班，学生素质优秀。生源来自整个台州大市，初中三年，放在上海外国语学校就读，高中三年到回浦中学就读，这是和上海外国语学校的合作项目。学校给两个班配备了最优秀的老师，我有幸担任他们的语文课老师。

学生刚从上海回来，个个聪明绝顶，事事不同凡响。那时，我对语文教学多有反思，便顺水推舟，把外语班作为课改的试验田，用时髦话来说，就是推出“潮课堂”。当然，“潮课堂”本质上还是保守的、中庸的。一不申报实验课题，进退自由；二不放松学科教学，新旧兼顾。我的思路是，把语文课程分为学科课程和活动课程。学科课程分成课内阅读、课外阅读；课内写作、课外写作。课内阅读教人教社的经典篇目为主，自以为价值寥寥的篇目就改为自读；课外阅读自己选编的《阅读新视野》校本教材，每学期一册。后来《语文新圃》编辑部以此为蓝本，出版了中学生假日活动中心的配套教材《阅读新视野》。课内写作一学期八篇，雷打不动；课外写作结合练笔和社会实践活动，数量不拘。活动课程分成语文主题讲演和语文主题实践两种。语文主题演讲每节课五分钟，学生轮流，机会均等；语文主题实践，布置微型作文和长期作文。微型作文通过练笔完成，每周一篇；长期作文通过寒暑假、双休日进行，完成实践活动的主题。课内写作，我给他们播放经典音乐，如马思聪的《思乡曲》，马友友的大提琴，也不回避世俗之乐，如腾格尔、邓丽君。给他们介绍世界名画《蒙娜丽莎》以及熊秉明的《看蒙娜丽莎的看》，讲述著名照片背后的人生，观照日常动人的一刻。我叫他们找一个最想说话的人，或者老物件，写一封最想写的信。我叫他们畅想二十年后的网络世界，自己在其中的角色。这些完全不同于面目可憎、老调重弹的作文题目，促使他们产生了《聆听天籁》《身临画境》《真情告白》《网络人生》等作品集。为了让语文主题演讲和周围世界链接，我先征集他们感兴趣的话题，然后提炼成语文演讲系列主题，三年坚持讲不停，留下大量优秀的演讲稿。语文主题实践分成“人与文化系列”“人与自然系列”“人与社会系列”“人与信息系列”“人与思维系列”，于是“民俗巡视”“屐痕处处”“古城新韵”“社会万象”“思维灵光”“走进经典”“媒体世界”“人际互动”“另类言语”等主题伴随着他们社会实践的足印，变成了文字。这是基于一年前鸿宇中学的课程创意，又坚持得更长久，更深入。毕业那年，我为他们汇编《花开之声》（主题演讲）和《七彩足印》（主题写作）两本小册子，认真地写了序言，作为他们的留念。二十年后，我再次拿出当年的集子晒在网上，他们惊呼：“老师真有心!”“这是我当年的笔迹吗?”“这是我写的吗?”“感动到无语!”

实践证明,这样的“潮课堂”,高处着眼,低处着手,着眼素养,兼顾应试,履行中庸之道,效果是好的。1998年高考,我们班的语文成绩名列全市前茅,当年就获得三万元高考奖!这些学生,二十年后,也都成为各行各业的“潮人”。

到回浦中学的第二个学期,我就担任了教务主任,那时学校初高中还没有分开,大约有六十四个班级,教务工作繁忙而烦琐。日子虽然波澜不惊,但人生免不了总有爱恨情仇、悲欢离合。除了教学和教务之外,我还没有完全与俗世疏离,与惺惺相惜的同事,呼朋引伴,或啸聚歌厅,或晤谈茶座,在时代潮流中载沉载浮。跟我搭班的朱先东,是一个爱开玩笑的人,常常发出一连串清脆的笑声。不过一旦有什么事情要商量,他就习惯性地约我到临海国际大酒店喝茶,然后我就看到他方正的脸盘上,两道浓眉渐渐蹙着,随之发出“朱式长叹”。另一个搭班老师许灵倩,教授外语,她美丽温婉,自然大方,与人相处,温柔亲和,是班级里男生的“女神”。还有杨仙凤老师的唱功圆熟,一首老歌,经她演绎,就特别有感染力。多年以后,才知她这方面有专业追求,现在网上开了音乐工作室,圈粉无数。有一段时间,临海突然流行夜宵,望江门一带,远望灯火绵延,近看食客成群。一天晚上,我和老包、林彬等人置身其中,觥筹交错,颠倒淋漓。几个人酒量差,意兴浓,情趣高,回家路上,不知谁突然发声,众人和之。街上晚行的人群,愕然相顾,只有我们在街上,醉眼蒙胧,身形摇晃,步履轻盈……

就这样,我在“回浦潮”中逐浪三年。2001年8月23日,命运之舟正式停泊宁波三江口。回浦中学校长派车送行,李小冬一行亲自陪护。迎接我的是宁波中学办公室主任裴锋老师。望着南永宁巷15号的百年老屋,李小冬不忘幽默一句:“相公不做做书童!”我说:“三年前,我掩护你‘逃离’鸿宇中学;三年后,你送我来宁波中学,我们扯平了!”说罢,我们拊掌大笑。

2020年2月

·学　棣·

罢考

上海淮海路还保留着民国时期的一些别墅。屋顶的洋瓦淡褪了当年的朱红，外墙披拂着多年生的爬藤。与陆家嘴炫酷的高楼相比，这些别墅像就是久历沧桑的老人，不动声色，从容安详。在一处用竹篱和芦苇编制成围墙的院子里，原香港烟草大王何英杰的小洋楼，就静处其间。在上海市政府的统一规划下，这个小洋楼，修旧如旧，换了主人。

主人就是我在回浦中学教语文时的学生金剑云，现是上海滩上的商界精英。他气宇轩昂，颇有韩国明星之风。因着师生之谊，那天中午，金剑云在小洋楼里召集了上海的部分学生，宴请当年的语文老师。时光荏苒，当年的学生都被社会锻造成老成持重的成功人士。席间，我们追忆回浦往事，叙述契阔之情，感叹逝水年华。金剑云说，他的老师中，两位印象最深，一位是上海外国语学校的初中班主任赵老师，一位就是我。这有点出乎我的意料，说实在的，我的教书生涯，年届四十，回浦是个沿途小站，小金并不是我费心最多的学生。

作为一个教师，我早知道讲台下的五十双眼睛，波光闪烁，都是深不可测的海洋，五十个鲜活的生命，如笋拔节，都有无限变化的可能性，但金剑云之变，还是颠覆了我的认知惯性。

二十年前，我还在临海教书。这个历史文化名城原是台州府的府治所在地，民国之前，宁海还是属于台州府管辖，宁海和临海，地缘相近，人情相通，所以鲁迅要说宁海的柔石有着“台州式的硬气”——表里如一的诚恳，不事雕饰的质朴，固执己见的执拗，还有知恩图报的情义，哪怕是滴水之恩。我和金剑云的相遇，恐怕连“滴水之恩”都算不上的。作为一个教师，我只是心怀善意，遵循良知，履行本职，但这“半滴水”在金剑云那里引起了荡漾——一天下午，金剑云的父亲找上门来，要完成金剑云的一个“重托”：小车就停在我楼下，车里的几个编织袋装得鼓鼓囊囊，都是金灿灿的玉环文旦。面对这些编织袋，我有点窘迫：“几个就可以啦！不用这么多啊！”不料金剑云的父亲郑重其事地说：“我自己在上海搞建筑，平时也不在临海。此次回来，孩子千叮咛万嘱咐，一定要我送到。”如果记忆不错，此时的金剑云已经离开回浦了。

于我而言，师生往来本频繁，文旦亦是平常物。但金剑云送我，使我颇感意外。记得高一时，金剑云个子高，坐在教室的后排，课堂上不属于那种小叩大鸣的活跃者。有一回考试，少了一张试卷，一查，原来少了金剑云的。我便找来金剑云询问原委，但金剑云半晌不说话。究竟是知识点上的缺漏，还是课堂之外的原因？我苦口婆心，不料金剑云居然憋出一句：“褚老师，试卷少我一张多我一张无所谓的，在你的课堂里，我就是一个边缘人！”

一语惊醒梦中人！在我的课堂里，自以为能照顾到那些“沉默的大多数”的，那种热切的期待和鼓励的眼神，是经常停留在沉静而内向的脸上的，我是一向提醒自己，不要让所谓的“优秀生”万千宠爱在一身，所谓的“边缘者”春风不度玉门关啊！更何况，金剑云在我的心目中，也并不算“边缘人”啊！难道我原来也有着一双偏见的眼睛？

我无法批评金剑云，他的“牢骚”，可能揭示了被自以为是掩盖着的真相：我真的在乎每一个人吗？在褒奖的时候，是否无意中冷落了某一颗青春敏感的心灵？“你先回去吧，问题可能在我这里。”金剑云听我这么一说，先是一惊，继而脸孔一红，逃走似的转身。望着他颀长的身影，摇晃着消失在回浦浓密的桂花树后面，我面色凝重，内心汹涌：一个教师，小有浮名，见惯了学生的崇拜和同事的敬重，竟然被一个不交试卷的学生抢白一顿！是学生的偏激，还是教师的偏差？

以后的课堂里，我的目光带着期待和欣赏，更多地逡巡在教室的“边缘地带”。为了让每个学生发现更好的自己，我甚至在四十五分钟里，抽出五分钟，请学生上台“讲演”，此例一开，便坚持到毕业。从木讷羞怯，到自信自如，从自甘边缘，到成为焦点，孩子们开始适应集体场合，其中最出彩的就是金剑云。他总是有着惊人之论，总是雄辩滔滔，总是博得同学们善意的起哄或真诚的喝彩！我到现在还不知道金剑云的音乐细胞如何，在一次关于音乐的讨论中，他在台上又滔滔不绝地发表“惊世骇俗”的高论。事后我叫他把“乐坛漫语”记录下来，挂在教室里展览。

渐渐地，金剑云的眼光开始在课堂里闪烁，耷拉的脑袋开始抬起，因身高而稍显佝偻的背脊开始挺直，他成了班级里一个不容忽略的存在了！尤其是在篮球场和足球场上！这班自上海回来的孩子球技不俗，就在写这篇文章的时候，已经在建筑行业做得风生水起的李海峰同学就在朋友圈里吐槽中国的足球职业联赛：“感觉我们初中时候，班里踢球的默契配合都比他们好！真的看得窝火！”如此自信，如此热爱！应该说金剑云们的姿态就是青春的姿态，运动场上的身影应该是女生们关注的焦点吧？但什么时候，在阅读和写作上，金剑云也能够让他像演讲和运动那样充满自信呢？

久久期待的回响在一年暑假后产生，我布置了一个特殊的写作任务——走访自己熟悉的村庄、社区、街道、商行等，确定一个你认为重要的问题，写一篇调查报告（独立、合作均可），但要写满四张作文纸（回浦中学自己印制的作文纸，一张八百格）。暑假结束，学期开学第一件事就是上交调查报告，第一堂课，就是评价这份特殊的暑假作业。20世纪末，临海市杜桥镇民营经济破土而出，其中眼镜的制作和贸易名声远播。金剑云的作文题目好像是《来自杜桥商城的报告》，从原材料的进货渠道，到眼镜的加工制作，从利润合理的定价，到难以想象的销售手段，金剑云洋洋洒洒，写了整整六张！我必须要请金剑云走上讲台，讲一讲作文背后的故事。平时不太交作文的金剑云，居然也能长篇大论！别人进不去的“灰色地带”，他居然能够深入其中，不管是道听途说还是亲眼所见！我向来不吝惜对学生的肯定，如果我没有记错的话，这可能是我对金剑云最高调的一次表扬了。

教师对学生善意的纵容，常常换来学生“自以为是”的滔滔不绝。在万马齐喑的课堂里，这样的“喋喋不休”是多么难得！

譬如王亚云同学，在我欣赏的目光鼓励之下，老是喜欢与我“抬杠”，尽管有时候，她的逻辑如天马行空，她的思想如星空流云。但二十多年过去了，那些“罢考人”“抬杠人”和“吐槽人”都还沉潜在你生命的洪流里，一声呼唤，随时浮现。如果现在问其中原委，金剑云们可能会讲出一番深刻的道理来。其实，最简单的答案就是“态度”。当他们大汗淋漓地抱着篮球回到教室时，你能朝他竖起大拇指；当他们剪不断理还乱的回答引起同学一脸迷茫时，你能帮他梳出条理；当他们那些“偏执的真理”引发顽皮的同学喝倒彩时，你能够找出成立的理由，让他从演讲台从容凯旋……

平日里会偶尔收到金剑云的问候，知道他在香港料理上市公司，或者在美国投资生物医药科技。他所接触的各色人等，生活的世界，和当年截然不同。面对这个变幻莫测的市场，他要破解的难题，远远超过回浦中学的“试场”。那么，金剑云究竟靠什么，去完成一份份精彩的人生答卷？平日里偶尔和外语班的学生谈起“金剑云奇迹”，每个人都有不同的解释；作为教者，我更多想到的是“金剑云启示”：

同龄人的“书包把背都压弯了”，金剑云从中学时代起，就喜欢篮球和足球，这让他有一个健康的体魄和阳光的心态。他跟余秋雨先生的合影，谦虚有节，不卑不亢；在“静思园”里的留影，玉树临风，风度翩然；沙漠徒步拉练时，在一群青年企业家中，活力四射。你说，中学时代的分数和身心，哪个更重要？

走出书斋，欣赏“外面的世界真精彩”，金剑云能够比一般人更早地实现社会化。感念“滴水之情”，做同龄人想到做不到的事情。走进成人社会，关注初露端倪的市场经济。你说，了解人性与社会的情商，与“一心只读案前书”的智商相比，哪个更需要？

“足将进而趑趄，口将言而嗫嚅。”目前太多的学生不敢挺直腰背，不敢抬头视人，不敢朗声说话，金剑云却能够口若悬河“信天游”。你说，埋头刷题和人前开口，哪个更为紧要？

荀子曰：“君子性非异也，善借于物也。”在社会这张功利和人性结成的复杂网络里，有人既有底线，也纲举目张；有人故步自封，孤芳自赏。社会分工细密，但万物互联。你说，融入洪流和独善其身，哪个更有希望?

正在写这篇文章的时候，微信叮咚响起，是金剑云发来的一个定位，告诉我他此刻在地球上的方位。我放大一看，正是韩国首尔。我想，从回浦校园到淮海路的小洋楼，从香港中环大道到纽约的第五大道，再到今天的韩国首尔，金剑云正在一个个特殊的考场里“赶考”。我似乎在他的人生试卷里，看到了一个金灿灿的答案，那就是“素质”二字。

2019年12月

“杨百万”

“杨百万”，是瑞献的朋友们对他的善意戏谑。

我每次回到三门，当年的学生便呼朋引伴，设宴款待，召集人十有八九是“杨百万”。但我不喜欢“杨百万”这个称号。在我看来，这个称呼带有一点不怀好意的挤对。这世上，“闷声大发财”的人士多得很，为什么对一个在市场经济上刚刚起步的创业者如此相称呢？我曾经对他的绰号表示讶异，但杨瑞献微微一笑：“老师头，他们随便叫叫的，莫要当真！”

与我的小家子气相比，瑞献豁达宽容多了。“杨百万”一词，如果往正面想，倒能读出很多“正能量”来呢。

——瑞献是一个厚道的人。用数字作名号，有夸张，有戏谑，瑞献并没有横眉竖目。于是，这个数字便顺理成章地代替了他的真名。久而久之，当很多人都坐拥千万家产时，“百万”二字，就消解了财富的意义，纯粹成为一个数字符号了，那些蓄意的轻慢也不攻自破了，反倒见出我的小气了。实际上，不仅仅是称呼，好多场合，许多细节，不管是善意的，还是恶意的，瑞献心知肚明，都哈哈一笑，过去了。

——瑞献也是一个豪爽的人。每次电话连线，他的第一句就是：“老师头，晚上一起吃饭，我叫几个人！”不久，就见他夹个皮包，风风火火，穿行于酒店和宾馆之间。三下五除二，饭局已经设好，陪客陆续到来。饭局酒宴，只见他举起酒杯，颠倒淋漓，歌厅包厢，只见他打开钱包，慷慨解囊。“杨百万”一叫，那个买单的人就来到了。

——瑞献更是一个弄潮的人。别人用“百万”这个数词取代他的名字，不管是否名实相符，总归是口袋里比一般人要多出几个钱。这要得益于他对市场的敏感、初生牛犊的大胆和“摸着石头过河”的实干。在我的记忆里，他可能是“老六班”里最早在商品经济大潮中“试水”的人吧。

是的，他总想干点什么。1990年高中毕业，连专科也算在内，只有百分之二十左右的人进了所谓的“象牙塔”，百分之八十的人如风飘散到塔外的世界：不是我们成绩不好，实在是当年的题目太狡猾。于是瑞献和几个学习成绩尚可的同学，挑着铺盖，带着资料，厕身于临海的高复班。瑞献的文科成绩是可以的，只是数学一时达不到数学命题者的要求，于是第二年也未考上。那年头，复读一两年，都是经常事。六班的好些同学，也是悬梁刺股，在高复班修炼后，终成正果的，现在已然成为各界翘楚。瑞献家境优裕，父亲又是三变集团的领导。于是，那些名落孙山的同学继续焚膏继晷的时候，他已来到三变集团（三门县最大的一家国有企业）的分公司，做静电喷涂的粉墨。毕竟读过化学，见五颜六色的粉尘无孔不入，他感到担心，就跑到煤气灌装工厂做工。那时，管道煤气尚未普及，瓶装煤气方兴未艾，他觉得此中有商机，便跟厂长提出要承包。一个刚离开教室进车间的愣头青要承包工厂？厂长当然不同意。年轻人心气高，你不让我承包，我就炒你厂长鱿鱼：我辞职不干了！等他的父亲拿到清华委培生的名额时，他自行决定到浙大去“深造”了，那是1992年的年底。

说“深造”，其实是依靠大哥在浙大机房的关系，到浙大去旁听，去蹭课。后来大哥介绍他进了正规的计算机专业培训班。培训结束，他觉得计算机浪潮就要席卷世界，不会漏掉三门这个小县城，于是，1994年回乡，创办了三门第一家电脑公司，名为“雷伊特”。从市场买来各种配件，组装成286、386，供应三门的市场。公司需要管理，客户需求变化，计算机奥妙无穷，他很快觉得培训得来的知识不够了，于是从1996年到1999年，他又去浙大经济管理专业学习。

浙大的培训，开阔了他的眼界。他敏锐地意识到外语、计算机技术和驾驶执照将成为现代人必备的“三件套”。个人、单位和机关，需要升职加薪，计算机等级证书变成“硬通货”。于是，他从计算机组装，转型到计算机技术培训，他找到三门职业技术学校合作，又成立三门县首家成规模的计算机培训中心，赚到人生的第一桶金。

跨过20世纪，建筑开始智能化，弱电产业方兴未艾。杨瑞献的嗅觉又一次发生作用：建筑智能、办公智能大势所趋！三门虽然是小县城，但也被时代大潮裹挟。他把计算机硬件设备、计算机技术培训、办公智能化整合，做了几个典型的案例。当然，此行业竞争激烈，价格透明，垫资入场后，要运行验收，有时候还被拖延货款。他从事这个行业的辛苦和繁杂，我有所耳闻。那个时候，社会诚信机制尚未建立，瑞献又面皮薄，心地善。偶尔几次见面，总觉得他为工程款的结算回笼忙忙碌碌。

也许几十年乙方做得太久，他也想尝尝当甲方的滋味。2013年便和几个朋友跑到温岭，试水房地产开发。房地产行业，其兴也勃焉，其亡也忽焉，我虽然看到瑞献的座驾换上了保时捷，但他入场时，政府对一二线城市的房地产政策已经收紧，三线城市尚有市场，但观望情绪浓厚。像过去几年，房地产市场遍地是黄金的日子，已经好景难再。在房地产行业不是轻车熟路，他面临新的考验。

在房地产领域摸爬滚打的杨瑞献，还没有消去书生意气。

“老师头，同学会啥时候开啊？不要忘了当初的约定哦！”称我为“老师头”，在我的学生中，杨瑞献是唯一的一个。也许他不仅把我看作老师，也当成拜师学艺传统中的师傅了。

在我看来，这样的书生意气是好的。高中，是人生短暂的一瞬。从此出发扬帆，很多人已经看不到当初的渡头，但瑞献的目光里，往往还有回眸的光彩。倡议同学聚会，他、陈爱娇、谢伟世和朱凤鸣几个人总是最积极。这是付出时间、心思、精力但不一定得到好评的事情，没有创意的设计，没有公益的思想，没有团队的归属感，没有奉献的精神，没有同学的情谊，是做不好这类事情的。可是，他这个小老板，却乐此不疲。

平中见奇，见微知著，对于杨瑞献来说，是一贯的特点。做学生时，每当轮到课前讲演时，他总是纵横捭阖，居高临下，道人之所未道，就连平时的作文本上的文字，也是伸胳膊展腿，把他与众不同的观点展示得鲜明夸张。对于社会世情的熟悉，还会体现在他的剧本创作里，既编又导，粉墨登场。可惜这唯一的尝试，和他后来的人生并无什么关联。

此次新型冠状病毒肆虐，我又发现了杨瑞献这个筹备组还有敏锐的直觉力。经过几个月的筹备，我定名为“5630”的五班、六班的毕业三十年聚会，拟在正月初四举行。经个别同学提醒后，杨瑞献给我打来电话：“老师头，疫情介厉害，同学会怎么办呢？我们准备延期啦！”

我跟他说：“好啊！好啊！你们的政治觉悟、专业水准都很高啊！”

2020年2月

尘埃里的花朵

1995年下半年，一个平常的中午。

陈亚玲突然被左腿膝盖上方的一阵剧痛痛醒。一连几天，均是如此，还有几个晚上也被痛醒。渐渐地，疼痛加剧，她连上楼梯都好难好难，以致后面好几次上课都不能准点走进教室了。

情况加剧，她就去三门医院找同学李和权，第一次没碰到他，陈亚玲就随便挂了一个骨科医生的号，后来才发现，她自己是撞对了科室。等到隔了两周再去找同学的时候，李和权直接带她去了放射科。不知道他跟亚玲家里人说了什么，反正第二天陈亚玲回学校请好假后，就被她大哥带去了杭州，住进了浙医二院。

她很清楚地记得，那是1995年10月25日。

本以为住几天就可以出院的，没想却是整整三个月，其中经历了三次手术，两次大化疗。直到1996年1月25日，陈亚玲第一次出院回家。

能回家了，一切都结束了吧，可她没想到，这才刚刚开始。接下来的一年半时间，每隔四十五天，她就要跑杭州一次，住三门医院一次，接受大小化疗。从此以后，命运之神一直和她开玩笑。整整二十年，平均下来，每两至三年就有一次大手术，以致后来被陈爱娇同学打趣说“你就是一个医学试验品”。

有一次，我坐在她的面前。那时，她行走不太方便，但是笑容满面，你看不到丝毫历经磨难、备尝痛苦的样子：“也不知道是傻还是什么，反正只要出院回家了，就不把自己当病人了。”她轻描淡写地说着自己的疾病，好像说着另一个人的故事：

我三中毕业后，当年没考上大学，复习了两年，最后还只是以委培生的身份上了华东师范大学，这是我一直以来的遗憾哦。1994年大学毕业，被分配到了三门县一个乡镇中学。因为农村英语老师的缺乏，数学专业毕业的我，被安排当了英语老师。校长和其他几个学校领导过来听课，说吓了一跳，一个数学专业毕业的学生，居然英语口语那么溜，而且英语板书还那么漂亮。后来每次跟这些老领导聚会时，他们都要提到这件事，哈哈，开心！

陈亚玲居然笑出声来，这着实让我感慨万分。恶性骨肿瘤手术后，她好几年连走路都得依靠拐杖。一个花季少女，青春失色、职业消停、爱情渺茫，生命之路上鲜花枯萎，荆棘丛生！我准备的一切心理安慰、道理游说、痛苦迁移的说辞，在陈亚玲的明亮的笑声和明朗的脸色中，分崩离析。我实实在在地忘记了她是一个病人，依然是几十年前生机勃勃的学生，几十年后善解人意的邻家小妹。

沙拉斯特说过，每个人都是自己的命运建筑师。在生活的大厦里，陈亚玲并不想做一个被同情和照顾的病人。2001年，她的二哥介绍她去一家公司上班。那个岗位，说是坐坐办公室，会点英语就可以了。到岗以后，才知道这份工作比老哥说的要复杂很多，老板让她过去是想帮他成立外贸部。知难而进，好奇乐学也许就是她的天性。于是一个数学专业的英语教师，开始了外贸英语的学习，直接跟外国人谈起了业务。大概做了六七年的样子，外贸部门蔚然可观，外贸生意蒸蒸日上。最后还是因为身体原因，不得不再动一个大手术，2008年的某一天，她递交了一封后来被老板退回的辞职信。

只要厄运打不垮信念，希望之光就会驱散绝望之云。离开外贸行业后，陈亚玲敏锐感觉到互联网和物流技术对于商业模式的影响，于是她开始做淘宝卖家，正当她渐入正轨的时候，中途又住院了。她玩笑着对我说：

哈哈！如果不是病魔作怪，估计淘宝事业已经做大了！到了2009年2月，人都还没从2008年的那次大手术中恢复过来，一个侄儿辈的亲戚说要办家旅游公司，希望我能帮他一

> 把。拒绝了几次，没成功，最后索性答应了。就这样，走进了原来一无所知的旅游行业，直到今天。

听着陈亚玲轻松的叙述，我在想，究竟是什么让陈亚玲忘记自己是一个病人，这样忘情地拥抱生活呢？印度诗人泰戈尔说得好："信仰是个鸟儿，黎明还是黝黑时，就触着曙光而讴歌了。"是的，是对美好生活的热爱和信仰。

从2016年开始，我偶然在她和闺蜜朱凤敏的朋友圈里，看到推崇精油理疗的信息。去年在我老家的一次聚会上，她和凤敏给我带来一个美国生产的精油香熏机，非常诚恳地推荐我使用。她说："高品质的精油，对人的精神状态的改善是非常有效的。我感觉这东西，就是我冥冥之中寻找和等待的东西。所以当一个学生向我推荐时，我就非常自然地接受了它，并且喜欢甚至迷恋上了它。"

此后，我的书房里就多了玲珑剔透的香熏机，一个玉白色的圆球，带来自然草木的气息。分解的水分子散布在空气中，比烧灼的檀香更幽微柔和。蓝田玉暖，暗香浮动，令人神清气爽。而凤敏则一如既往地热诚：褚老师把您的地址给我，我再给您寄点精油来！

看来，品鉴精油，分享精油，成了亚玲和凤敏的信仰。她们的初衷在于自己可以借精油调节精神，学些相关知识，帮助一些需要帮助的人。现在，从她们溢于言表的真诚里，我感觉到她们更愿意让自己的人生浸润在精油里，散发芳香。

对于婚姻，陈亚玲感恩命运的赐予。因为身体的关系，她说自己一直以来都没有心理准备，却因"将就"二字经历了一次短暂的婚姻。但非常幸运的是，她快速地超脱出来，后来又有幸碰到了她现在的先生。也是机缘巧合，她现在的先生是原来学校的同事，她因病离校的那年，他刚刚分配进来。一个月时间，还来不及熟悉。他后来也来看过她，但她居然没有一点印象。更有趣的是，在她还是单身的时候，都曾被热心同事撮合过，但是最后都被各自理智地婉拒了。不是感觉对方不好，而是觉得对方可以找到更好的人。但人生有太多难以解释的戏剧化情节，在绕了一大圈后，不经意间又相遇了。冥冥之中，或许一切都是最好的安排！

写到这里，我不禁翻出十五年前她发给我的一封电子邮件：

> 从来没想象过这样一个镜头，十五年之后自己能坐在崇拜的老师面前不谈学习而谈心，这对我来说是何等奢侈啊！十五年过去了，我才知道您还是那么地关心每一个学生，尤其是我。如果现在我没有碰到您，我还真难以想象呢。想当初我们已经因为有您这样出色的班主任而感到骄傲了，现在就更会因为有您这样兄长般的关心而感到温暖了。谢谢您，褚老师！

随缘、感恩、达观、坚毅，即使在尘埃里，也要开出美丽的花，这就是陈亚玲。

2020年12月

温馨的午后

惠芳并不是以优秀的成绩引起我关注的，她圆嘟嘟的脸孔和长长的睫毛给我留下深刻的印象。

毕业当年，她并没有考进理想的高校，复习了一年也没考上。她的表哥大学毕业分配到深圳，因着表哥，她随着南下的人流，像刘姥姥进大观园那样，从三门到了深圳。一开始，白天在她表哥朋友的公司里做事，晚上去夜大，学财务专业。日夜兼程，持续一年，有了相应的财务专业基础，再自己出去找了一份工作，是香港人开的公司。在那里上了好几年的班，过后再到红旗出版社深圳办事处找到一份工作。在那里，她认识了蔡先生，一起同事好几年。彼此相知相爱，结婚生子。后来蔡先生独自创业，她辞掉工作，在一个小学旁边开了一家书店。因为丈夫事业兴旺而且繁忙，2000年，书店交给别人经营，她开始做全职太太相夫教子，直到现在。

我再次见到她，已是三十年之后的一个中午，在深圳一个繁华的酒店。

那时，深圳市南山区邀我讲学，食宿都已安排，但惠芳夫妇俩非得重新安排。席间，我知道他们在深圳这块热土上，如何艰难地生存，幸运地相遇，随缘地相知，最后修得正果。而那个虎头虎脑的孩子，三下五除二地扒了饭，像要去做另一件重要的事情。

父母还在陪客人，那个孩子居然自己要穿过深圳潮水般拥挤的车流和人流，去学游泳。对于这样的放任，我只有在报道日本父母培养孩子的文字中看到，今天在深圳，亲眼目睹。于是，我不禁对他俩培养孩子的方式和理念，产生了兴趣。午饭后，他们带我到家里继续茶叙，话题当然是子女教育：

> 养成自觉的阅读习惯：在小学阶段，我们从不在意孩子考了多少分，当上什么班干部，拿了什么奖，我们在意他是否爱看书。我们认为，只要孩子迷上阅读，当然，要读经典的书，这样，很多问题就会迎刃而解，将来的学习成绩自然不在话下。我们粗略统计过，我大儿子平均每周最少看两本课外书，这个习惯一直坚持到现在大学一年级。在大儿子读八年级的时候，因为他的海量阅读名声在外，还被深圳电视台“阳光梦想派”栏目组邀请去做励志演讲《用阅读打下人生坚实的根基》，还入选“广东省少年偶像二十强”。小儿子在幼儿园阶段就开始了海量阅读，光是绘本，就读了几百本之多。小儿子在五年级时还获得南山区戏剧写作特等奖。
>
> 从小开始建立良好的品格：孩子是否具有良好的品格，也是我们最关注的。不管我们的孩子未来走到哪里，做什么职业，这必须是摆在第一位的，品格塑造是家长养育孩子的首要任务。我大儿子在小学三年级时因为诚实不说谎还被老师打击报复过，但是，我们依然鼓励孩子要勇敢说真话，不畏惧老师。
>
> 先开孩子眼界，再帮助孩子立志向：“读万卷书不如行万里路，行万里路不如阅人无数，阅人无数不如大师引路。”这几句话不知道是谁说的，我觉得很对，我们就是这样做的，每年暑假寒假都带孩子去旅行，每年“深圳读书月”、香港书展、上海书展都会带孩子去见名人名家，在大儿子六年级的时候，跟着温元凯教授去了美国东西海岸看了近十所大学。从那时起，大儿子就立志要上美国名校，将来改变世界。

惠芳的大儿子已经远在美国，我提议到她的儿子的卧室去看看。说实在的，我从来没有想到一个孩子会在自己的卧室里做这样的布置：没有明星头像，没有新新人类的常见装饰，简单的床榻、被褥，一张大大的世界地图装饰了整面墙壁，上方是面积巨大像广告牌似的励志条幅：“战略性哲学家，行动派思想家，蔡逸得”。还有马克思的名言：哲学家们只是用不同的方式解释世界，而问题在于改变世界！

站在小蔡的卧室里，我不禁赞叹："少年心事当拿云"啊！夫妇俩微微一笑，说是我谬赞了。我确实不能以少年轻狂来评鉴小蔡，小蔡不属于"谁念幽寒坐呜呃"的那类人。当初听到小小年纪"将来要改变世界"的莞尔一笑变成由衷的感动了。

来到小蔡的书房，照样令我触目惊心。这是从地板到天花板的一个书柜，上下九层，左右三列，一共二十七格内外满满的都是书籍。都说书房是一个人的精神世界，我很难相信这是一个高中生的书房。这里外文书籍占了一半左右，我认得出名但没有读过的书籍，有社会科学类，也有自然科学类。我故意刁难似的问惠芳：这些是否是你开书店时候搬回家的？惠芳回答说，有些是有些不是。惠芳是个实诚人，她说：

> 蔡逸得在美国亚特兰大市埃默里读大学一年级，他在国内高中文化课考试成绩并不好，但这些书，他都读过的，我觉得，考试成绩暂时上不去不要紧，眼界开阔了，他自然就会知道如何做。我觉得我是在"散养"，孩子喜欢什么，就尽量满足他。因为是男孩子，所以我特别注重他们的体能锻炼，小儿子比大儿子还要好动，锻炼的时间到了不用你提醒，像刚才吃饭时候，到点了，他自己就会去。最关键的是，我们不指望他毕业以后，找个好工作，获得高薪，回报我们。我们家庭和谐，自己有钱，不指望孩子来养老。

说到这里，蔡先生不失时机地"恭维"起夫人来：我们离开红旗出版社办事处后，我就在外创业，家里的事和孩子的教育，都交给惠芳管。我们"三观"相同，她劳苦功高。感谢褚老师培养了这么好的学生，让我有个好妻子，孩子有个好母亲。我说，父母亲才是人生最重要的老师哦。蔡先生听后，拊掌大笑："褚老师，我带你去外面走走，去吃晚饭！"

天色渐暗，深圳街头华灯齐放。

这个充满了欲望和梦想的移民城市，接纳了无数怀揣理想的年轻人，他们当中，有高学历的博士教授，也有来自乡村的打工一族。那些行色匆匆的路人，都是流动着的人生故事，叶惠芳只是其中普通的一个。三个小时的倾心交谈，是漫长的人生剧场中一个短暂的镜头，但折射出来的光芒，点亮了这个城市的梦想。

中学三年学习，未成正果不要紧；四年象牙之塔，未及登堂入室不要紧；三十年事业打拼，沉浮起落，得失成败不要紧。要紧的是如何做一对幸福的夫妻，尤其是做一个合格的父母——每个孩子，都是独一无二的星星，都有适合自己的轨道和亮度。理智的父母是牛顿，是“第一推动力”，会把星星送入合适的轨道，让他们成为灿烂星辰。

2020年2月

小洋楼

打开“小洋楼”发来的链接，我在网络上找到“小洋楼的博客”。不看不知道，一看吓一跳。截至2020年2月3日，“小洋楼”已经发了2152篇博客了。

“小洋楼”是娄晓阳的网名。写博客，不为发表，不评职称，没有稿费，不是职业写作。从第一篇《这场四月雪并不美》到2020年1月31日的《疫情日记》，估计有一百多万的文字量。这在我所有的学生中，可能绝无仅有；即使以驱遣文字为职业的我，也望尘莫及。

因为数量浩繁，我只能走马观花。那些文字背后的人生，犹如草蛇灰线，伏脉千里，忽隐忽现。

大地及大地上的人们

娄晓阳原是我任教的高中（五）班学生，上课双目顾盼，发言积极，下课笑声荡漾，青春活泼。语文科成绩特别好，但考试运不佳。1990年只考进天津商学院，老师们都感意外。那时专科两年制，她1992年即告毕业，来到杭州“娃哈哈”，和一群大学生一起，被老总宗庆后分配到全国的各个市场跑销售。她公共关系专业毕业，负责销售，正好对路。于是上河南，下湖北。穿行于装修豪华的酒店，出入在人声鼎沸的宴席；大到发运几个车皮的果奶，小到处理果奶放苍蝇的敲诈。事无巨细，从师学习；人分南北，忙于应对。“天上九头鸟，地上湖北佬”，纵横捭阖，豪气干云，还有：“中原之行哪里去，郑州亚细亚！”豪言壮语，言犹在耳。

当然，最吸引她的还是各地的人文胜景。她既去拜访南阳诸葛庐，又到襄樊重温《隆中对》，在蒲圻的武赤壁，遥想曹军灰飞烟灭，在黄州的文赤壁，又感悟文学对自然的商业价值。她会与同伴爬上武当金顶，游目骋怀，也踽踽独行于宜昌的山水胜景，留恋风光。有时候陆路走多了，又想涉水而行，下南京，临莫愁，凭吊中山陵，漫步秦淮河，再溯流而上，慰问神女应无恙，畅游高峡出平湖。有时候还会从湖北溜到湖南，感受“气蒸云梦泽，波撼岳阳城”。1994年再转江西，南昌的百花洲、景德镇的瓷器、赣州的郁孤台、萍乡的纪念馆、鄱阳湖的接天莲叶，胜景尽收眼底，旅途总在脚下。工作间隙，玩性十足，不啻旅游达人，销售几成副业。

尽管山川名物，可以冲淡商业气息，造化神秀，也能照亮人性暗角，但她骨子里不喜欢推杯换盏、觥筹交错的生活。于是1995年初告别“娃哈哈”，跳槽到杭州日报社外联部，好像外联部承载不了公关专业的“小洋楼”，她到了没多久，外联部就取消了。当年5月，她经亲戚介绍，到北京中市研信息中心工作，开始“北漂”生活。

“北漂”是个名字很浪漫、处境很艰难的群体。有好几个“娃哈哈”同事抱团“北漂”，相互取暖，于是，他们经常在北京聚会。她那时与小昝渐走渐近，最后成了夫妻。1995年下半年，“小洋楼”又重出江湖，去天津、河北、陕西、山西、山东等地建立工作站。1996年被派往四川，跑遍了四川各地。

就这样，一个刚刚入世的女大学生，怀着一分好奇，两分文才，三分姿色，四分活力，从商业销售，到刊物发行，再到建立站点，走南闯北，东西纵横。20世纪90年代的中国，“天下攘攘，皆为利来；天下熙熙，皆为利往”。她见识过商界精英，财大气粗；官场胥吏，装腔作势；杂志编辑，好为人师；北漂文青，居大不易；交际名媛，长袖善舞；市侩奸商，老谋深算……初就职的五年，她切切实实地走遍大半个中国，游遍大地上的山川河流，领略变幻莫测的商界人事，见识芸芸众生的复杂人性。

与文字结亲

1997年，香港回归，“小洋楼”也要从北京回归了。

这是平常的一天，杭州火车站依旧人声鼎沸。陈文跃同学已经是第二次到车站接送“小洋楼”了。

从商场驱驰，到打包北漂，再到抱一把吉他回杭。在同学的眼中，那些无穷的远方和无穷的人们，还没有给晓阳以现实主义教育，五年结束了，这下，“小洋楼”总可以在杭城矗立不动了吧。

其实，文字的种子，在她的心田上萌芽已久，漂泊的心灵，也想在西湖边休憩了。毕业后，她又自学了英语和中文本科专业，先后在《浙江日报》《之江晨报》工作。2000年3月，她考进杭州广播电视周报社。从普通采编到升为编辑部副主任再到编辑部主任，直到现在。

三十年过去了，单位轮番，岗位屡变，但与文字结亲，须臾未曾分离。

现在想来，高中读书期间，娄晓阳虽然语文好，但班级里语文比她好的，不止一个，但大半生都与文字打交道，如今还能附庸风雅的，唯她一人。她摩挲汉字，驱遣精灵，与自然万物移情，与各色人等晤谈，与社会百态接触，与文化艺术对话，与时代节奏谐振。《杭州广播电视周报》一周一刊，一刊数版，从策划到采编，从撰写到审校，工作分量本就不轻。但她几乎每天坚持写博客，以记者的真诚和文人的敏感，记录近二十年自我与周遭的变迁。她的博客，从文体分类学上看，几乎涉及所有文体，既有实用类文章，又有交叉边缘文类，令人惊叹的是，她居然涉足文学创作，写散文、小说和诗歌，并且在“豆瓣”阅读平台和实体出版社出版了《恋恋韩情》《韩碟》《美国游记》《我不是娱记》等著作。而这一切，都是我作为当年的语文老师始料未及的。

“文章憎命达，魑魅喜人过。”和文字打交道，多数成不了名，发不了财。语文对于多数人，仅仅是一种工具，而把语文进化成一种生活方式，渗透进情感态度，以人文的视角感知世界万物，记录生命历程，当年的语文老师没有做到，娄晓阳却做到了。

2020年3月

人如其星

pico-satellite

pico-satellite，翻译过来就是“皮卫星”。

时间要回到2010年9月22日，中秋节，酒泉卫星发射中心。长征火箭搭载两颗“皮星一号A”卫星，进入最后发射倒计时。

作为皮卫星方总调度，吴昌聚在确保皮卫星试验队所有人撤离塔架后，在发射前的最后十五分钟，离开塔架。随着发射总指挥倒计时口令，10时42分，火光喷射，浓烟翻滚，大地轰鸣，“长征二号丁”运载火箭，腾空而起，在蓝天划出一道漂亮的轨迹，最后消失在现场人员的视野中。十分钟后，从测控室的显示屏上，人们看到了火箭传来星箭正常分离的信号，并在西安测控中心成功捕捉到卫星发射的信号。十三分钟之后，星箭成功分离入轨，地面接收站监测到了数据信号，当“浙江大学校歌”从星际传回发射现场，吴昌聚兴奋地与团队工作人员握手、拥抱。

几年辛苦不寻常。2009年的10月中旬，“皮星一号A”初样开始做鉴定级试验。完成力学环境试验后，皮卫星在分离试验中卡壳了。“问题定位是不是准确?”吴昌聚带领课题组假设了多种原因，一一分析、排除、调整，常温和高温试验都没问题了！但在低温试验时又出现异常情况。“问题定位是不是准确?”在排除了几种可能的原因后，为了找到症结，吴昌聚直接钻进了零下四十摄氏度的试验箱中观察，连续反复地试验，终于发现了根本性的问题。于是团队画了整整三天图纸，经过上千次的理论分析、验证，对舱门系统进行多次改进，最后保证分离试验万无一失。2010年6月，航天八院正样星出厂试验，每次都顺利出舱。吴昌聚那颗悬着的心终于落下。从此，对任何技术问题进行归零时，吴昌聚的追问，成了团队的标准思维："问题定位是不是准确？"

2010年8月28日，整个试验队伍三十余号人浩浩荡荡开赴酒泉卫星发射基地。作为皮卫星方在基地的总调度，他既要负责整个卫星试验队每天的工作安排，又要负责团队在基地的生活，还要负责团队成员的思想和心理疏导，更要负责和火箭设计方、火箭制造方、主星方（皮卫星是搭载星）、发射基地方、测控方等其他部门的协调。除此之外，还得做好自己负责的结构和分离机构分系统、热控分系统的工作。在卫星发射基地的这二十多天里，紧张、疲惫、郁闷、兴奋……真是百感交集过日子，万般忧乐到心头！

2010年9月22日上午10时42分，这是吴昌聚一生中值得记取的日子，也是值得浙大记取的日子，也应该在中国航天史上记下一笔的日子。"皮星一号A"的发射并正常运转，意味着中国首颗也是当时世界上功能最全的皮卫星获得成功！

星如其人

需要普及的是，1微米相当于1米的一百万分之一；1纳米相当于1米的十亿分之一；1皮米相当于1米的一万亿分之一。卫星分级，借用了这一称呼。一般分级是：吨级以上的是大卫星，100千克以内的是小卫星，20千克以内是微卫星，10千克以内的是纳卫星，皮卫星一般指5kg以内的卫星。

皮卫星，使我想到昌聚其人。

皮卫星，之所以称"pico"，就是小，那颗卫星就是一个边长15厘米的立方体，与神舟系列、天宫系列相比，相当于人身上的一个脚指甲。要知道目前人类在轨的最大国际空间站，长108米，宽88米，覆盖面积相当于两个足球场。相形之下，"皮星一号A"，小到可以忽略不计。如果类比一下，科学研究也有天空，也布满灿烂星辰。牛顿、爱因斯坦、霍金之类，永远是发光的恒星；解释经典力学、相对论、统一场论的大师们，就是绕着这些恒星旋转的卫星；当然也有倏忽闪亮、转瞬即逝的学术流星。吴昌聚虽然是浙江大学航空航天学院副教授，但在全世界科研领域，这样的科学工作者，数不胜数。昌聚最多只能算是一颗学术“皮卫星”而已，但是，他却是一颗闪闪发光的皮卫星。

因为小，所以轻。“皮星一号A”只需普通电珠发光所需的功率，重量只有3.5千克。中国第一颗卫星“东方红一号”就已经有175千克了，与现在动辄以吨来计重的空间站相比，3.5千克真是无足轻重。同样，吴昌聚在皮卫星研究的团队中，虽然是骨干力量，核心成员，但他不是项目的负责人，更不是支持项目的领导人。这颗拥有完全自主知识产权的“中国牌”皮卫星，给浙江大学添了光，加了彩，但是，聚光灯下，字里行间，报告台上，吴昌聚刻意降低“出镜率”和“见报率”，他强调的是团队的重，个体的轻。不居功，不膨胀，难能可贵。

小小皮卫星，简易，却不简单。与神舟、天宫、嫦娥相比，“皮星一号A”当然简易，但麻雀虽小，五脏俱全，所有标准都要参照航天工程的要求。从原理样机研制，到初样星研制，再到正样星研制，碰到大量的工程问题。昌聚他们每天工作从早上八点到晚上十一点，为了试验常常熬夜，“白+黑”“5+2”就是课题组的工作写照。他们说：“皮星不是做出来的，而是熬出来的。”那时，昌聚的儿子出生不久，父子难得相见，皮卫星成了另一个“儿子”。

时间短，起步晚，能超前，这也是“皮星一号A”的特点。2000年前后，美国、欧洲、日本等国家和地区已陆续开始进行公斤级卫星的研发，斯坦福大学已经制定了皮卫星研制的国际标准。吴昌聚是2007年才加入皮卫星研究的，凭着扎实的科学素养、严谨的科学态度、创新的科学素质，他开始负责皮卫星结构和分离机构分系统、热控分系统的研制，厚积薄发，后来居上，很快成为主心骨。回溯他的学习经历，三门中学期间，在我的班级里，他成绩越考越好；大庆石油学院没有清华、北大著名，但他的学业不断攀升，后发制人；考入浙大，留学瑞典，脚踏实地，日积月累，终有所成。“积土成山，风雨兴焉；积水成渊，蛟龙生焉。”此之谓也！

说起航天器，无论是简单的球形，还是复杂的柱状，它们伸出触角，展开翅膀，巧妙对接，遨游于蓝色星空，给人梦想，令人向往。但"皮星一号A"四四方方，愣头愣脑，其貌不扬。跟曲线、弧度、黄金分割率，几何对称之美，好像都不沾边。这一点很像吴昌聚。当昌聚摘下浙大的校徽，离开学生的讲台，走上杭城的街头时，你只会见到一个农民工模样的人，你绝对意识不到你的面前，居然是堂堂浙大一个年轻的博导！他不是玉树临风的帅哥，不会巧言令色，没有故作姿态，就像那颗皮卫星，朴实、平实、皮实。

按照昌聚的说法，卫星虽小，但切合实用，是茫茫星空中的"小精彩"。作为当时世界上功能最全的皮卫星，它要在空中完成测控通信、姿态控制、照相、数据存储和管理等多项综合任务。除了自身的任务之外，这类卫星，还可以在太空军事、地球遥感、气象预报、减灾抢险、应急通信、地形勘测时发挥作用。这又让我想起昌聚，除了科研之外，他还能把本科课程教得有声有色。工程力学、高超声速飞行器导论、飞行器飞行动力学三门理工类课程，本不像人文类课程可以谈古论今，纵横捭阖，逸兴遄飞，但他形成了"理论和实践紧密结合，安全和经济辩证统一"的教学理念，引进了"雨课堂"教学软件，极大地激发起学生的学习兴趣，提高了教学效率。作为项目主要负责人，他还承担了"973""863"、国家自然科学基金、国防预研、中国博士后科学基金等多个项目，发表SCI/EI学术论文30余篇，被评为"浙江大学求是青年学者"。

"皮星一号A"的设计寿命是三个月，但此刻，它仍然在离地球表面650公里之外运行，96分钟绕地球转一圈，播放着"浙大之歌"，毫厘不爽。

星如其人，人如其星，昌聚之谓乎？

2020年3月

追梦

有了高铁，往来于杭州和宁波，就是一个小时。食在杭州，宿在宁波，往来翕忽，已成习惯。有一次讲课结束，忽然想起多年不见的老学生，如今在西湖的波光潋滟中，不知怎么样了，于是试着跟其中一个打了个招呼：“何方斌，晚上约几个同学到‘纯真年代’喝茶。”

小叩大鸣，一个小时后，方斌就在微信圈里发了一个很“酷”的小视频，图文并茂，声色俱佳：

> 今天是个很平常的日子，褚老师讲课逗留杭州。
>
> 他是我们的高中语文老师、班主任，敬业、谦和而包容，但又不仅是教过我们的一个老师，他是我们高中年代的集体记忆。当你闭上眼睛，脑海里还有瑞云的山光云影时，那就抽出一点时间来吧！
>
> 无论你是哪个班的，哪个年级的，哪一届的，只要是褚树荣老师的学生，我们都欢迎你的加入！坐一坐，聊一聊，看看你的老师，还有你多年没见的同学！
>
> ——来吧！我们在“纯真年代”等你！
>
> ——与褚老师一起重拾高中时代的美好记忆和友谊！

不一会儿，方斌开着一辆保时捷卡宴越野车，来到西湖宝石山山坡上的“纯真年代”，等候着昔日的同窗好友。

渐渐地，散落在杭城的三中学子，在方斌煽情的“广而告之”之下，陆续从四面八方向山上麇集。只见方斌广口巨声，招呼客人，安排座席，劝茶进酒，螺旋不停。那天晚上的聚会，很尽兴。

在我的学生里，方斌并不是一个出类拔萃的人。论长相，没有明星风范；论读书，不是学中翘楚；论出身，不是系出名门；论知识，不是教授专家；论权柄，不是政府官员；论财富，不是资本大鳄；论影响，不是社会名流。他太普通，普通得在杭城的往来人潮中，只要一转身，就会消失不见……

但是，方斌又是独一无二的一个。

方斌的老家在三门花桥的八岭村。家庭势力薄弱，从小的他，常听到大人吃亏被欺负的事，所以方斌的爸妈希望他能通过读书，走出村庄，同时不忘何氏家训："做人要老老实实，做事要斤打斤"（斤打斤：方言，有认真、专心之意）。幸运的是，改革开放初期，受到商品经济浪潮冲击，小时的玩伴都放弃学业，下海淘金去了，但方斌的父母借钱让他读书。如今回忆起来，方斌还会眼睛湿润、言语哽咽。

方斌是个恋旧的人。对于老同学、老师、老乡，好像凡带"老"的物事，总是特别看重。后来我知道他有了公司，事务烦冗，不该叨扰，方斌仍然本性不改，大嘴一吼：没事！褚老师，只要我在，招之能来！这种恋旧，其实是重情重义，是树高千丈不忘根，他总希望能够给自己身边的亲人朋友多带来一份美好。

父母告诫"要斤打斤"，少时的方斌当"耳边风"。虽然常常看到父母的愁眉双蹙，但少年忘情，还是该玩的玩，该乐的乐。幸亏天资颖悟，初升高"临时抱佛脚"，侥幸进了三门中学。到了高中，还是三天打鱼，两天晒网！毕竟高中的课程越来越多，等他突然梦中惊醒，同学们早已绝尘而去！直到高三把眼睛弄成近视，高考还是专科的最后一批。甚至在工作后，方斌也会常常做梦，梦见自己又去高考了，不是考试迟到，就是面对数学题无解，抓耳挠腮，惶惶醒来！

方斌性本单纯，是一个可以感召的人。他原先对语文的兴趣也是冰点，后来就变成一块"可燃冰"。想当初，他常常不写周记、作文。为了吸引他游离的目光眷顾语文，我在讲台上声情并茂地朗读他的作文，聚焦所谓"亮点"，牵强附会地讲出许多好处来，让台下的学生听得一愣一愣。并让他抄好作文贴在教室公告栏上做示范，第二天上课拿了两本书，在全班艳羡的目光中，奖励给他。方斌开始有点受宠若惊，很快就"忘乎所以"——觉得自己真是一颗沉睡千年的写作老莲子，要苏醒过来了。从此，他坚持每周写周记、作文，还专门买了一本漂亮的笔记本，取了一个很文青的名——《静夜思》，“静夜思”里不仅每周一记两记，还堆砌了好多名言警句。从此，方斌好像高尔基说的那个饥饿的人遇见面包，什么《远大前程》《安娜·卡列尼娜》《老人与海》，什么培根、林语堂、梁实秋、余秋雨，甚至半懂不懂地开啃一些西方哲学发展史。可惜的是，当年的老师赶着鸭子过独木桥，不像我眼有余光，瞥见了掉队的那只丑小鸭，方斌也就只能在语文园地里蹒跚学步了，其他学科依然故我。

当然，这些阅读和写作的经验，并没有让他后来居上，直到许多年后，那些经验才渐渐发酵。他在杭州读书时，就在《中国青年报》等媒体发表文章。毕业后，大家都混迹在各种招聘摊点前，他给《钱江晚报》的一个部门主任写了一封信，被录取了！那一年，“外面的世界很精彩”这句歌词刚刚流行，他也来不及听下一句“外面的世界很无奈”，就辞了职，去了北京做“北漂”。还是凭着文字，他先后担任“联想1+1微软科技百城行”大型活动的宣传主管，担任央视二套《经济信息联播》栏目的广告策划总监。日后他跟我感慨：“年少时，老师一句鼓励的话，一个关怀的眼神，可能会留在学生的记忆中，影响或改变他的人生！”

不过，北京居大不易，方斌不想为人打工，他想自主创业，做个小老板。于是，他回到杭州，创立“梦想”品牌策划与设计公司，从事品牌战略规划、品牌设计、品牌活动传播等服务。几年来，方斌的团队服务过绿城集团、杭州银行、浙盐集团、中盐集团、钱投集团等一些客户。有时候，手头出了个得意的作品，他会喜滋滋地发给我欣赏，就好像当年写了一篇好作文。

不过说真的，我看着他的广告作品，意识到梦想公司的方斌，已经不是当年瑞云山下的方斌了！

果不其然，去年他开始筹备“嘉鹊健康”产业，专注于消化与营养健康领域。君子善借于物，他开始把触角伸向美国杜邦、量子生物、修正集团、浙江中医药大学等机构，还有知名培训公司等合作伙伴，准备构建社交App平台、产品研发、供应链采购、消化专科诊所、成长商学院、达人孵化基地六大生态体系，为消费者提供最优质的产品与健康服务。也就是说，他不仅仅想卖产品，他想倡导一种健康绿色的生活方式。这个梦，做大了！

2019年一个阳光明媚的午后，开元大酒店的落地长窗，阳光像瀑布一样洒下。我为方斌的梦想成真牵线搭桥。参加座谈的还有弄潮上海滩的老同学，经历了四十多年的市场风雨阴晴，谨慎地聆听着方斌美丽而宏大的梦想。我们问方斌在开拓“嘉鹊健康”产业之后，还有什么梦想，他想了想，略带羞涩地说：

“我要立志做三件事。第一，创建一家有价值、有影响力的公司。第二，再成立一个团队，研究一种文化现象，题目就叫‘传承’，研究世界上最优秀的家族，在做人与创业方面的世界观和方法论，写成书，并配备视频纪录片，把这种‘取法乎上’精神传递给那些更加普通，但又想上进的人群。第三，用上面积累的财富和思想，再去帮助那些像我当初一样的‘善良、勤奋、上进’的创业者，甚至去帮助失败者。”

追求财富的进取和报答社会的关怀，正是优秀企业家的责任，我深以为然。方斌从学校毕业出来试水，到融入万众创新的时代大潮，他还没有功成名就。他没有走完资本积累阶段，他甚至没有达到财务自由的境界。虽然他开着大卡宴，住着大平层，像他这样怀揣梦想的人，在这个智慧城市里，如过江之鲫，触目皆是，但是，我着着实实被他创业的梦想所感动，想当年，老褚也曾对生活豪情万丈，对未来充满梦想。在他的身上，我感觉到似曾相识的冲动。但市场残酷，江湖浪高，但愿运气和机遇能垂青于他。

那天下午的开元大酒店，阳光普照，心地温暖，记忆和话匣同时开张。方斌开玩笑地跟我说起他的绰号，因为他的嘴巴特别大，同学都叫他“大嘴”。他说：大嘴没有什么不好，男人口大吃四方！有些同学觉得我这张“大嘴”经常跑马，我觉得能说大话也没有什么不好，大话加上实干，梦想就能照亮现实！说着，他指着电脑里的PPT，向我展示“何氏金句”：

> 创业是人生自我修炼最好的道场！
> 可以不断积累对开拓未知世界的自信！
> 可以不断收获对极致完美成果的欣赏！

2020年4月

·怀　人·

个性的旗帜

好久没有看过秀楷了。

一个平常的日子，几个好友相约来到临海陵园，看望秀楷。山前车马川流不息，后山草木静默无语。低矮、局促，其貌不扬，秀楷之墓静静居于其间。“楷，我们来看你了。”熙钊只喃了一句，便不再说话。摸着冰冷生硬的墓碑，我们半晌没有言语。碑前散放着好几个纪念卡，做工精细，但已被雨水泡得变形，上面写着“献给敬爱的郭老师”。字迹不一，形制不同，那是不同学生制作的。这些泛白的纪念卡，使我们领悟什么叫“活在心中”：领袖逝世了，我们说这样的话；英雄牺牲了，我们也说这样的话；秀楷去了，我们却没有说这样的话，学生也没有说这样的话。学生只是逢年过节一样送贺卡，我们只说“秀楷，我们看你来了”。言谈之间，仿佛老友在前。

秀楷，你太累了，歇息一下吧！我们回去了！盘桓一会，我们就下山了。回来路上，我们谈起秀楷的个性。我想起与秀楷第一次见面时的情景。在临海车站，我们同去温岭大溪开市中语会。其中有个人高挑个儿、白皙脸孔，少言寡语，但书卷气逼人，便觉与众不同。与同道交流后，才知道这就是传说中的郭秀楷。后来接触多了，对其卓异的个性深为感叹。对于荣誉名号，我向来采取“自然主义”态度。行者常至，为者常成，条件具备，也不亏心，便泰然受之，并不故作清高；时机未到，火候不足，也不跑着跳着，处心积虑，孜孜以求。我们的周围有太多有步骤、有包装、有技巧地获取种种名号的人事了，可秀楷绚烂至极归于平淡。省第七批特级教师推荐期间，我们多次催促，有关部门甚至特地打电话至省教研室举荐，省教研室的领导也真的来电“劝说”，可秀楷依然故我。我想这不是故作清高，也许在秀楷的心目中，“特级教师”真正是育人模范、师德楷模、教学专家“三合一”的高标；也许他认为整个队伍鱼龙混杂，所以“贤者不至”。我说：“沧浪之水清兮，可以濯我缨。沧浪之水浊兮，可以濯我足。”秀楷淡淡一笑：“不是我故作矜持，是我不够格。”

一介书生，对于名号如此淡然，但对学生，却是另一样子。他把全部心思花在书本里，花在学生身上。唯下不唯上，唯实不唯名，这需要一种博爱情怀，一种道德良知，一种教育责任感，一种耐得住平淡寂寞的心性。这才是真正的师表啊！难能可贵，秀楷做到了。所以领导提拔他做市教研室主任，他还要主动到台中兼课，而且一兼就停不下来，直到去世。他曾在《语文学习》上自叙“我是块教书的料”。“我是块教书的料”，不仅是一种自谦，也是一种自信，没有眼睛向下的决心，没有脚踏实地的精神，没有饱读诗书的积淀，没有春风化雨的能耐，哪里有这种自信和执着啊！

大千世界，茫茫人海。虚与委蛇者常见，名不副实者辈出，表里不一者众多。正直的坦诚的质朴的善良的本性早已退居在美丽的语言和亲热的笑脸后边了。但秀楷其人，个性卓然，这使他成为一个耿直之士。喉咙里有一根刺，会搞得五脏六腑感觉不是很好，但正是这样的刺，使我们小心饮食，注意肌体的健康和正常。而如今，耿介之士走了！街市太平，局面融合。菜色的脸孔，匆忙的脚步，单薄的身形，化作北固山下的一方矮矮的坟墓，但每个知心、知情、知己者，都会看到临海城里，有一面个性和人格的旗帜在猎猎飘扬。

2000年10月

微笑是你最常见的表情

见红姿最后一面，是在9月2日。我匆匆赶到明州医院，护士急切地迎上来，还以为我是北京来的专家。当我把这样的误会告诉她时，她的嘴角露出一丝微笑，多么熟悉的微笑啊，但是转瞬之间就没有了。

微笑是红姿留给我们最常见的表情，但是，在最后的日子里，我们四目相对，面无表情，无法言语。“褚老师，我不知说什么好!”小于拿来纸笔，这是她写给我的最后一句话。

是啊，说什么好呢。

对于生命之重，还有什么语言能够超越呢？我只好傻傻地说些傻傻的话，然后看着这个平时笑语盈盈的红姿，在我的眼眶里渐渐地显得模糊而遥远。

我们知道那一天一定会来的，所以一直怕接到小于的电话。9月12日中午，接到小于的电话，平时的担心终于成为事实了。人生多情在这里，人生的残酷也在这里啊！不管你愿意不愿意，也不管你相信不相信，那些与你特别亲近的人，最后还是要走的，无一例外，无力阻挡，也无法填补！

是啊，每一个人的消失，都是无法弥补的损失。

一年前，上海师大王荣生老师邀请红姿给国家级骨干教师执教示范课《事物的答案不止一种》，这是很好的一堂示范课。但是，红姿去上海，不是去课堂，而是进了医院。那堂课就成了永远无法公开的课。

当时，我为这堂课拟写了访谈提纲，想完成一篇课后访谈录，她也答应待身体恢复时再写，但是，今天，访谈录回答的这一部分，仍然空着，也是永远地空着了，那是一篇永远无法完成的访谈。

得知红姿患病的消息，省内外语文同道纷纷表示惋惜和慰问。中国中语会领导谈起她入选到2012全国年度课堂教学中的课例，省中语会领导谈起她在浙江省语文新课程改革中的课堂教学，宁波语文同人谈起她对宁波语文教学的贡献，江北区教研室、学校和语文教师，北仑区的那些好友、同事和学生，谈起红姿的教育和为人，都有着发自内心的尊重和赞叹！

人生烦冗，我未能及时转达同人好友至诚至情的牵挂给干红姿和她的亲人。昨天，远在美国的金戈老师，远在杭州的吴丹青、赵群筠，远在上海的郑慧、邓彤、陈隆生等人，特地给省语文教研员蔡少军老师和我发来短信说：真的很遗憾，未能送红姿一程。哀思无限，愿红姿一路走好，在天国幸福！高中教研员毛刚飞、杨祖义、何志浩等纷纷发来短信，何志浩说：我们还在为她最近逐渐康复而心喜，想象某一天会突然出现在我们中间，怎一下变了？我们在清华培训时的音容如昨，怎一下天人相隔？一恸！而宁波市语文学科教育家培养班的同学在张霞儿老师的首倡下，在QQ群里发布了好多沉痛的思念和祈愿！

红姿，我想说的是，那些本性善良的人，那些品行优良的人，那些业务优秀的人，一直是你的同类，一直牵挂着你的喜悦和成就、痛苦和悲伤。因此，你的心魂并不因一个身形的消失而离我们遥远，你所有的朋友都不会忘记你那善良的品行、踏实的为人、隐忍的性格、卓越的师表！省内外各地的朋友，都因失去你，心存一块难以弥补的空缺，又因为你的品格永存，而感激命运深刻的启示和你榜样的烛照。

红姿，我想说的是，你的亲人和我们在一起，未曾远离。你的聪慧的儿子将从今天开始，真正长大成男子汉，在漫长的人生旅途上，他将慢慢读懂他的母亲，并以你为骄傲，而且必将成为你的骄傲。

红姿，请你放心，愿你安息。

2013年9月

永远的校长

办公室里的绿植在空调的暖风中，微微摇晃着叶子，向窗的一面像涂了一层油，闪着光亮。这是一个宁静的冬日早晨，整个楼层只有我一个人，整幢大楼只有我跟门卫两个人，平日烦冗的事务终于在寒假开始后的今天告一段落，我可以写一写蒋校长了。

与很多声名在外的重点中学校长相比，蒋校长似乎是落寞的，百度的人物介绍里只剩下两行字：

> 蒋裕源，现任宁波市大榭开发区大榭中学校长。2000年曾获“全国劳动模范”荣誉称号，1996年2月至2003年2月任宁波中学校长，特级教师。浙江省第九届人大代表。

不要小看这两行字，换作其他人，两行字的任何一个单句，都可以扩充成一本书吧，而于他，“省人大代表”“全国劳动模范”仅仅是一个名词而已，名词背后的人生故事和生活细节，都随着时间飘散了。

我认识蒋校长还是华长慧先生创造的机缘。许多年前，我曾有来宁波的“小动作”——在宁波中学的一次招聘会上，我向一个办公室老年女教师递了一份简历，那老教师的眼神分明告诉我，宁波中学，堂堂学府，不是轻易可以进的。于是，我也就偃旗息鼓，打道回府了。不料前缘未了，若干年以后，又一次机会重来，华长慧先生把我介绍给宁波中学，说是蒋校长一直在物色特级教师，并对蒋校长的办学业绩赞誉有加。自此，蒋校长与我的生活便有了交集。

那次相见在蒋校长的办公室。窗外的兴宁桥车水马龙，阳光照进蒋校长的办公室，温暖而和煦。蒋校长身材魁梧，面如重枣，眉若浓墨，气宇轩昂，一看就有管理专家的气场。但他仍然谦虚，求贤若渴的样子，他说宁波中学要提升，需要一大批名师，说同来的还有舟山中学的一位特级教师，希望我们能够为宁波中学的教学出谋划策，贡献力量。

后来，通过不同媒介的了解，才知道蒋校长在宁波校长群体中的崇高地位和威望。他是老杭大1968年数学系毕业的，分配到舟山普陀中学工作十三年，1981年才调回宁波市教育局教研室任数学教研员，那时我刚刚大学毕业呢。蒋校长1986年调到宁波中学以后，历任教导主任、副校长、校长。在校长任上一干就是七年，其间主持宁波中学的搬迁大事。新校安定后，他才告退休。上海教育出版社曾出版过他的管理思想成果《从历史走向明天》，据我了解，这是蒋校长多年来倡导的“三自”办学思想的结晶，也是宁波中学历任校长一直恪守的学校文化。如今，“三自”办学思想还镌刻在宁波中学大门的背面。

他退休后，有一次我到他家探望，他正在逗着小外孙玩儿。小外孙娇弱，聪明，任性，蒋校长跟在她后面，亦步亦趋，一副孺子牛的模样。在满心欢喜的老人面前，一个孩童就是一个天使吧，蒋校长便向我描述起小外孙种种奇怪而可爱的行状来。语言之间，半是嗔怪半是夸耀。在管理学校方面，蒋校长丝毫不含糊，是实至名归的管理专家，但在管理小外孙上，却时时露拙，完全是一个爱心满满但又“管理无方”的长者。含饴弄孙，据说是人生幸福晚景之一，蒋校长应该是享受到了。

林子大了，什么鸟都有。有些校长深谙“以无厚入有间”的解牛之道，避开“技经肯綮”，但蒋校长在管理上绝不做欺软怕硬的事情。遇到有几个以“敢作敢为”著称的人士，有些管理层都是笑脸相迎，甚至点头哈腰的，但蒋校长腰杆笔挺，正气凛然。有一次我正找校长有事，刚好见他横眉怒目，拍案而起，一副刚正威严的样子。见我来了，那个老师便匆匆而出。我从来没有见到过蒋校长的雷霆之怒，不胜意外。“太不像话了，底线都没有！”蒋校长余怒未消，我问：“蒋校长，怎么啦？别生气。”他马上和缓下来，说：“也没有什么，只是正气不树立，歪风邪气就会占上风。”言毕，就谈起我的事情来，思路清晰，语言平稳，颇有“来如雷霆收震怒，罢如江海凝清光”的境界。

蒋校长工作时激情投入，“洸洸乎干城之具也”，但平时平易近人，与同侪之间毫无隔阂。有一次我还在教研组办公室办公，只见蒋校长踱步进来，坐在我的对面，稍带兴奋又有点遗憾地说：“哎呀，老褚啊，今天的考核我不理想。”一问之下，原来是特级教师面试刚刚归来就迫不及待和我们分享体会：评委问了我这个问题，我那样回答，现在我想想不对啊，应该这样讲啊！你说是不是？蒋校长跟我讲起很专业的数学问题，也不管我懂不懂，总之是十分认真地反馈着自己的思路，并指出另一种更好的方案。我有点受宠若惊，也有些始料未及，便不懂装懂地听他讲数学答辩。一般人都讳言己短，特别是有一定知名度的人，往往爱惜自己的羽毛。即使参评了什么，回来也是讳莫如深，待到结果大白于天下，同单位的人才恍然大悟：原来有这回事啊！居然评上了！但蒋校长竟然在教研组办公室揭己之短，真是大开“耳界”了。现在想来，一个身为长者但仍有赤子之心的人，才会这样无遮无拦，月白风清啊！

宁波中学原在兴宁桥下，学校搬迁到高教园区，虽然是市里的决策，但是老校友总是对故地情有独钟，何况这里还是孙中山演讲之地呢，还是张之洞题签的“宁波府中学堂”所在地呢。老校友们的恋旧、家长们的埋怨、老师们的议论，都成了蒋校长的压力。蒋校长是力排众议，力主搬迁。我想，在宁波中学的校史上，蒋校长是迁校功臣，应该重重记上一笔的。记得我刚来宁波中学的时候，蒋校长亲自陪着我，到今天的高教园区“展望未来”，那时宁波中学新校址还是一片荒凉的农田呢！连高教园区都在建设中，整个工地工程车来往驰骋，尘土飞扬。“这一块就是将来你们工作的地方！”蒋校长指着一片工地，踌躇满志地告诉我。脸上洋溢着创业者的激情。

一个学校整体搬迁，涉及的事项，千头万绪。通宿制学校变成寄宿制学校，学校管理规章需要重整，教师的工作方式需要改变，单单是学生上学、教师上课，就有无数细细碎碎的事项，要与各部门协调。譬如现在宁波中学教师仍然享受着的交通补贴，就是当年蒋校长争取来的福利，尽管现在高教园区已经不算乡下了。就是极小的一个细节，蒋校长都尽量考虑周详。当时要立迁校纪念碑，我遵蒋校长之嘱，“既要有文化品位，又不能太古奥”，写了一篇骈体文格式，用现代汉语的碑文。过了好久，学校决定要用我这几百个字了。蒋校长特地找我解释背后的渊源，说：“我们同时请几个人写好碑文，寄给中华书局的傅璇宗老先生，你的碑文是傅先生亲自拍板的。”我本身对这类树碑立传的文字不敢过望，当时也是怀着完成任务的心态。如果早知有“竞选”的机制，按照我的性格，早就不去凑这份热闹了，孰料蒋校长竟然如此细致。而后，他又跟我说，虽然采用了你的碑文，但是碑文是代表学校的，所以碑文里不出现作者的名字。一介组长，初来乍到，用了稿子，已属嘉奖，岂敢有刊名之想？但是蒋校长依然说明缘由，表达了对普通教师的尊重。

每个学校都有个性卓立的人吧。蒋校长退休已届，一次参加组长会议，我记得是他最后一次参加这类会议。那时我还是宁波中学的语文组长，因为什么事情我已忘记，总之，一个老年的组长在会上言辞犀利地批评学校，言语锋芒明里暗里指向蒋校长。蒋校长也许太了解这个组长的脾气，也许是所提意见无关原则和底线，他便笑语晏晏地加以解释。众人都过意不去，便向那个组长投去冷冷的目光。但会议后，蒋校长仍然跟这个老组长有说有笑地离开。

时光匆匆，春秋代序。那些移植的大树终于在春日绽出嫩芽，经冬的草皮也泛出浅浅的绿意。那些学生和教师如潮水般涌进涌出，我也是其中一员。铁打的营盘流水的兵，每个人都是过客，有些驻留得长久，有些是惊鸿一瞥。蒋校长是哪一类呢？

又一个周末傍晚，我因事去学校。宁波中学的大门是朝北的，这也是一个独特的设计。蒋校长的办公室在四楼，窗口正对着北广场和校门。远远地，我望见蒋校长倚靠北窗，抽着烟卷，凝神远望。北广场上散落着正在活动的学生，接送孩子的汽车来了又疾驰而去，很长一段时间，蒋校长保持着遥望的姿态，没有改变，只是泛白的烟气，浓一阵，淡一阵，袅袅上升，最后消散于向晚的天空里。

2020年2月

绝唱

序

当我还在众人对父亲的赞誉声中沾沾自喜的时候，父亲不知不觉就过了耄耋之年。安排父亲的晚年，是时候了。

父亲有四女三子，分布各地。我居于甬城，往来武岙不便。也曾有念头接老父来甬居住，皆因诸多不便而作罢。后经朋友帮忙，租住宁海县民政局老年公寓一间，尽管每日有宁海的兄弟和姐姐眷顾，但老父如无根之木，精神不振。无奈之下送回老家，车到武岙，脚踏故土，父亲就如久旱之苗，忽逢甘霖。此时我才知父亲这棵百年老树，是不能轻易移植了。大哥虽居于武岙，但年近古稀，照顾老父，力有不逮。父亲日薄西山，气息奄奄，这可如何是好？

2008年10月6日下半夜，我在梦中醒来。当时记录梦境如下：

> 吾久在外，亦不知何营生。清晨微寒，天露鱼白。遇砖石老屋，空无人迹。忽见一老者仰卧，其身枯瘦。近视之，乃家父。悲悔交加，轻抚额，稍动；唤之，略有回应。心稍宽，自语曰："曝诸天下，卧于石板，何为也？"伸掌于父颈下，瘦骨嶙峋，身甚轻，抱之入屋。老屋尘泥渗漉，久无人居，一大床居其中，上堆棉絮，有蛛丝垂然。抱父于床，拂蛛丝，垫棉絮，使其平卧至舒坦状。凝视老父睡态，喜忧参半，喜老父气息尚存，而忧其风烛残年也。心中大恸，忽醒，时在寅末卯初。

无须弗洛伊德精神分析，此梦就是我的心结：老父身边无人，假如去世多日，尚未发现，岂非子女永生之痛？这类憾事常见诸媒体。父亲一生劳苦，晚年老屋坍圮，只在大哥屋前搭一平房蜗居，一旦有事，岂能寿终正寝？自此以后，于坍圮宅基上建房，安顿年迈父亲，便成一桩心事。

事因难能，矢志可达。经过辛苦经营，三年前，老家宅基上终于建起简易别墅，父亲也到油尽灯枯之际。族中亲人有好心者提示，人逝于新房，按照迷信的说法，似乎不宜。此时我的血缘亲情、科学教育和宗教情怀同时起了作用：老父之逝，犹如长睡，有何不吉？何况以百年之身归老，何讳可避？我之辛苦建房，也是了却老父心愿，便不做多想，匆忙安排老父入住。老姐们做了父亲贴身保姆。老父住进新房后，心情渐好，行将熄灭的生命之火，竟然幽幽闪亮，燃了将近两年。这段时间里，兄弟姐妹们在新房里轮流侍奉，父亲才得以走过最后的日子，直到丙申（2016）年端午节。父亲在民国6年出世，一介草民，卑微生命，居然在乱世中活了百年，实是子女之福。如此凡人奇迹，应该留点文字，以为心香。但世事烦冗，数次提笔又止，直到今日，断断续续缀成一篇，算是对父亲的纪念。

人生从离乱开始

农历丁巳年九月初七（1917年10月22日），父亲出生于东岙褚家。这个宁海南乡的濒海小村，宋明时期曾是航海大埠，有商帮往返日韩。如今偏于一隅，不知中国大地龙蛇横行——张勋带“辫子军”入京，“宣统帝”宣告复辟，中国重新进入短暂帝制。于是各路军阀“护法”，狼烟遍地，南北民众闹事，此起彼伏。遥远的俄罗斯，列宁发动“十月革命”，地球上第一个社会主义政权建立。丁巳这个蛇年，实在关涉中国的历史走向。覆巢之下无完卵，父亲到得人间之时，正是家道中落之际，但老父豁达，回忆前尘往事，总会过滤掉人间苦难。他津津乐道于祖辈的“显赫”历史：祖母一支，尚存文脉（她的弟弟就是地方上有名的秀才），祖父褚元兴是族中长者，德高望隆，曾主持褚氏宗祠修建。其实，父亲降临到旗门港畔之日起，人间苦难便接踵而至：六岁（1923）失怙，母亲刘氏，独立难支，经宗族中长老撮合，招东岙下林村的姑丈入赘，后刘氏又带年幼父亲去下林姑丈家过日。十岁时

（1927）刘氏郁郁而亡。总角之年，父母见背，寄人篱下，数遭闵凶，但父亲每每语及此事，从容安详，好像叙说着与己无关的人生。已过天命之年的我，对历史和人事已有真切体认，听着老父平静的语调，不禁浮想联翩，泪眼暗弹。

父亲有姊妹三个，大姐嫁武岙，二姐做童养媳到上洋，三妹做童养媳到上张。家境贫寒，人主零落，才会让子女少小离家。父亲十一岁（1928）那年春节，踽踽独行于海边小路，到武岙大姐家拜年。寒风凛冽，衣破不能蔽体；滴水成冰，鞋破不能裹足。大姐视之，不禁心酸。父亲的大姐一家，家底殷实，父亲的姐夫于宁海西门学堂毕业，知书达理。于是父亲便留在大姐家里，帮着放牛。一个孤儿，终于在武岙安顿下来。

父亲的苦难，是时代的苦难；父亲的历史，也是20世纪农民的缩影。当我有意记录他一生的行状时，父亲年事已高，“口述史”的思路已不清晰。经过持续关注和反复启发，父亲前半生的“年鉴”才出现大致的脉络：

> 11岁至17岁，边放牛，边帮大姐家干杂活。18岁（1935），开始在武岙做“作头”（一个正式的劳力）。20岁（1937），娶下岙费氏。22岁（1939），生大儿孔成。25岁（1942），费氏生女，母女殁。27岁，在宁海东南旅馆做茶房。28岁（1945），娶武岙黄氏（名讳才女，时年20，即我的母亲）。30岁（1947），生女，当月夭，母亲旋赴沪做乳母。31岁（1948），母亲自上海回。因临时船票改期，逃过一劫（江亚轮沉没于港口，至今原因扑朔迷离）。32岁（1949），琴凤出生，住“后退”道地。父亲当农会长，土改后为人民代表。35岁（1951），桂凤出生。父亲参加土改。38岁（1954），生柳芳。父亲得病七个月，母亲奔走甬台各地，求医问药。42岁（1957），生春花。家贫，向信用社贷款。45岁（1961），生树荣。逢三年困难时期，饥不择食。48岁（1964），生小荣。50岁（1966），生小女，月里亡。同年母亲亡故，年仅42岁。

我在回忆母亲的文章《最后的容颜》中写过：母亲之死，是我人生的大事件。那一天，多人奔走于高台道地和丧仪场所，而横路山姨娘的号哭从后山传来，让人惊悚；父亲垂头丧气，倚于老屋门框，委顿之态，让我懵懵懂懂地感到事态严重。那一年，我刚六岁，人生的记忆自此而始。

母亲去世后，父亲承担了父母双重角色。那时生产队以工分计酬，每到年终，父亲神情惨淡，又要“找出”（指欠生产队钱，需交出）了。数口之家，全靠父亲一人支撑。后来家庭劳力渐渐好转，几个女儿也能挣工分，但出嫁的年龄也就到了。我们兄弟姊妹，均隔了三岁，四个女儿，相继出嫁。当父亲送走四姐后，弟弟初中毕业，远去新疆，我大学毕业，分在外地，父亲也就基本上是一个人过日子了。

好在我的学校离家不远，但每次看望父亲，总是情郁于中，让人怅惘。除了偶尔遇见姐姐回家看望老父之外，我更多是和老父相对独坐，默默无言。有时候回到高台老屋，父亲出外做农活，我就一个人踏着“吱呀”作响的楼梯，上到二楼。两张床铺，几只木箱，数个陶缸，它们如此完整地尘封我的少年贫乏和父亲的中年劳碌。透过木窗，遥望海港，渔船零星点缀，我再也没有少年时期等待渔船靠岸的想望（年少时节，渔船出海归来，总会带来美味鱼蟹）。后来大哥家造了新屋，高台道地的老屋空出来了，两间老屋只剩老父一人居住。又后来同道地的邻居也搬走了，整个道地只剩老父一人。我从沙柳到三门再到临海，成家以后，离老家越来越远。每次回家，触目惊心之余，惭愧日甚：这次是大哥的老屋漏雨了，下次是隔壁的老屋坍圮了，再次是父亲的老屋后墙渗水了，再下次是父亲的老屋梁柱腐朽了……修修补补，父亲仍然独居于此。又过几年，摇摇欲坠，荫蔽了一家老少的高台老屋，实在不能住人了。老父又不太愿与大哥住在一起，最后，由我主持，在大哥屋前，造了一间小屋，便于大哥照看。老父终于依依不舍地搬离高台道地。当年的一场台风过后，高台老屋终于变成废墟。过了两个春秋，我生于斯、长于斯的高台道地，只剩断壁残垣，乱石委地，青蒿蓬蓬勃勃，何首乌郁郁葱葱了。

2001年以后，我已从临海到了宁波。几年来，总是隔些日子便打电话请安。只要我电话过去，父亲的声音总是开心而爽朗。有一天我又打电话给父亲，但电话那头的声音生涩而低沉。我突然有些不放心，便在双休日赶回家。那时武岙老人协会已经成立多时，父亲还帮着老人协会播放电视，掌管钥匙呢。到了武岙，刚好是中午，偌大的祠堂，众人已散，老父独坐竹椅，斜着身子，低头瞌睡。我走到父亲身边，在他的对面悄悄端详，老父浑然不觉。一个年近期颐的老人，竟然在空旷的祠堂里，无人招呼，无人陪伴，独自瞌睡。我心中无限酸楚，愧疚难当，扶着老父回到小屋。自此以后，如何安顿老父？心忧日甚。日有所思，夜有所梦，我知道，2008年的梦境就是这一天刺激的结果。

乡村“秀才”

我初入学的时候，父亲在我心中，就是一个“书法家”。那时他偶尔会在饭后，用筷子蘸水，教我习字（尽管他识字不多，但在我面前，好为人师）。“文革”后期，我家的藏书只有两种，一种是《毛泽东选集》（四卷本），另一种就是父亲用毛笔手抄的几本地方戏曲本。什么《四郎探母》《赵云贵出路》《杨家将》《蟠桃会》《双狮图》等。我最早关于竖排本和繁体字的启蒙，就来自父亲的手抄本。少年时期，只觉得父亲的字漂亮而烦琐。我常常用刚学来的简体去比对老父的繁体，并说他写错了。父亲并不知道为什么“趙”要写成“赵”，“楊”要写成“杨”，只是颇为自得地说，他的字是过去读书人的写法，我的字是现在小学生的写法。时光漫延，抄本失散，现在老家的手抄本《赵云贵出路》（猜为“出逃”），成了“海内孤本”。大学期间，我也曾学过一年半载的颜真卿，如今来看老父的手抄本，字体匀称，笔法拙中有矩，看似天真朴拙，实是来路有自，一派烂漫。我曾好奇父亲的书法得自何家真传，他说是童年时代，曾跟东岙一个寺庙的师父学过一年，而父亲的名讳“善缘”，也拜师父所赐。（父亲说，到他这一代，褚家这个分支每一代只有一个男孩，“丁吊丁”已经三代。彼时宁海乡间有遗风：为子女安生，到寺院里拜个师父。）民国肇始，学风首开，东岙曾短暂有过小学校，父亲断断续续跟过一年，后因家贫无以为继，托身武岙做了“小放牛”以后，父亲的学校教育便转而为“自然教育”了。

有几次，我回到武岙，父亲第一件事就是拿出一个卷曲的笔记本，上面积累了他所不知的字，要我“分解分解”（他把解释字的音形义叫作“分解”）。有些我能“分解”，他就用同音字工工整整地在旁边注音。有些宁海土音，用诸日常，但我不知写法，如石子入水之声（音如等、龚，读如第三声），如人下蹲之状（坤，读如第三声），于是父亲便怅然若失：他觉得村里的人不会写的字，我这个“高级知识分子”是应该知道的。不过父亲的失落从不过夜，下一次，他又积习不改，准备好另一批字叫我“分解”。古时师旷说过：“少而好学，如日出之阳；壮而好学，如日中之光；老而好学，如炳烛之明。”要知道，那时的父亲已逾九十高龄，对于汉字的追认，就是他日渐衰老的生命中的幽微烛光。

乡人衡量一个人的知识，识字是重要指标。谓人无知，就说“斗大的字不识一箩筐”。正是父亲粗知文墨，又雅好乡间文艺，所以很早就是村里的“文艺骨干”。我至今不知如何指称这班人马：每逢年关，他们会出外“打狮子”“打龙灯”“打雷船”（旧历年关乡间的文艺活动，流行于三门湾畔）。邻近村庄有红白喜事，就会邀请他们吹打弹唱。据说武岙的“班次”（村里习惯叫法，但不是民间的“戏班子”）早在民国时期，于三门湾一带就稍有影响。新中国成立之后，渐告式微。改革开放后，老父便伙同村里几个薄技在身的人，重整旗鼓，鸣锣开场。每当村里有结婚喜事时，这个“班次”的吹奏演唱，总是成为热闹一景。受父亲带动，大哥成为其中的唢呐手，他还擅长“换气”技巧，即在声音不歇的情况下，实现换气。老父是掌钹高手，这是两个直径盈尺的圆形铜片，中心鼓起呈半球形，正中有空，穿上绸布用以握持，他们称为“镲盘”。这是与铜锣一样，都是靠打击发声的乐器。但铜锣在我幼小的记忆里，与恐怖有关——死人出殡，靠它开道；但“镲盘”的声音清脆悦耳，带给人热烈喜庆的情调。很多时候，我站在这班人的外围，看着父亲或徐或疾的击打，听着他抑扬顿挫的“山亢”（曲调简单高亢，一人主唱，众人应之，谓之“接后调”；念白如戏曲而略简单，伴奏倚重铜鼓、铙钹，大概是宁海平调之变种）唱腔，心里有着莫名的感动。年少不解悲欢，蒙童岂知历史？是父亲的唱词和铙钹，铺垫了我对才子佳人的幻想，还有忠良奸佞的启蒙。据说，“文革”之时，当初的曲谱，都作为“四旧”销毁了，改革开放以后，武岙村仍然能够拉起“班次”，重续“山亢”，完全是靠父亲他们几个老人的“口诵心惟”：父亲凭着记忆，抄出几本传统剧目。我当然不懂父亲手抄的竖行文字旁边的“蛇形”的符号，但在他们看来，轻重徐疾、抑扬顿挫、婉转悠扬之变化，全在其中。父亲去世前的几年，他常常摩挲着手抄的脚本，哼着熟稔的唱词，打发他所剩无几的时光。

有一段时间，我突然意识到父亲的戏曲将是武岙的非物质文化遗产，要寻找他的手抄本。他说，都在别人手中啦。可惜的是，当年一起“寻欢作乐”的乡村高手，都相继离世，那些“非物质文化遗产”也就“遗”而不终。让父亲再根据唱腔重新誊写，我俗事烦冗，父亲精力不济，皆不现实。偶尔叫他哼唱几段，也因中气不足而含糊不清。父亲九十五岁那年春节，我的儿子曾因好奇，用手机录下几段爷爷的唱腔。在我听来，咿呀作语，全然没有我少年时代感觉到的激情和活力。随着父亲衰老离世，武岙最后一位“山亢”传人在世界上消失了，而留在手机上的迷糊语音，竟成隔世“遗响”。

隐忍的现世

照理说，父亲的人生与乐曲不太相融。他少年失怙，青年离乱，中年丧妻，老年寡居，岁月里写满苦难。可是他偏不，年轻时代能够默记整个脚本，老年重组武岙“鼓吹”，沉浸其中，不亦乐乎。是禀性里的乐天，还是现世苦难，需要乡音俚曲的中和？也许二者都有。父亲中年以后的日子，应该是寂寞的，繁重的农忙之余，排遣单调时光就靠乡村俚曲。尤其是秋收冬藏之后，父亲张罗武岙的“鼓吹”班次，就是重要的年事。这几乎就是父亲的宗教，从中懂得平衡心情，移情人事，顺应天命。林语堂在《中国人》里判断：“假如没有诗歌——生活习惯的诗和可见于文字的诗——中国人就无法幸存至今。”同样适合于父亲——如果没有这些《蟠桃会》《双狮图》《四郎探母》，父亲的精神世界和情感领域里，就全是苦难的沙漠了。

当然，为人豁达，性格和缓，也是他健忘于愁苦，热衷于戏文的原因，这是有瞽者（旧时乡村常可见到视力障碍而用竹竿探路的算命者）的“箴言”作注的。母亲嫁给父亲后，常想弄明白命运里的玄妙，所以经常请算命先生预测命运。因为如此，家里屡屡有算命先生托身。周边云游之算命的、测数的，皆知到武岙某某家里，便有一碗饭食。照例，这些洞悉前生、卜知未来的人，都会给父母的命运，算上一算。这些拉着胡琴、拄着竹杖的瞽者，都会朗朗上口地重复同一句“箴言”：你们两个人，一个“愁煞佬”啦！一个“凭天倒”啊！很显然，母亲属于“愁煞佬”，遇事无巨细，心急气躁。父亲呢，天塌下来，怕什么？有高个子顶着！算命先生的“箴言”深得母亲之心，于是在母亲湿润的眼眸中，父亲哼着小调，扛起犁耙，出门干活去了。

父亲不但心胸豁达，而且生性忠厚。他不止一次跟我讲起六十年前的一桩“蠢事”。那是抗战胶着阶段，浙东一带粮食紧缺。村里头几个头脑活络的年轻人，便想着收稻谷到舟山沈家门贩卖。那时三门湾以外的东海洋面，已被日本军队控制。要到达沈家门，他们做了准备工作。一是到邻村某某人那里开一张“良民证”，据说他和日本人有特殊关系。老父当年还能说出这个人的名字，可惜我听过之后也就忘了。二是到附近村庄“赊谷”，没有钱，卖了以后再给钱，这个也不难。三是找个撑船的人，能够把一船谷运到沈家门。兵荒马乱，以小舟涉重洋，前途未卜，这些头脑活络的主事者有种种理由推脱此事。他们不约而同地想到父亲，而且他们都相信，不管这船谷粜了多少钱，父亲是不会多拿一分钱的，最主要的，只有父亲才会答应此事。果不其然，父亲答应上船，同去的还有一个牛台人，带着一支“老套筒”（我曾经好奇地问，是不是打猎的猎枪，父亲说不是。这种枪经常“扒子”，即子弹卡住打不出，我猜大概是最早的“汉阳造”）。船到了舟山金塘岛附近，远远有飘着太阳旗的小艇过来。几个日本兵上了小船检查，查出那根“老套筒”，便不由分说连人带船拖往舟山本岛。父亲两人暗自叫苦，上岸后拿着那张“良民证”，找人关说。好在那边的人居然知道开“良民证”的人，羁押一段时间，经过反复稽查，确认他们是来自宁海县武岙村的农民，打不出子弹的“老套筒”只是用来壮胆的。这船谷也都是赊来的，粜后贴补一点家用。于是就收缴了那支“老套筒”，船和谷都放回来了。据说牛台人放出之后，就驾船回来了，父亲则留在沈家门粜谷。这边母亲可急死了，打听邻村的人，说了一番惊险奇遇，就没了下文。将近一月有余，母亲、主持此事的村民，还有赊谷的村民都打听不到父亲的消息，于是他们都认为父亲有去无回了。岂知过了一个多月，父亲挎着个包裹，蓬头垢面地回到武岙，村民见之大惊：我们都以为你没有啦！不仅如此，父亲还从包裹里扯出几尺洋布，那是给母亲压惊的，然后一五一十地给几个主事的村民算清“铜钿”（父亲一直把钱说成是“铜钿”）。

多年以后，当父亲又一次在斜阳中幽幽叙述的时候，我忍不住问：

为什么那几个同村人要叫你去呢？
——他们不愿意去嘛。
这桩生意你有拼股吗？
——没有，只是叫我去粜。
他们不担心你“落小头”（等于拿回扣）吗？
——他们晓得我的。
你不知道母亲在家里担心吗？
——我勿晓得会被扣介长久。
你为什么答应这件事呢？
——人面长财面短啊。
你想过这一趟贩运，有多少危险吗？
——人的命数，老天注定的。

今天看来，父亲的忠厚近乎傻了，但傻人有傻福：复杂的人际不去想太多，蝇头小利不要太抠门，答应人家的事情要守信，苦难的现世要忍耐，人生的命数要顺之自然，这不正是父亲的人生哲学吗？他在住进新屋以后，也许意识到留在人世的时间不多，经常向我发些“人生感慨”：他说一生在武岙住了九十年，除了跟我的母亲拌嘴外，从没有跟别人吵过架！想不到现在这么享福，忖忖真是“心过”（心满意足的意思）了！其实父亲一生历经战火之乱、饥荒之年、疾患之身、丧妻之痛，前半生国难家仇，一身任之，后半生鳏寡孤独，辛苦营营。等我有了条件，造好新屋接父亲住进，安排姊妹轮流服侍时，老父已经常在床褥了。短短几年亲情融洽的时间，父亲就选择性地忘却了一辈子的辛苦遭逢，这需要有多么好的心态啊！同代之人都先后谢世，唯独这个忠厚的、宽厚的、仁厚的父亲，像一棵百年老树，华盖亭亭，面对旗门港潮起潮落，阅尽沧桑，头枕后门山云卷云舒，寿享期颐。古人云“仁者多寿，善者厚福”，父亲之谓也。

农艺之师

说父亲忠厚到傻，好像又不尽然。首先，他的记性绝好，能默背年轻时记住的几种脚本，便是明证。他说在当生产队长的时候，一个月的派活（一个生产队有几十号人，每天要派哪个人去干什么农活）他不用上账，都能记住，更是奇迹。即使九十多岁，我们说过就忘的事情，他总是记得极牢。每逢过年，整个家族都会在武岙宴聚一回，他便早早统计人口，一个不差，而且差不多能记得同堂四世的名字。

而且，父亲懂得“农牧规划”——种植经济作物，畜牧家畜，贴补家用。母亲在世的时候，家里就养过鸭子，每天靠卖鸭蛋获取零用钱。母亲接连生了四个女孩，我是首个男孩，便对我宠爱有加。只是我少不更事，每等鸭蛋生出后，便要到武岙小店买“穿洞饼”。众姐妹颇为艳羡，父亲也并不阻止我的“败家”之举。母亲去世之后，父亲又养过“猪娘”（母猪）、毛兔，靠此“振兴”家庭经济。养“猪娘”是辛苦之活，先要赶“猪娘”前往几十里外配种，这“猪娘”可不知远方有个“猪先生”在等她，慢慢悠悠，走走停停，有时候一天不止。配种之后，还要特加精饲料。我是记得我们都在咬咸菜的时候，母猪有时候会享受黄豆大餐。它在料桶中咀嚼黄豆的响声，令我不平，我们都还在嚼着菜根呢！特别是下崽之时，更要昼夜守候，母猪爱心有余而智慧不足，你去提防它压死猪崽，它以为你抢夺子女，就不理会你是黄豆饲者，依然开咬。这时候的猪崽比母猪值钱！人和猪便要斗智斗勇，一直要料理到小猪有能力躲避母亲的碾轧，才稍稍放心。小猪是论斤买的，养到一定时候，便赶到集市去卖了，这是家里一年最巨的一笔收入。至于畜兔，那是我和弟弟的本职工作，每当放学回来时，便挎个竹篮，到野地里割毛兔草。那时好像也有家庭作业，但量不多，抄几个字，算几道题，半个小时就能解决。剩下的时间就漫山遍野寻找好的兔草或猪草去了。我们也乐于此事，要是能够割到“牛奶浆”（一种有浆汁的灌木嫩叶），就相当于给家畜们营养餐了，有时候还会摘到酸甜的野草莓，那更是贫瘠生活中的丰美享受。当然，剪兔毛、到供销社卖兔毛，则是老姐们的任务了。除了畜牧，父亲还是经济作物的种植好手。在我的记忆里，父亲大概是全村最早种白术和生姜的。收获白术的时候，要戴着手套，穿上长袖，否则白术的锯齿形叶片，会在手臂上留下条条细痕，但老父是例外，他的皮肤赛过皮革，茅草都难以割破。运到家里，用铡刀沿根部切下茎秆，晒干根块，就可以卖到供销社。而生姜则柔和得多，那些碧绿的茎秆和竹形叶片，柔软而带着好闻的辛辣味。生姜根块横生，状如古老艺人笔下的云朵。听父亲说，当年白蛇到西王母那里盗来挽救许仙的仙草就是生姜。如此说来，生姜还是一味仙草呢。生姜有几种处理方式，或埋于地窖，来年卖种，或逢集市卖生姜，再就是刨成姜片，晒干卖姜干。尽管此举最烦，但“附加值”最高，父亲总是选择这种。也许是父亲的首倡，有几年村里几乎家家都种生姜，导致姜价回落。后来父亲又租别人的自留地种西瓜，就在老屋附近。父亲说，西瓜种在屋边，方便“守夜”（提防偷瓜）。我稀奇的是，父亲此前从未种过西瓜，不见他有资料参考，也不见到什么地方实地参观，反正他的西瓜地就郁郁葱葱，瓜瓞绵绵了。他的科学之处就是在每只瓜下面垫上草窠，旁边插有标签，以长短表示成熟的早迟。我禁不住好奇，问他凭何判断，他说要看谢花之早晚。我不知道父亲的标签是否应验，就此细节，即可知父亲的科学细致。摘瓜时节，父亲能够判断每只瓜的成熟程度，他说“七节道景”，是指成熟度百分之七十左右，“九节道景”，就可食用。他的几节几节“理论”，付诸实施，屡试不爽。我就向他讨教判断法，他说摸摸瓜皮，隐隐然有棱突出，就是熟了，敲敲西瓜，发出笃笃钝响，多半熟了，而咚咚的脆响，还不成熟，还有要看看西瓜谢花之处，一般成熟西瓜，谢花之处是凹进的，如果平底或是外凸，就说明还没有成熟。我现在买西瓜一摸二敲三看，就得之于家父真传。

父亲精于种植，还体现在好多农活上。生产队集体插秧，“辽大”（先在水田中央纵向插播一行，然后两边都依着中间这行插播）的活，多由父亲来干。山坡上层层叠叠的自留地，收拾得最干净的总是父亲的那块。我现在熟悉有些农活，全是父亲教导的结果。据老姐们讲，父亲农活勤快，手艺高超，但有时运气似乎不佳，隔壁那些荒草蓬蓬的土地上，挖出来的土豆、花生并不见得比父亲干净整齐的土地少。父亲于是自嘲说，落海要有水花运，种地也要有运道的啦！

知道父亲会酿酒，已经是很迟的时候了。父亲酒量不好，但姿态很“拽”——喝时用右手的中指和食指扣住内碗沿，用拇指和无名指、小指抵住外碗沿，然后很有范地轻抿一口，放下，品咂，然后就点小菜。这种近乎“绅士”的喝法，与如今的牛饮，断乎不同。乡下一介农夫，怎会喝出如此古风？我不禁好奇。父亲便有些自夸地说，民国时期寄居姐夫家的时候，姐夫本身就是一个酿酒高手。我想他的姐夫一定以读化学的兴趣，来研究糯米化成酒精的过程。父亲在旁，耳濡目染，也就掌握了家传技艺。他说，酒味的浓淡，成色的老嫩，成分的清浊，除了观察之外，是需要舀一点来细细品味的。可见父亲喝酒的姿态，竟是专业级别的。姐夫去世后，父亲就继承了姐夫的衣钵，每逢过年过节，家境好一些的，都要自己酿酒，父亲于是游走于“里外三村”（即附近村庄），替人们制造待客欢庆的佳酿。不过自我记事开始，好像就没看到父亲替人酿酒，自家也没有酿过酒。

荒漠里的甘泉

作为子女，对父亲生前的情感生活，所知甚少。父亲有过两次婚姻经历，也是父亲开始作“口述史”时才知道的。父亲二十岁时，他的姐夫觉得应该成家立业，于是在姐夫的主持和资助下，娶了下岙的表妹费氏。结婚当年，东岙褚家还有老屋。父亲便回东岙褚家居住，以示成家立业。二十二岁时，生了大哥。当时日本侵华，形势危急，父亲被派往三门海游参加军事训练。二十五岁的时候，费氏生女，月子里母女夭亡。父亲一个人，带着大哥，又回武岙，住在下道地。这五年，父亲在东岙和武岙之间来回，其间情由，父亲并未提起，但以同理心推之，可略知一二：姐夫做主成立家庭，应该独立门户了，而老屋在东岙褚家，再说是褚家人，回到东岙褚家也是顺理成章。但又因为从小离开褚家，父亲结婚后在东岙的日子过得并不如意，最后终于定居武岙。二十七岁，父亲把大哥托付给邻居，自己便去宁海县东南旅馆做茶房了。

第二次婚姻是二十八岁（1945）开始的。父亲娶了武岙的黄氏。据父亲所述，这是一桩颇为周折的婚姻。母亲七岁时即许给下岙，只是年幼未行。我很难理解七岁所立的婚约，十年以后仍然有效——母亲十七岁时，对方央人提亲，母亲为了逃避婚约，经人介绍举荐，到上海“老元豫章”鸦片店打杂，老板是天台人。父亲津津乐道于母亲的诚实守信，说是老板故意在楼上地板角落“遗失”戒指，叫母亲打扫，母亲总是“拾金不昧”，深得老板信任。母亲十八岁那年，因其母亲（即我的外婆）亡故而回。对方得知消息，在母亲十八岁生日那天，送“状元糕”又来提亲。母亲其实心有所属，于是要把“状元糕”送回。为了妹妹的婚事，舅舅家内部意见不一，哥哥黄才苗（就是我的大舅舅）为人守信，以为父母之命，媒妁之言，不能失言于人，必须答应人家，故而阻拦妹妹送回“状元糕”。二哥黄才丘（后来去了台湾的舅舅）出乎亲情，则站在妹妹一边，前去掩护妹妹送回“状元糕”。兄弟二人，一个要追回妹妹，一个要拦住哥哥，便在村前的小道上摔跤“比武”。哥哥孔武有力，又练过狮子拳，但不知弟弟悄悄长大，蛮力已经不在哥哥之下。弟弟便把哥哥推倒在路边的稻田里，妹妹终于送回那篮象征意义大于实际意义的“状元糕”。多年以后我去台湾讲学，父亲嘱咐我寻找舅舅，便有图报旧情之意。

父亲口述此事，我则颇有疑惑。母亲当时芳龄二九，在我幼小的记忆里，模样周正（幼童心目中的母亲都是美丽的）。父亲已是再婚，而且带着一个孩子，家境贫困，虽在东岙有祖宅，但在武岙居无定所。母亲怎么就会看上父亲呢？我曾经就此事拐弯抹角地与老父探讨，岂不料父亲又是淡淡地回答：也不知道为什么啦，她就喜欢跟我。朴拙一语，真是道出婚姻真谛——尘世姻缘，男女情分，原是不好解释的。父亲说此事后来闹到乡公所，对方要人，于是同村的“哥儿们”便把母亲藏到父亲做茶房的宁海县东南旅馆。我说，那不是“白鲞交给老猫望”啦。父亲只是嘿嘿一笑，说，官司一直打到“城里”（村民习惯把宁海县城说成“城里”）呢。最后县里判下来，说是朝代不一样，婚姻要自主。对方还不肯息事宁人，最后在两村族人斡旋之下，以父亲赔一万元（法币？金圆券?）给下岙了结。

如此说来，母亲和父亲的婚姻，算是自由恋爱，既有感情基础，又领风气之先的。他常常说到村里人对这桩婚事的评价：“砂节落掉，节刀捡到”（“砂节”，即割稻割麦用的小弯刀，有锯齿。“节刀”，即砍柴刀，“7”字形，状稍大。价格比前者高）。有一年，父亲带着我到了母亲的墓地，指着右手面说，这边空着的，我将来就在这里，与才女（母亲名讳）葬一起。母亲和父亲，这一对欢喜冤家，应该是两情相悦的，但是贫贱夫妻百事哀。听老姐们说，父母二人，经常拌嘴，不过听到的都是母亲的咒骂和哭泣，很少听到父亲的争辩。每当吵架时，父亲总是默默走开，过一会儿就哼着小曲回来了。事后，母亲常常说，我总要被你气死，寿元要加给你的。不料母亲一语成谶，果然年不满半百，便撒手西归。那年父亲刚好五十，父亲长命百岁，莫非真是加了母亲的寿元?

五十岁的男人，正好壮年，但父亲再也不续弦了。漫长的半个世纪，我不知道父亲如何走过。几十年来，我没有听到关于父亲情感生活方面的只言片语。我有时候想，在父亲需要情感安慰的时候，风气古老，我们都懵懂未开。待我们条件好转的时候，父亲已经九十高龄，没有保姆来服侍了。好在父亲在村子里人缘绝好，平日心头不一定常被孤独笼罩。父亲出院回村时，全村多数人家都来探望，对于老父为人，众口一词，称誉有加。百岁寿辰那天，摆在老年人协会的寿宴，全村参加，这在武岙历史上是空前的。那天父亲精神矍铄，坐在祠堂的中堂上，俨然一村长老，领受着人们的敬意。后来我们约略知道，老年人协会当中，据说也有老人与父亲相处特别融洽的。在我们还未造好新屋的时候，还未排定姊妹轮流值日的时候，几个老者的聊天，对于父亲来说，也许是人生最后的依恋。父亲出院之后，住到了高台新屋，也有老人上来看望父亲。父亲情绪稍好，便拄着拐杖在院子里散步。但太阳很快下山了，余晖渐渐暗淡下来，老人顺着小路蹒跚回家。父亲有些累了，望了老人的背影一眼，便平静地坐上院子里的轮椅。我推了几圈，便把父亲扶到屋里。此后，几位老人再也没有见面。

绝　唱

父亲正式“吃耶稣教”，大概八十多岁，准确的时间不得而知（我至今也不知道农村为什么把信耶稣教叫“吃”）。他的信教，是为了减少子女的麻烦——基督徒的后事有教会料理。父亲其实一直处在佛教、道教、基督教混一的文化中，他的生活方式和思维方式都有佛道的底色。譬如说，他就特别相信梦的启示。

母亲中年得子，我和弟弟，似乎是父母的骄傲。他常常对我重复母亲活着时讲述的“祈梦”（武岙旧俗，旧年之末，新年之初，求梦者睡到山头殿，山头殿猴王会赐梦给所求之人，求梦的人根据梦境解释所求之事。据说此俗在民国时期盛极一时，新中国成立后渐衰，后不复见）所得：

> 在村庄东边的山岗上，飘来两只绛红色火球，下有飘带。全村人皆出屋观看，火球越飘越近，越飘越低，两条飘带垂于祠堂前的田畈。母亲心中喜欢，便搬了一张八仙桌，立于田畈，等待火球。同村的黄彩丰也扛一张竹梯，插到田里，想拉到两个火球。那火球不偏不倚，正巧飘到母亲头上。母亲伸手拉住飘带，飘带上写有四字：褚氏取子。她喜滋滋地把火球带回家。走到高台，看到一株巨大的瓜藤直通山头殿。母亲一不小心踩到瓜藤上，瓜藤就像是一条火药线，即刻燃烧，火势向山头殿神速蔓延，山头殿燃起熊熊大火，照得远近如同白昼。

那时母亲尚未有我和弟弟。我想，她当年的“祈梦”，就是很想生个男孩的。因梦中涉及黄彩丰，便跑去求他解梦：“彩丰哥，这是什么意思呢?”黄的解梦正合母亲之意，他说，你放心，阎罗大王送子上门啦，两个火球就是两个男孩，火球从东边来，是日出之地，好兆头。你看，飘带上明明写着“褚氏取子”嘛。不过，我是看不到你的儿子出生的，为什么？我一张竹梯插在田里，怎么能够爬上去呢。你踩到瓜藤，着了火，就是后代兴旺啊。不过，一条藤通到山头殿，你的一个儿子以后要远离你的，离武岙越远越好。

父亲对于这个梦是深信不疑的，他曾三番五次地讲：你看两个火球，不就是你们兄弟吗，彩丰真的看不到你们出生，土改时到新疆去了。你考上大学，现在介好，就像山头殿着火一样啦。文中提到的黄彩丰，年老之后，叶落归根，又回到武岙。年轻时他就是父亲的“哥儿们”，也算劫后遇故旧，两位老人便经常在一起。这时我已经工作了，有一次回家遇到他，他仍然记得当年母亲的“祈梦”。我真是感谢他当年的解梦，给懵懂的母亲以极大的心理安慰，并给了一个农民母亲光宗耀祖的愿景。

贝多芬说“我要扼住命运的咽喉”，但父亲是不会跟命运作对的。“老天注定的啊”，这是他的口头禅。他的命运就是一个巨大而神秘的“黑箱”，敬畏天命的父亲又总想窥知一二，于是，梦就成了绝好的通道。他曾说我母亲早就知道自己寿元不长的，因为有一年“祈”的梦是一个仙姑模样的人，拿来两件衣服，一件是大红的长袖，一件是蓝底白色碎花的短袖。叫母亲挑一件喜欢的，母亲挑了那件短袖。在我看来，梦里的母亲还是蛮有审美眼光的，但母亲对父亲说，红色是热的，蓝色是冷的，还有白花，袖就是“寿”（宁海一带，袖、寿都念作“xiu”），是我自己选了“短寿”。果然，母亲穿上“蓝底白花的短袖”早早地走了。

父亲生前最近的两个梦，于他于我都带来一定的惊扰。三年前，为了却父亲的意愿，也为了叶落有根，我处理周边关系，隐忍退让，一门心思在高台废墟寻求落脚点。对于建房，父亲最为上心，他以九十七岁的高龄，拄着拐杖，每天早出晚归，照料工地。物色造房的人，也是他的主意，让我叫了一个褚家远亲。其间父亲给我讲过一个梦，说是高台的新屋造好了，但不得其门而入——这“家”很奇怪，居然没有门。我听了微微一笑，但心里一沉，约略知道父亲言说背后的深意和焦虑，只好催着工人加班加点。九十八岁那年，父亲突发胃出血，状极凶险。也是“老天注定”命不该绝，那一夜，弟弟和大哥正好均在武岙，便连夜把他送至宁海县人民医院。经过抢救，父亲总算缓过来了，但沉疴绵绵，住了一个阶段后，也不见起色。尤其是几次出现谵妄状态，已有临终迹象。我们几个商量之后，决定让父亲回家。恰巧老友叶明党也来医院看望父亲，当即讨了救护车，和他一起护送老父回武岙，那边叫姐夫连忙打扫清理给父亲准备的房间（已经在做油漆活了）。父亲在众邻居的围观下，被表兄黄继富抱进房间。

父亲是回归高台的第一人，以这样的方式，倒真出乎意料。前后邻居、远近亲戚站满庭院，有围观的，有探询的，有关心的。人们出于各自的目的，但我更愿意把它看作一个仪式：一个百岁老人重回高台，必须有人见证，有人迎接，有专车送达，有亲人的怀抱。当我们为老父准备后事的时候，老父居然渐渐恢复过来。兄弟姊妹七人，排了二十四小时值班伺候，我们给父亲安放医院专用的床（床头可以摇起放下的那种），在父亲床头配置了吸氧机，联系了三门医院的学生和在宁海医院的外甥女做“家庭医护”，托朋友学生的关系买来各种药物。精诚所至，父亲病情一天天好转，好转到他居然也能够开玩笑了，他说，原先跟我讲的那个梦，不准了！原以为门找不到，一定是回不到高台了！想不到现在还能住介好的屋，真是“心过”了！

随着父亲病情的暂时稳定，我又把父亲送到宁波市第一医院巩固治疗。经过治疗，父亲能够拄着拐杖在病房的走廊上散步了，连带多年的关节疼痛也有好转，医院的看护们很少看到一个近百岁的老人，能够渐渐好转到自行散步的，不时有小护士跑过来参观。一旦轻松一些，父亲便不愿意待在医院，他三番五次地说要回去，我想再巩固几天，父亲居然显出不悦之色，说是回到武岙就好了。顺应父命，我们便回到武岙。这下子，父亲好像凯旋的将军，神志清明地回答着前来看望的乡亲。

父亲好转，轮流制度解散，留下大姐二姐两人在高台服侍父亲，最后警报解除，只剩下大姐一人留守。父亲有时候趁大姐不备，偷偷地拄着拐杖走到村外。大姐找到他，埋怨几句，父亲便不高兴。我理解父亲，父亲是要面子，要显摆，他仍然不服老。他要到老年协会去打麻将，要到祠堂前手植的樟树下聊天，他要到村前的水泥大路上散步，他要听那些跟他亲近的叫他“娘舅”“舅公”，或“老爷”“公公”，以此确认自己的能耐和福分。

新屋住了将近两年，庭前种植的蔬菜在大姐的照料之下，四季轮替，蓬勃生长，但父亲终于抵挡不住自然法则，太阳也要下山了，父亲不可阻挡地朝着天国的方向走。在长达三年的时间里，我每逢双休，便驱车到乡下。父亲见到我，就会高兴一些，说起他前几天做的又一个“白日梦”。他说看到了墙壁上乱石堆积，又说看到墙壁缝隙中小虫蠕动，他又听到屋外同村人（那几个人早就去世了!）在叫他的名字，还说刚才站在床前穿白衣和穿黑衣的人，变成很小的人飞走了。我知道父亲又出现谵妄状态了。这种状态有着医学上的解释，但父亲的潜意识显然受到佛教和基督教文化的双重影响。他相信归天后灵魂可以相聚，故有村人相招。乱石堆积是父亲对于墓地的印象。白衣人和黑衣人又是佛教文化中的“黑白无常”，变成小人飞升了，又夹杂基督教天使的意象。

不管父亲的信仰成分和来源是怎生复杂，我必须要做好父亲临终前的心理疏导和关怀了。父亲有时候会念想我，说我怎么还没有来，陪伴的兄弟姊妹说我马上就到了，父亲便会稍稍平静，或者睡去。

父亲很平静，很听话。他说：“我没事的时候，就在心里唱赞美诗，是薇娅（孙媳妇之一）教我的。”我说：“现在，还能唱吗？”他说：“会的。”我说：“那我们试一试好吗？”他说：“好的。”于是我扶着父亲坐在床沿上，前边的小桌子摊着经书。父亲很认真地用手指着一行行字，嘴里发出呕哑啁哳的声音。当年父亲的“山亢”老腔沉毅、朴拙、悠扬，一呼众应，声如裂帛，现在，我近在咫尺，仍然听不清他的唱词。

也就是父亲吟唱赞美诗的一周后，我看父亲精神稍有恢复，便回到宁波处理公务。因为连日劳顿，儿子不太放心，便开车送我，不料刚到教研室门口，弟弟打来电话，说父亲寿终正寝了。我连忙叫儿子掉转车头，耳边又响起他一周前留在人间的绝唱。

2017年9月

·别　调·

举手：一个现代版的寓言

一个大型企业集团董事长招呼集团两百个中层干部开会，征询集团存在的问题。

董事长说："能指出我们集团存在问题的，请举手。"两百个人的手应声而起，看来每个人都能看出集团的问题所在。董事长接着说："能准确分析这些问题原因的，请举手，否则请放下。"大家你看看我，我看看你。一会儿，大约有一半的手慢慢放下了。董事长微微一笑，继续说："能够提出问题解决方案的，请继续举手，否则也请放下。"这下，你看我我看你的动作都忽略了，一部分人直接把手放下了，还坚持举着手的，全场大约只有五十来个人了。董事长最后说："根据你的方案，会后能马上去着手解决的，请继续举手。"又有一半多人面露难色，最后犹豫着把手放下。董事长瞥了一眼全场，数了数，仍然举着的手，只有稀疏的十来只了。

故事可能带有杜撰的痕迹，但杜撰者显然对"知易行难"有着深刻理解。古人说"行胜于言"，提倡"敏于事而讷于言"，正是切中人性的弱点。这个现代版的寓言显然对我们有太多的启示。

这世界，永远是夸夸其谈的人多，身体力行的人少。上至国家，下至单位，批评者多，建设者少。只要你有一双留意的眼睛，总能够发现那些不尽如人意的地方。或指点江山于谈笑之间，或针砭时弊于痛心疾首之时，你都无须为此言论担责，两百个人就是两百个先知先觉的"马谡"。其实，能够指陈时弊，也许仅仅是看到露出水面的一角冰山。

沉潜于海面的冰山体量有多大？洋流的走向如何？会不会对

我们这艘航船造成威胁？这就需要经验和智慧判断。单位也一样，问题当前，每个人都扮演着不同的角色：或旁观，或批评，或反思。旁观者当然是最不负责任的角色，他压根儿不在场。如果一个单位里都是这种角色，那么，这个单位也就离名存实亡不远了。批评者也是肤浅而容易的角色，他们虽是弊端发现者，现状挑刺者，但发于言，止于行，于事无补。反思者当然比批评者要进步。如果说批评者的立场是对面审视，反思者则立足于自身。他们知其然，也知其所以然。这需要有寻根刨底、反躬自问的过程。没有一定的归属感、责任心和洞察力，不愿意走这个过程，即使走了这个过程也不一定发现问题。一个单位，不可能人人均有归属感、责任心和洞察力，所以在董事长追问之下，举手的人剩下一半，实属正常。

策划和执行，属于“行”的范畴了。策划者，是设计者，规划者，这种人明白问题的症结，知道困境的出口。有解决问题的预设，也能把预设变成方案。执行者，是行动者、实干家，具有果敢的勇气和实干的能耐。把方案化成实际行动，要凭借人——这个世界上最复杂的东西。做好人的工作，不仅要果敢、实在，更要亲和、智慧，策划力固然重要，执行力更是难能可贵。在一个单位里，既能见微知著，又能知行合一的人，实在是可贵的“少数派”。这个会议室里，稍显孤单的十只手，恰是这个集团的希望。

故事还在延续。据说一个月以后，董事长召开一次表彰会，对最后十个人的问题解决行动进行效性评估，并给予表彰。经过个人陈述、基层调查、数据统计、专家评估，结果如下：

> 十个人当中，一人因为一部分职工力阻，他的方案得不到实施，半途退出；一人因为方案与实际切合性不够而多次调整，导致小组团队解散；还有两个人一直到评估开始时，问题仍然悬而未决。另外一人问题虽然解决了，但成本巨大，被专家否定。而真正通过专家和职工合议，比较完满地解决问题的，只有五个人。

由此看来，“能做事”不同于“做成事”。前者是愿望，后者是结果。良好的愿望不等于美丽的结果。有些策划者，闭门造车，纸上谈兵，以PPT炫技，一旦付诸实施，不是圆凿方枘，便是南辕北辙；更有些行动者，下车伊始，雷厉风行，搞得“天怒人怨”，便是“成事不足，败事有余”。

在“做事”和“成事”之间，有一条鸿沟，存在无穷的变数和可能性。成事者必定是实干家，但实干不是埋头拉车不问前路，不是不撞南墙不回头。实干家固然是坚持的人，遇到困难不泄气，咬定青山不放松。实干家也是明智的人，能分析轻重缓急，矛盾主次，能化繁为简，于肯綮间游刃。实干家更是公共关系专家，具有亲和力，善用人性，依靠团队，因势利导，因人成事。

每个人就是一个复杂的宇宙，无数个“小宇宙”构成这个美丽星球中最神奇的种群。上帝赋予人类不同的天资和禀赋，人人胸怀利器，各擅所长，每一个都是独一无二的创造。但是，人类因为生存和发展的需要组成族群，形成社会，就必然形成人际组织，被赋予“治人”和“治于人”的不同角色。任何一个组织都具有金字塔形的社群结构。处在塔尖的人少，处于底层的人众。董事长有一人即可，而作为管理层的下属可以有二百人，而集团企业的员工，则可以万计。旁观群众除外，批评、反思、提案、行动，直至问题解决，这些不同层级的工作，形成了不同层次的人才金字塔。处在塔尖上的人，往往是几种能力叠加的人，这种复合型人才，于一个社群里最为难得。时也，运也，势也，命也，我们往往强调世事的无限可能性，命运的不可预设性，而成为一个“不可知论”者。但是“天道酬勤”，像这类的复合型人才，假以时日，必成大事，这几乎就是人生成败的规律，命运乖顺的真谛。

2020年3月

秋天的童话

下班回家，妻木然坐在饭桌边，红着眼睛说：“鸭子死了，白鹭一直守着。”

怎么会呢？看望鸭子和白鹭可是我们每天的日课啊！我看着妻拍摄的照片和视频，连忙倚着窗台，遥望西首的小河。暮色渐起，什么也看不见。她说：“白鹭刚刚才飞走的！”

小区的西面是一条小河，小河边靠桥的三角地上有一间棚屋，住着一个老人。很早的时候，我们来看过。老人是捡破烂的，不知来处，也没有子女。靠着河边种点菜草，同时养着一只小鸭子。

老人剁几片菜叶，撒几粒谷物，小鸭子摇摇晃晃上岸，跟在老人旁边，如影随形。小区将近竣工的时候，棚屋拆除了，老人被政府送去敬老院。

河道疏浚过了，菜草换成草皮，近水处种了一些美人蕉，小区装扮一新，我们就成了这段小河的新主人。有一天，我们在河边散步，突然发现一只鸭子，侧着头，用一只眼睛看着我们，一副困惑的样子。这不就是当初的那只小鸭子吗？不理解主人何以不见，不理解河埠头突然消失，没有主人的菜叶和谷粒，靠着这条小河，鸭子居然不声不响，也长大了！

于是，每天晚饭后，去小河边看望鸭子，成了我们的日课。无风的日子，水蚊子划过玻璃似的水面。小河一会儿冒出一串水泡，偶尔有小鱼泼剌出水面。鸭子悠游自如，对环境一点都没有不适应。宁波来过几次台风，小河发过几次大水，风雨过后，每每见到它挺起脖子，歪着头，睥睨着我们的样子，活脱脱就是这段河道的巡游官，我们反倒是客人呢。

如果我们有一天看不到鸭子，就会四处寻找。妻高声喊道：

"啰啰啰啰!"鸭子会不声不响地从一个石坎里转出，它也似乎在等候，黑豆似的眼睛，与你对视。当它意识到你在与它互动时，便得意起来，朝你跳起最新潮的"电臀舞"。偶尔翻身入水，姜黄色的脚掌拨动着，支撑着躯体做起倒立的动作。不过更多的时候，是浮在水面上发呆，好像在想一件很遥远很遥远的事情。偶尔也见到它爬上河面上的制氧机架，一腿蜷缩，一腿独立，头插进翅膀里，如老僧入定。

这样的日子延续了很久，鸭喙的颜色深了，羽毛丰满了，脚掌更为有力了，但它仍然孤零零地浮在水面上，一动不动。我们好几次说起，什么时候买只小鸭子来，做它的伴儿吧，但又怕小鸭子没有觅食的本领。去哪里找个成年鸭子吧，又担心新来的鸭子不适应环境，会不知所终。直到有一天，这样的担心终于成为多余的了——小河飞来一只白鹭!

白鹭本是"高蹈派"，永远是一副高冷的样子，但这只白鹭不一般——它深一脚浅一脚地在河边涉足，朝着鸭子探头探脑地过来。鸭子显然也看到了这个白色的朋友，便使劲摇动着尾巴，拨动脚掌，靠近白鹭。鸭子一高兴，又近距离地做起"拿大顶"的游戏。白鹭有些吃惊，便扑棱着翅膀，跳到一边去。鸭子乐此不疲，白鹭也就见怪不怪了。

接下来的日子变得温情脉脉，小河也因此生动起来。白鹭不是在河边，就是在制氧机架上，鸭子一般是浮在河当中的，但只要白鹭来到小河边，鸭子便一反常态，改在河边浮游。凫水的动作幅度特别大，似乎情绪也特别高昂。那白鹭也与鸭子不即不离，神态安详地在浅水处徜徉。

日子过得很快，搬到新小区一晃眼就是大半年了。河边的柳梢露出鹅黄色的嫩芽，对岸的草坪也泛绿了，美人蕉开了又谢。我们还是在河边散步，看着鸭子一点点长大，白鹭与鸭子准时相聚，如有约定。有鸭子的所在，一定有这只白鹭，有这只白鹭的河边，一定有鸭子。每天饭后茶余，鸭子和白鹭总是故事的主轴，一个夏天就这样过去了。

天气渐渐转凉，一片两片的梧桐叶也开始从远处吹来，飘落在河面上。有时候白鹭不来，剩下鸭子浮在水面上，空空荡荡。

我们会念叨："那只白鹭几天没有来过了？"

白鹭终于还是来了。今天下班回家，妻红着眼睛，给我看照片和视频，一边唏嘘感叹：

鸭子死了，早上我发现时，这只白鹭已经守在旁边了。从早上开始啊，白鹭一直守着。一会儿走近，用嘴碰碰鸭子，啄啄它的羽毛，一会儿又走开几步，歪着头看着鸭子。几只白鹭同时飞来，落在旁边的草坪上，轻手轻脚靠近。这只白鹭扑棱着翅膀驱赶，不许它们靠近。我走近拍摄，被白鹭发现了，它跑远几步看着我，我一离开，它马上冲下来，停在鸭子旁边。过了中午，我以为白鹭总归是飞走了，下去一看，白鹭仍然在鸭子的旁边，甚至用翅膀驱赶着鸭子身上的苍蝇！直到天黑，其他白鹭都飞回去了，这只白鹭是最后一个飞走的。它已经在鸭子旁边守了一天了，是刚刚飞走的。我给你发短信，叫你快点回来看看。

我打开手机，里边确实有她的短信："鸭子死了，白鹭守着！"我放下皮包，靠近窗台，暮色苍茫，夜雨淅沥，西首的小河变得遥远而模糊。

鸭子看不见了，白鹭明天还会来吗？

2019年9月

疗愈课堂

我们如此紧张窘迫，疲惫不堪，可能是世界出了问题。疗愈成为热词，是因为我们的身心出了问题。

成人世界就是江湖，是丛林，你常被倾轧，你又是弱者。每个人的人生都有深浅不一的伤痕，于是，音乐疗愈、绘画疗愈、瑜伽疗愈、旅游疗愈，大行其道。

我们常被誉为“灵魂工程师”，但我们的灵魂谁来拯救呢？平均分差一分，你喜形于色，我神情沮丧；你评上职称了，我屡战屡败；你常收获到谄媚的笑脸，我却遭遇表情的冰霜；你永远正确，我动辄得咎；你众星捧月，我常处边缘；你好风凭借力，送我上青云，我却匍匐在地，委顿如尘埃……人和人如此不同，真不可以道理计，亦无公平可言。

回到学生中去吧！回到课堂里去吧！一个深受学生爱戴的特级教师就曾跟我讲：课堂是有治愈作用的。当我们不得不在尘世泥淖中翻滚时，当我们不得不在人情冷暖中周旋时，当我们不得不在生活真相中生存时，走进课堂仿佛走进另一个天地。未谙世事的眼睛，亲密信任的心灵，纯净纯粹的课堂，你谈论的是文学文字，你思考的是共鸣艺术，你享受的是思想交锋，你获得的是世间最美的礼物——自由。微尘俗事，一地鸡毛，纷纷去矣；知音者，一众学生，如此甚好！

音乐以舒缓曼妙的旋律深入内心，绘画以线条和色彩安抚躁动，瑜伽以柔软的身段和气息调节自我，旅游以诗和远方暂别世俗烦恼，我们的课堂呢，为什么同样能够抚平我们的沧桑？一个心理学和语文教学融会贯通的老师向我描述了课堂疗愈的奥妙：薪火相传的文章、劝人向善的言语，都是有能量的，可能学生还没被教化，自己已经澡雪精神了。生活折腾得你千疮百孔，但在课堂上，你会被学生充分地认可。你五音不全地斗胆歌一曲，学生会回报你如听刘德华演唱会的热情；你无比羞愧地在黑板上涂鸦，学生会开心地调侃你是校园里的“蒙德里安”。你陪学生蹚过了青春的河，学生更是陪你蹚过了岁月的河，彼此成为对方的灵魂摆渡人。

当我们在课堂里体验到如此疗效，收获这么多幸福的时候，课堂对我们意味着什么呢？学生又仅仅是受教的对象吗？当我在一次聚会上，亲眼看到一个调动到新单位的教师，还为原学校的学生成绩波动而流泪时，我如此真切地感悟到教育的真谛：爱和责任！后来，这个什么名号都没有的青年教师，动情地跟我说：教师的一生如溪水流淌，孩子就是我生命的源泉。他们清澈的眼神可以荡涤我内心的杂念，他们烂漫的笑容可以延续我的青春，他们执着的样貌可以抚慰我摇动的内心。安静地陪伴着他们成长，然后目送着他们走出校门，便是我这一生的最美旅程。

是啊，课堂不仅是疗愈的场所，而且是我们价值升华的地方。我们的情感，因课堂而美丽；我们的生命，因课堂而丰盈；我们的人生，因课堂而获得了意义。

2019年10月

清空

车人生

搬到新办公地点，上下班开车多了。对车，我比较痴迷动力参数。我的第一台车发动机功率只有110千瓦，但盛老师华明誉之为“蒙迪欧将军”。城区开，马力是足够了。现在的这辆“豹子”，功率有177千瓦，在所有2.0加T的发动机中，功率算是强大的了：不管是城区还是高速公路，只要舍得踩油门，超起车来，车随心动，毫不含糊。于是，便有点冷落那个“蒙迪欧将军”了。这车好像也通人性，觉着被主人冷落，也开始闹脾气。最近几次，出工不出力。踩下油门，心不在焉，反应迟钝，颇有些婆婆妈妈的样子。开到120码，发动机便微微发抖。问起修车界的熟人，问我是几年的车，我说2012年买的啊！问清洗过积炭吗，我说没有啊！他说你去看看排气管，如果内径干净的，说明没有积炭，如果有油烟积灰，说明发动机有积炭。我看一眼，排气管黑乎乎的，摸一下，嘿！满手油烟。修理师傅打开节气门，黄蜡蜡的一层油垢，说是积炭很厚了！

汽车要喝油，喷油嘴供油，气缸燃烧做功。但经常在市区蜗行，怠速时间长，汽油喷射蒸发的速度就慢，气缸消化就不充分，未经充分燃烧的汽油，就会变成积炭。经常慢速行驶，进入发动机的空气流量也就小，对积炭的冲刷也弱，积炭不断堆积，最后导致发动机动力变弱，据说严重的情况下还会产生“爆缸”。

车龄越长，积炭越多，动力越差。人生如车，年轻时节，即使“蒙迪欧”也是马力十足，快意驱驰；年岁渐长，“小豹子”也会成为“老爷车”。这个时候，便要清除“积炭”，注意“保养”

了。想当初，加进去的也都是合格的“油品”，燃烧不充分，导致“积炭”。人生好多介入到你生活中的东西，也是如此。譬如投资变成负资产，譬如朋友反目成仇，譬如好心没有好报，譬如吃力不讨好，等等，当初增加动力的种种“油品”，居然也会变成消减动力的“积炭”。

电脑垃圾

进得办公室，第一个动作就是按电脑开机键。这台“联想”台式机，配置于五年前，想当年也具有“迅驰”速度，可最近开始消极怠工：按了开机键，接着烧开水。等我在盥洗室灌满水，回到办公室，电脑屏幕还黑着脸。好不容易屏幕显形，马上跳出各种广告，声色犬马，令人眼花缭乱。我请来单位的电脑管家小夏“诊疗”。当他看到我的电脑桌面图标密集，便说垃圾文件太多，影响开机速度。实在不行的话，需要重装，只留下必要的文件，这样运行速度快很多。我说，电脑里的资料就是我吃饭谋生的凭借，哪能删掉啊！他说电脑里“宝贝”多，舍不得删，也只好让它慢慢启动了。

其实略一反思，电脑里哪有什么删不得的“宝贝”。许多资料，今天是有用的“宝贝”，明天就是“鸡肋”，后天就是“垃圾”了。或者说，于你是明珠在握，他人视之，贱如瓦砾。甚至，你以为是电脑里的“珍藏秘籍”，实际上是人人兼有的App（计算机应用程序）。但人生重在积累，本人亦善怀旧，杂七杂八的东西，在时间的内存里，越积越多，最后彼此混淆、冲突，造成系统暂时的崩溃。电脑如此，人脑亦然。一颗人脑开机五六十年，到了如今这个“云数据”时代，你下载了各种“资讯”，还保不准有“病毒侵入”。人脑不免进入程序混乱状态，“死机”或“开机慢”，那是必然的了。

怎么办？卸载！如小夏所言，我轻点鼠标，“嚓”的一声微响，这些长期盘踞的或者临时产生的“垃圾”和“鸡肋”，统统进了“垃圾桶”！经过重启，果然，开机快多了！

书橱鸡肋

最近生活、上班的变动幅度颇大。单位搬新地点，书籍资料要打包，家里将要搬新住处，书房也要整理。单位里的资料，总觉得将来用得着，记着聚沙成塔、汇流成河的古训，只要在上面留过心迹的，都装在书柜里。其实，十六年转眼之间，那些保存完好的资料，我从来也没有去使用过，平时也不显山露水。等到启匣打包的时候，居然源源不断涌出，我是狠心淘汰了一半，但仍然装了十六箱，运往新地点，重新装进书橱里。家里的书房整理，更是百感交集。大学的教科书上的墨迹以及背后的故事，都随着书页一一打开，但都是往事。自己发表的文章，出版的书籍，每一个字都是斟酌和推敲的心智所凝结，但都是陈迹。那些证书，红彤彤，金闪闪，一捆捆，塞满这个抽屉，又装满那个书柜，都是过往足迹。那些自然科学、文学作品、教育科学、课程教学等书籍，在当初拿到的时候，我都认为是我进步的阶梯。现在我不忍心抛弃，便打包了十八箱，准备搬往新居。都说书是精神食粮，有些书我从未打开过；有些书论斤卖掉，化成纸浆，并未降低我的智商，影响我的生活，眼目反而更清爽了。

划世代

不知从什么时候开始，我也跻身“划世代”，成为“划划一族”了。一个小时不看手机就手痒心痒，睡觉前不刷微信圈，就难以入睡，海量的资讯、口水转移了你的精力，各种软件，提供给你生活的便利，但也消磨掉你的光阴。再说每个人都是一个媒体，你不断地浏览也不断地发布，海量的资讯剥夺了你有限的时间。你的睡眠、你的阅读、你的交往，都变得如此廉价、快捷。微信好友都是好友吗？“今日头条”都是头条吗？关注都需要我们关注吗？要闻真的是要闻吗？

更为严重的是，手机选择了外界的信息，让我们只能接触碎片化、浅表性、快餐式的信息；手机培植着我们的心性，对互联网已然上瘾，我们已经等不及4G速度；手机左右了我们的生活，生活情感、休闲娱乐都已经离不开手机。

手机里有太多的东西，传递信息退居成为基本功能，学习、交友、金融、新闻、休闲、交通、医疗，手机里如此多的App，如此多的微信、短信、照片，难道都是我们需要的吗？五十岁以上的人，就是一辆老爷车，尽量不要装不必要的设备，消耗掉动力，更重要的是保养，清除“积炭”，否则会半路抛锚。

五十岁以上的人，CPU装的东西太多了，开机也慢了。如果装了一些垃圾病毒，系统就崩溃了。如果要继续开机工作，必须要时时清除垃圾和病毒。

五十岁的人，就是一个书柜，各种书越来越多，但真正成为经典的，仅仅是几本，多数的“鸡肋”是没有用的。

五十岁的人就是一部手机，真正用得着的就是通话、微信和拍照，应用商店里的那些眼花缭乱的App对于你都是没有用的。那些看似有用、实则无用的东西，那些看似漂亮、实则虚空的东西，拖累了你的人生，五十岁的人生，应该看得清来路和去路了。

几天前，一个朋友发了一条微信朋友圈，说是“每块木头都可以成为一尊佛，只要去掉多余的部分”，虽然也是“鸡汤”，但我相信“佛”和“木头”之间，一定是一个增加和消除的互动过程。增加艺人的巧思和手艺，确实也必须去掉多余的木材。一个人要拥有独特的人生，不也是增加自我的价值和追求让自己增值，避免和剔除多余的无关的东西以减少消耗吗？洗尽铅华的人生，如三秋之树，纯粹而自我，因为他不再活在周遭人的眼光里了。

2019年12月

往事值得回味

周国平说过："人分两种，一种人有往事，另一种人没有往事。有往事的人珍爱生命，因而怀着一种特别的爱意，把自己所经历的一切珍藏在心灵的谷仓里。"

二十年，这个世界变化很大。瑞云山下的红楼没有了，有着厚大窗户的五四院没有了，门口两排华盖似的古松没有了，古老而简朴的三门中学哪里去了？那些见证着我们憧憬和希望的校园都成了往事。

二十年，这个世界变化很快。被"青春撞了一下腰"以后，我们转眼就人到中年。那时候，我们的脸上还洋溢着对美好生活和纯洁爱情的向往，现在，我们的脸孔开始爬上皱纹，两鬓出现白发。一根白发可能就维系着一个女同学的感情，一条皱纹可能就暗藏着一个男同学的经历。

但是，二十年有一点不曾改变：不管你在哪里，身居何位，你经历着怎样一种人生，我们都快乐着彼此的快乐，悲伤着彼此的悲伤。正因为我们有着共同的往事和对这些往事的珍惜，我们才能够从北京四百万辆大堵车中脱身，从上海滩五光十色的夜幕中隐身，从杭州西湖的潋滟波光中起身，从生机勃勃的台州新城、从生我养我的三门故乡、从流传着梁祝故事的宁波各地动身，汇集到江北远洲。

今天。宁波江北远洲大酒店。意义非凡。

酒店可能接纳过更加重要的盛会，但没有一个聚会像同学会那样远离功利，直指人心。我们曾经历过许多决定人生走向和转折的日子，但没有一个日子，像今天那样能把这么多人几十年前的往事和几十年后的未来连接在一起。

让我们回味往事，珍惜此刻。

在平凡的生活中，我们已经习惯爱恨交加地和周围人相处，日子就这样平静地延续下去。忽然有一天，你接到远方的一个电话，或者窥见镜子里的一道皱纹，或水池里的一根落发，你想起时光在流逝，年华在老去，于是，你的心中升起一股怀旧的感动，你的眼光透露出怜惜的情绪，你们会深切地感到，二十年前那些最简单的同学友情是那么宝贵，那么恒久，有着令人回味的单纯之美……

往事是一部书，青春占据着最重要的篇章。童话中的小王子说得好："使沙漠显得美丽的，是它在什么地方藏着一口水井。"

不可否认，当下的社会会有很多人情的沙漠。有多少微笑像开满鲜花的月亮，但不代表真诚；有多少牵手故事在灯红酒绿中演绎，但不代表爱情。于是，我们想起曾经拥有的青春，就是人生沙漠中的一口水井。波光潋滟，澄澈透明，我们都可以从那里照见自己的心灵。拥有这样一口水井的人是幸福的，由于心中藏着永不枯竭的友爱的源泉，再荒凉的沙漠也会化作美丽的风景。

有一个纯情的过去，必定有一个美好的未来！

同学们，祝福你们！

2010年暑假

后记：苔花如米小

翻到1981年的大学毕业照，不禁慨然系之。

那个时代，严冬刚过，大地春回，万物苏醒，文心和诗意洋溢在“天之骄子”心头。凡中文系的学生，大概都做过作家梦吧，虽然我们读的是宁波师专，按照“文学四分法”，诗歌、小说、散文、剧本创作不辍的同学也大有人在。不知从什么时候开始，理想和浪漫被物质和金钱取代，我也从激扬文字的“文青”异化为研究得分的“机器”了。可是作为一个语文教师，潜意识里仍然潜滋暗长着文学的种子。偶有机会，那粒埋在尘埃里的种子，便开出一些朴素的小花来。

那当然不是什么奇花名卉，连案头清供都算不上。几年来偶尔涉笔，积少成多，不忍自弃，便有了第一本散文集《何处是家园》，至于这本《若有所思》算是第二本了。

“故园”系列是少年的家园记忆。故乡依山面海，中间还有河道湿地。年幼失恃，生活清贫，日子是孤独的。古人说，多识草木少识人，于是，山林、湿地、草木，就成了我童年绝好的博物园。

“渔趣”是最早的自然教育记录吧。众生平等、土著优先的理念，也许就是那时养成的。每一条小鱼都有脾气，每一片海涂都有故事，它们如此亲昵地介入我的生活，让我贫瘠的日子充满悬念和期待。

“旧物”是农耕时代的零星印记。那些黝黑发亮的老物件，浸透着家族几代人的体温和汗水，通过它们，家族史有了载体，农耕文明有了记忆，血缘亲情不至于飘零。

“行走”是离开故乡的足印，也是游学过程中的雪泥鸿爪。哲人说，未经观照的人生是不值得过的，我并不想形而上地“观照”我的生活。只是行走过程中那些富有意味的片刻，确实凝视过，并从中获得了意义。

“悦读”是我的读书心得。每当读到同侪的文字结集时，我总是欢欣鼓舞。我以专业之眼去观照，以淳朴之心去阅读，以感性之笔去表达。这些书的作者，都是专业群体中的佼佼者，我从中读出情怀，读到智慧。

“言说”不是论文，里边都是在特定场合的即席讲话。因为工作岗位的关系，不免要被推到某些讲台说几句。我讨厌“假大空”的腔调，即使简单的开场白，也要尽量兼顾辞气、理性和情感。

“校园”是个人职业史的讲述。每一滴水，都可映射出七彩的霓虹。这个急剧变化的时代，个人的历史，都是时代的历史。校园里的往事，一头连接着四十年政治、教育、经济的风云变幻，一头连接着前半生情感、生活、职业的悲欢离合。

“学棣”为学生立此存照。从初中、高中到老年大学，还兼职过大学课堂，教得最多的还是高中。人生的意义，并不是看你考进什么名牌大学，掌握多大的权柄，而是看你是否对他人有启迪。“学棣”里的学生，绝大多数是高考失利的，但他们都有精彩的人生。

“怀人”是集子里最见性情的文字。感谢命运让我遇见他们，他们影响甚至改变着我的生活轨道和态度。譬如父亲，这么多的人间苦难，都被他宽厚仁慈的胸怀所消解，他的生存哲学让我深思。这些人的存在和消失，犹如天启，让我感念到冥冥之中的机缘和真情。

“别调”属于跨界试作了。这类写作也是对认知和语言的挑战。尝试着改变既有的角色，理解不同的领域，体察陌生的场景，努力突破语言的边界。有些场景具备诗的特质，有些时刻富有仪式感，有些纯粹是经世致用，我都尽量赋予它人文的色彩。

“白日不到处，青春恰自来。苔花如米小，也学牡丹开。”感谢编辑，在当今“乱花渐欲迷人眼”的时代，不嫌弃这一朵“苔花”。感谢所有让我遇见、让我追忆的人事，形诸文字的永远是冰山一角，而有些则永沉在生命的深处。感谢遇到这些文字的读者，这个世界众声喧哗，你居然还能够静听一朵“苔花”的开放。

2020年2月